浓郁的客家风情，深厚的人文关怀

有竹人家

陈冠强——著

海峡出版发行集团 | 海峡文艺出版社

图书在版编目(CIP)数据

　　有竹人家/陈冠强著.--福州:海峡文艺出版社,
2020.10(2024.3重印)
　　ISBN 978-7-5550-2335-7

　　Ⅰ.①有… Ⅱ.①陈… Ⅲ.①纪实文学－作
品集－中国－当代 Ⅳ.①I25

　　中国版本图书馆 CIP 数据核字(2020)第 136077 号

有竹人家

陈冠强　著

出 版 人　林　滨
责任编辑　朱墨山
出版发行　海峡文艺出版社
经　　销　福建新华发行(集团)有限责任公司
社　　址　福州市东水路 76 号 14 层
发 行 部　0591－87536797
印　　刷　三河市兴博印务有限公司
厂　　址　河北省廊坊市三河市杨庄镇大窝头村西
开　　本　700 毫米×1000 毫米　1/16
字　　数　220 千字
印　　张　15
版　　次　2020 年 10 月第 1 版
印　　次　2024 年 3 月第 2 次印刷
书　　号　ISBN 978-7-5550-2335-7
定　　价　72.00 元

如发现印装质量问题,请寄承印厂调换

目录

| 楔子 |

开春的第一声雷响了，闪电撕裂了阴沉的天空，接着就下起了倾盆大雨。这时，下宫坝古屋（即外婆家）的表叔出现在我们家大门口，把妈妈拉到一边。"芳姐，不好了，怀梅姑走了。"妈妈没有说话，眼泪就先下来了。我和妹妹不知道"走了"是什么意思，还笑嘻嘻地拉着表叔的手要他抱。

外婆是在1971年农历二月初八入殓的，灵堂设在老祖屋上厅。大门两边贴着一副丧联，紫色的纸和时不时响起的铜锣声增加了悲伤的气氛，上联的右上角和左下角被风吹得翘了起来，雨打在天井石板上啪啪的响。我们几姐妹刚进到上厅就大声哭起来，心里想着再也见不到疼我们、惜我们的外婆了，悲从中来，一个个哭得天昏地暗，二姐和外婆的感情最深，哭着哭着就晕了过去。大家一边手忙脚乱的涂药，一边掐人中，二姐终于醒了，长舒一口气又大哭起来。"阿婆，阿婆，阿婆！"旁边的叔婆伯姆口中啧啧道："外孙外孙女都哭得目汁唵长鼻唵长，怀梅姑惜了真是有用啊！"

外婆对我们兄弟姐妹的疼惜，我们是有切身体会的。在那个物质匮乏的年代，她就是有一只鸡蛋也不舍得吃，要偷偷地留给我们分着吃。加上父母靠微薄的工资养活我们不容易，外婆经常带着我们上山割鲁草、挖树根，跟周围的农民讨点自留地种菜，下河捞些蚬子给我们补充营养。由于身体积劳成疾，她早早患上了哮喘病、偏头痛和心脏病，以致早早地离开了我们。

关于外婆的那些陈年旧事，我都是在漫长的六十年里，陆陆续续、零零星星从妈妈那里听来的，特别是妈妈到了八十多、九十岁的时候，更是经常唠叨以前的事，因为有计划要写外婆，我也就乐于当她的听众了。二十岁的时候，我就幻想退休后要写部长篇小说，而几十年来，外婆和她周围发生的一切从来就没有离开过我，一直在和我有着时长时短、时深时浅的蒙太奇式的对白，让我不能安心。2020年1月，刚刚退休，恰逢春节过后新冠肺炎疫情爆发，在家自动隔离两月有余，日子闲暇下来，我开始了小说创作。

外婆是个典型的客家妇女，有着客家女人的一切传统美德，然而她一生命运坎坷，就像我们梅州旧时的大多数客家女人一样，为了男人能安心去读书、出外做生意，有别于其他族群的女人，穿着传统的土林蓝大襟衫，打着从来不缠的赤脚，扛着笨重的犁耙，操持着田头地尾、家头灶尾，一肩挑着家庭的重担，双手服侍着老人、牵带着小孩，亦步亦趋，艰难前行，安于角色，无怨无悔。当一生终了时，她们坟头上的野草和青烟，同时预示着自己的卑贱和尊严，其地位几乎和男人是一样的。作为后代的我们，更多的记忆是母亲和父母的母亲们那些劳碌的身影、慈祥的笑容和苦涩的眼泪。她们是一组组美丽的群像，随着岁月的流逝，褪去的是斑驳沧桑、平庸丑陋，留下的是香肌玉颜、风华绝代……

说来奇怪，在我动笔的前一晚，我梦见了外婆。大雾弥漫，她站在窗外，朦朦胧胧，虽然看不清她的样貌，但我可以断定她就是外婆。她非常严肃地对我说："阿冠，我晓得你是要写我的事情。要写你就写吧，要不你是不会自在的。但是你不要把我写得又丑又坏，要把我写得靓点、好点。"我说："外婆，你就放心吧。我会把你写靓、写好的。"我突然有些犹豫了，问她："外婆，我可能会写到你和外公及永清师傅的感情纠葛，你……你同意吗？"她的身影在窗前消失了，只留下空旷而辽远的声音："写吧，写吧……"

与外婆在梦中的见面对话给了我无形的压力，凭我的能力，能不能把外婆以及围绕外婆的一些人和事写好、写靓呢？写得不好、不靓怎么办呢？我失眠了。这时，窗外下起了雨，雨滴打在窗台上滴答滴答响。朦胧中我有些迷糊了，这雨是什么时候开始下的，怎么感觉好像是下了一个世纪呢？在这无休无止的雨声中，我怎么听到的都是外婆那些絮絮叨叨的叙说，看到的都是她们那辈人的酸甜苦辣、五味杂陈呢？相隔一个世纪，我在岁月的那头，撕开祖辈命运的缝隙；也在岁月的这头，和自己握手言和。

犹疑了一整晚后，当东方露出淡淡而又不失明媚的霞光时，我一咬牙，在忐忑的心情中打开了电脑，郑重地写下了第一行字——有竹人家。

我在写作的过程中投入了太多的感情，以致写着写着泪水就打湿了键盘，只好伏在电脑前哭泣一场，等情绪平复后，才继续写作。除了外婆的那些曲折而有些酸楚的经历，创作过程中最拨动我心弦、撼动我心灵的，还是她那像竹子一样风吹不倒、雨打不垮的适性而居、坚韧不拔。有时候，我甚至产生了幻觉：我是在写小说呢，还是在自己创设的亦幻亦真的小说情境中生活呢？我是在写自己的外婆呢，还是在写别人的外婆呢？后来，我终于想明白了，我写的外婆，既是自己的外婆，也可能是你的外婆，还可能是他的外婆，但是不管是谁的外婆，那都是血脉的维系，对逝去的亲人的怀念，还有受外婆影响的对世界的认知……以致我们会有亲临其境、欲罢不能的感觉。

既然不能分辨得那么清晰，那么，就让我引领你走进外婆那日常而又传奇的世界里去吧。

第一章

新婚之夜，
她面对的是一个面无表情的男人

外婆叫古怀梅，不到一岁就从梅城下市角陈屋被卖到城郊下宫坝古屋给比她大两岁的外公古用文当童养媳。

旧时客家地区很兴养童养媳，只要家道稍可的人都这样，这就好比攒钱，一来童养媳是廉价劳动力，可以帮家里做农活干家务，二来世道艰难，改朝换代，军阀割据，民不聊生，现在家道可以，谁知道以后会怎么样呢，先花低价钱买个童养媳是很划算的。

外婆的妈妈姓陈，是城里人，生有一个儿子一个女儿，丈夫在女儿刚出生半年的时候就死了。她在城里有几间房子一间店铺，一个女人靠出租房屋店铺的钱要养活一儿一女，日子过得紧巴巴的。儿子是自家的命和希望，出生不久的女儿却成了负担。正好下宫坝的远房亲戚牵线搭桥，说有一个殷实人家要买童养媳。下宫坝离城里只有两三公里，中间隔着梅江河，陈婆太扭着小脚，走到渡口，搭乘渡船过了河，来到下宫坝探看男家虚实，毕竟是女儿要终生托付的人家，不可儿戏。

江南和江北的风景完全不同，河堤上种了许多竹子，江风习习，竹影婆娑，江风所过之处，竹林哗哗作响，不时有竹壳和竹叶掉下来。陈婆太手拎着一包点心菊花糕，踩着松软的有些腐败的竹叶，扭着发胖的身体惬意地走着，突然脚下一滑摔倒在地，菊花糕掉在地上。正好旁边一个收拾干净利落的年轻妇人牵着一个三四岁的男孩经过，小男孩小跑几步去牵陈婆太，一条小辫子扫到陈婆太的脸上痒痒的。陈婆太捡起菊花糕笑了笑站起来，一边和妇人打着招呼，大嫂，你的赖子（儿子）真乖，长大了准有出息。妇人拍着孩子身上的竹叶说，看大嫂是城里人，来这里找人吧。陈婆太拍着身上的竹叶，说，是呀是呀，我来找下宫坝的珍娘嫂子呢。妇人上上下下打量着婆太，你是下市角的丽嫂吧？我就是珍娘呢，在这碰上了。赖子，来，叫伯母。小男孩甜甜地叫了声伯母。陈婆太满心欢喜地抱起文弱白净的男孩，塞一块菊花糕到男孩嘴里，乖，真乖。

儿女亲事就这么定下来了，珍娘别的没有什么要求，只是要把怀梅的姓改过来，姓古，名字还叫怀梅。那时，外公用文三岁，外婆怀梅还不到一岁。

怀梅是在珍娘家长大的，五六岁时，就要打水给用文和家娘洗脚，做一些简单的家务活。到了八九岁，珍娘就带着她去田地里干活。外公家在下宫坝算是比较不错的家庭，古公太早先是做水客生意的，专门给在南洋的番客传递消息钱粮，积攒下了一份不薄的家底，在老屋旁边起了一个小院子，置办了十多亩田地。不料天有不测风云，在外公两岁时，古公太搭乘的船在海上遇到大风浪翻了，从此渺无音信。大家都说海上翻船，又遇到大风大浪，几乎没有生还的机会。珍娘带着年幼的儿子用文，守着古公太留下的小院子和十多亩田地过日子。

珍娘是个小脚女人，加上身子骨弱，干不动比较粗重的农活，农忙时会请几个短工帮忙。外婆是个要强的闲不住的人，一到农忙就跟在短工屁股后面学做农活。古公太在世时，就定下了规矩，赖子一定要去念书，长大了才有出息，所以用文八岁时珍娘就把他送到私塾念书了，家里的农活从来都不让他沾手。外婆长成十六七岁的大姑娘时，已经学会了犁耙辘轴种养管收等所有的农活。她从不裹脚，走起路来噔噔噔的一路带风，珍娘也从不管她，还乐得她这样，家里省了不少请短工的钱。

所谓男大当婚女大当嫁，外公和外婆都长大成人了，珍娘就想着给他们圆房，尽早生个孙子传宗接代。那天晚上，她把已经在城里读完中学的外公叫进房间，问，赖子，你已经长大了，差不多就要出去做事了，这些天就和怀梅圆房了吧。外公的脸刷的白了，显得有些手足无措。其实这个问题他早就想和阿姆摊牌了，他读了不少书，也涉猎了一些书籍，对外面的世界充满了幻想。怀梅从小在自己家中长大，他从懂事起就知道这个小女孩长大后是给自家当老婆的，他没有反对也反对不了什么，毕竟周围的人家好多都是这样，这好像就是理所当然的事情。但是从小到大，他和怀梅就是不亲，她干她的农活家务，自家读自家的书，最亲密的接触不过就是冬天春天寒冷湿气重的晚上怀梅给他端洗脚水，小的时候他还遵阿姆嘱咐让她洗脚，到了十多岁，他知道难为情了，就不让她洗脚了。为此，她还一脸天真地问，为什么不让我洗，我洗得不好吗？他摇摇头，没有说什么，也懒得说，她没有读过书，没有文化，甚至还很粗俗，和她根本说不上话，说一句都是多余的。以前阿姆曾经试探过让他圆房的事，他装作听不懂敷衍过去了，可如今阿姆直接把这事说出来了，他晓得再也敷衍不过去了，他没有马上作答，在心里盘算着样般（怎么）回阿姆的话。

说心里话，他根本就不喜欢怀梅，更不想和她圆房。青春期，他也想到过房事，也有心目中的女孩，甚至在夜里，他还压抑不住生理上的冲动，幻想着与某个女孩缠绵悱恻激情澎湃一番，但是在幻想的女孩中从来就没有出现过怀梅。读中学时，有位爱好文学的同学带了一本油印的读物，他看了看，是本地梅城下市角的晚清政治家、外交家、教育家、诗人黄遵宪的诗集，其中一首《新嫁娘诗》清新脱俗、情意绵绵，让他读了脸红耳热，爱不释手："腰悬宝镜喜团圆，髻插银花更助妍。一见便教郎解带，此时心醉态嫣然。""暗中摸索任伊人，到处香肌领略真。两腋由来生怕痒，故将玉臂曲还伸。"里面描写的两情相悦、旖旎情深的画面，让他久久不能忘怀。但是这些在怀梅身上一点影子都看不到，她只知道干活生孩子，根本就不懂生活，不懂男女之爱，一想到要和这样的人生活在一起，他就浑身难受。

阿姆，我还小呢，还不想圆房。

还小？你都十八了，和你同岁的山古、威古去年就办酒席了。真是人比人，气死人！

我和怀梅合不来，没有感情，再说，我们同学中好多都自家找喜欢的人呢……

我可不管他们找谁，你只能和怀梅圆房。怀梅不到一岁就嫁到我们家来，家务农活样样来得，人又贤孝，长得也好看，哪样亏待你了？你看下我们下宫坝，有哪个人不是和老妹阿姊圆房的，大家过得都好好的……

你莫一条竹篙打倒一船人，他们是他们，反正我不想。

你个无用的赖子，你想我气死呀，我辛辛苦苦把你带大，就落得这样……

珍娘哭起来，起初是幽幽地哭，想着自家半生的辛苦，越想越伤心，渐渐的哭声大起来，惹得几个小孩探头探脑地来看热闹。用文跺跺脚，跑出去了。

连续几天，珍娘不言不语，也不怎么吃饭，用文不晓得什么情况，问她，阿姆，你是不是身体不舒服？我给你找风叔拣副凉茶（草药）给你喝？风叔是下宫坝的乡村大夫，下宫坝的人有个大病小灾的都找他看，拣草药。中医讲究的是望闻问切，但是他一看一问就晓得对方哪里不舒服了，草药一拣一个准。难得的是，他还懂得许多民间的药方治法，不少奇难杂症在他手上都能治好。去年，一个身上长满流着脓血瘤子的人被抬进他的屋子，他看后说，可以治，但要一百块大洋，包你两个月好。两个月后，病人身上的瘤子果然不见了，家人逢人便说，风叔真是神医啊！大家都说，如果连他都看不好的病，那就得送大医院去，或者在家等死了。珍娘听用文说要去请风叔拣凉茶，狠狠瞪他一眼，说，我没病，是你有病！

一天晚上，大家早早睡了，也没有觉得异样。第二天早上，平常早起的珍娘不见了，用文和怀梅到处找都没有看见，急得他们把和顺叔公请来了。和顺叔公是下宫坝古姓人的叔公头，生得矮小不起眼，但却很有威严，下宫坝大事小情都由他做主。

他来到小院落，小眼睛滴溜溜地转了个遍，落在了怀梅的身上，问道，梅妹，你没有惹你阿姆生气吧？

怀梅摇头，没有啊，我昨暗晡（昨晚）还给她洗脚铺床来着。

和顺叔公又把头转向用文，你呢，做了什么不孝顺的事情没有？

用文怯怯地回道，没有，没有啊。

你们是不是都找遍了？

是啊，不过阁楼上没有去过。

那还不快去看看！

阁楼只有五六平方米，里面摆放着一些杂物和一口棺材，那是珍娘为自家百年后准备的。棺材盖半掩着，里面传出嘤嘤的哭声，三个人合力搬开盖子，只见珍娘躺在里面，正在哭泣。用文和怀梅去拉她，她挣扎着不愿意出来。和顺叔公发话了，珍嫲，有什么事情出来说，你这样像什么样子啊。珍娘这才动了下，嘴里呢呢哝哝着什么，软塌塌地欠起半个身子。怀梅和用文赶忙去扶他，她甩开他们，极不情愿地爬出了棺材，看着用文也不说话。用文当然明白是这么回事，委屈地点点头，好吧好吧，我都听你的好吗。珍娘破涕为笑。和顺叔公和怀梅不知道发生了什么，一脸懵懂。

珍娘带怀梅到梅城油罗街做了两身衣服，买了一只藤箱，又买了些女人家用的草纸等，顺道去拜会了亲家陈婆太，送去了身嫁银，虽然只有几块大洋，但礼数是少不了的。怀梅忸怩地站在亲娘面前，感到很不自在。也难怪，她不到一岁就嫁到下宫坝，早就把珍娘当亲娘，把小院落当自己的家了，出生至今也就见过几次亲娘，对她几乎没有感情。亲娘倒是说了几句热乎话，又交待怀梅在婆家要孝顺家娘、尊重老公的话，然后给她塞了一个小红包。

圆房的准备工作有条不紊地进行，只是在整个过程中，用文很少说话，更没有笑脸，对相关事宜不闻不问，好像跟自家没有一点关系似的。而怀梅也没有觉得有什么特别，她和用文的关系没有什么不好，也没有什么特别好；没有不喜欢，也没有很喜欢，既然这样，那圆房不过也就过个形式罢了。

珍娘可就忙坏了，又是去问神，又是请风水先生挑好日子，又是与和顺叔公等几个家族头头请示，借桌凳碗筷，请人帮忙搞卫生，做饭端茶水，等等。公太留下来还有点大洋，这时候正好用得上。家里养了头猪，已经一年多，三百多斤，猪肉类的菜基本够用了。养有十几只鸡鸭，自家有青菜竹笋，再磨些豆腐，买点鱼和香菇腐竹木耳之类，也就差不多了。

摆酒席的头天晚上，请来杀猪的刘师傅，大家都叫他劁（杀）猪阿哥，又叫来几个后生。先得把猪从猪栏里赶到围好的门坪上。猪大概知道大限已到，使劲地尖叫不愿意出栏。珍娘说刘师傅要不就这里劁行不，刘师傅说不行，这里太狭窄了，加上要让猪跑起来，血热了，内脏跑轻松了，一刀下去，血和下水才容易盘剥。珍娘不再说什么，几个后生拿起竹鞭赶，猪极不情愿地一步步挪到门坪。刘师傅说劁猪最好是由主家拖住猪的尾巴，猪才不会因害怕而反抗，便招呼用文，细哥，你来拖猪尾吧。用文哪见过这阵势，吓得连连后退。怀梅见状把衣袖一撸，我来！刘师傅有些诧异的看看她，点了点头。

劁猪凳、劁猪刀、装血的大盆子、盘剥下水的物件都准备好了，刘师傅又叫珍娘往大盆子里倒了几勺子粗盐。刘师傅一声令下，四个后生同心协力把猪放倒，怀梅则牢牢拖住了猪尾。只见刘师傅抓住猪耳朵，一声大吼，一道亮光在空中画了道弧线，"噗嗤"一声就刺进了猪的喉咙。猪吼叫着拼命蹬着四肢作无谓挣扎，一股血柱喷出来溅到地上，有一些也溅到刘师傅和后生身上，随后血就汩汩流了出来，正好流到大盆子里，一会儿就有七八分满了。刘师傅一边忙着手中的活，一边交待珍娘用大勺子搅拌猪血。不到半袋烟的工夫，猪就停止了挣扎吼叫，瘫软在地上了，只是鼻孔里还有一丝气息，肥硕的身体偶尔神经质地颤抖一下。开水上来了，往猪身上淋，然后刘师傅他们忙着去猪毛。去干净毛后，刘师傅也不说话，拿起锋利的刀，朝猪的肚子连续划了几刀，猪的肚子被刀切开了。刘师傅一阵子忙碌，猪内脏稀里哗啦一股脑儿就盘剥了出来。从刀刺进猪的喉咙到盘剥下全部内脏，只用了不到十分钟的时间。刘师傅站起来舒了口气抻了抻腰，然后潇洒地往猪的胸脯上一剜，割下一块足有二三斤的瘦肉抛给珍娘，去吧，煮一盆汤，放点盐，不要放太多水。这是梅城一带的规矩，劁了猪，要挑一块猪身上最好的肉，给劁猪的师傅和帮忙的后生煮一碗神仙汤。至于为什么要叫神仙汤没有考证，大概是因为这极为鲜美的肉汤是连神仙都要羡慕的吧。珍娘接过还带着温度的肉到厨房忙去了。刘师傅开始忙着斩、剥、削、裁，把猪肉、骨头、下水拆分得条分缕析。一个小时后，剐猪的全过程顺利结束，刘师傅拿了剐猪的钱，和后生们吃了猪肉汤满意地离开了。

那天晚上，珍娘把怀梅叫到房间里，从木柜子里拿出一个精美的盒子，叫她的小名，细梅欸，你就要做用文的新娘了，我这里有一个簪子，是老一辈传下来的碧玉簪，现在就交给你。来，我给你戴在头上，盼你早点给用文生个赖子，我也好早点抱孙子呢。怀梅有些羞涩地叫了声阿姆，头埋在珍娘的怀里，让她戴上了簪子。

喜宴毫无例外地摆在老祖屋里。

老祖屋是典型的客家围龙屋。屋子后面和两侧种有很多竹子，远远看去，就像是屋子建造在竹林里一样。别小看这片竹林，下宫坝的人可把它当成了宝，农家常用的簸箕、畚箕、竹篮、筷子、竹勺、菜园子里的攀篱、抓鱼的篓子、圈鸡圈猪的笼子，甚至建房搭棚子，都少不了竹子。冬天和春天，竹笋可是各家各户餐桌上的美味。而平时，许多人家又把竹子、竹壳和竹头当成了柴草。连族里人死了，都很少有人埋在山里，而是选择埋在自家的竹头墩下，逢年过节，就到竹头墩下去祭拜先人，不用跑来跑去的。竹林还担负着老祖屋水土保持和遮风挡雨的重任，所以每年族里人都会把老竹子砍掉，让新笋长成竹子，以保持竹林的活力。

围龙屋呈半圆形状，从高处往下看，既像半个月亮，又像一条龙盘踞在大地上，更像是一幅八卦图。围龙屋分上中下厅，上厅供奉着祖先牌位，逢年过节，族人都要备好整鸡、整鱼和大块的猪肉，谓之"三牲"，净身焚香，敬奉祖先和天地神明。中厅为议事、宴会场所，下厅为婚丧礼仪时的乐坛和轿夫席位。上中下厅之间各有一个天井，如同在屋子中央开了个天窗，用作采光、排水和通风等。在围屋和正堂中间，有一块半月形的空地，称花头或者化胎，呈斜坡状，由一块块鹅卵石镶嵌而成，看上去既整洁又有流线美感，寓意龙气不会闭塞而化为胎息之意，是全屋的风水宝地。化胎后面是半圆状围起来的紧挨着的小房子，一般做厨房、杂物间或养牲口间。上厅和下厅两侧分别有两间房及走廊，上厅左面是叔公头的房间，是崇高身份的象征，其余三个房间是给族里头面人物住的。族人则按身份地位、家庭大小分住在两边的侧屋，另设小门出入。屋视家族实力和大小而建，一般是一围，人多了再建二围三围，最多的有九围，那就是很大的家族了，可以居住一两千人。梅城客家人都有种树的习惯，几乎每个村子村前屋后或者重要的地方都种有一些树，谓之风水林，谁都不能砍，也不能敬。下宫坝古屋也不例外，大门口有个门坪，旁边有一棵大榕树，谁都不知道有多老了，下面设有石凳石桌，给人们聚集闲谈乘凉讲古用，还专门设了榕树伯公神位，给人们奉香敬神。据老一辈的人说，古树只要活了百年以上都是精灵。这棵古榕根部有个很大的洞，以前住着一条大南蛇（蟒蛇），有时夏天会出来乘凉，但是从来没有伤过人和牲畜，那些年下宫坝也是风调雨顺，年年丰收。后来，有好事之人在外面用石头围起来，此后大南蛇就不见了。据说，当年那家人的稻谷颗粒无收，房子也崩塌了一角……门坪外是个半月形的水塘，用来放养鱼虾、浇灌菜地和蓄水防旱防火等。它与屋后的半月形化胎，两个半圆相合，形同阴阳两仪的太极图式。两个半圆，围绕着方正的堂屋，寓意天圆地方，将整座屋喻为一个小宇宙，体现了天人合一的哲学思想。逢年过节，喜事丧事，族人都聚集在这里办事。一般来说，每家派一个人参加，另外视情况选派人帮忙。

喜宴前，主家会找人在大锅里熬猪血，为了避讳，客家人谓之猪红，猪红里放些剁得很碎的肉，加上些胡椒、木薯粉、盐、姜等。熬猪红一定要掌握好火候，把握好时间，熬得刚刚好的猪红，又滑又嫩，一口咬下去，软糯浓香。火太猛容易老，火太小时间长了也容易熬老，吃起来像嚼烂布，打渣。兰香嫂是个做豆腐、熬猪红的高手，又是怀梅的好姐妹，日子刚定下来她就自告奋勇揽下做豆腐、熬猪红的活。熬了大约二十分钟，兰香嫂先尝了尝猪红，满意地笑了。她叫上春红等几个帮厨的给每家送一碗，让大家都尝尝，感受主家的欢喜和吉利。没有机会参加喜宴的小孩子们接到猪红，欢叫一声，一人分吃几块，小嘴巴砸得啧啧作响，也算是沾上了喜气。喜宴上一般都有八菜两汤，娘酒鸡、酿豆腐、松花鱼、香菇竹笋焖肥肉、红枣莲子汤、肉丸汤，这几样是少不了的，其他的可以自由搭配，富裕些的会用些大虾、鱿鱼、蟹等海味，家道普通的就炒些萝卜、荷兰豆什么的。

喜宴开始，坐在上厅第一桌的和顺叔公首先讲话，无非是祝新郎新娘百年好合早生贵子之类的话，然后宣布喜宴开始。酒过三巡，家长及新郎新娘自上而下开始敬酒，满脸幸福的珍娘领着用文和怀梅来到第一桌，珍娘首先感谢和顺叔公和各位叔伯对自家及家人的关照，感谢他们百忙中亲临参加喜宴，然后是三人鞠躬敬酒。敬完酒，正要到下桌去敬，和顺叔公在怀梅的屁股上掐了一下，而后又摸了把，怀梅能清晰地感觉到那只手由开始的迟疑慢慢到有点放肆的节奏，她没有声张，毕竟这是在喜宴上，那么多人看着，再加上说实在的，她还只是没有怎么真正长大的女孩，在男女方面还没什么很强烈的意识。她心里想，和顺叔公是长辈，用这动作表示疼爱小辈好像也没有什么。接下来是一桌桌地敬酒，大家说些吉利的话，一直到下午两三点才结束。

到了晚上，闹洞房的人走了，小院子里顿时安静下来。珍娘在大门上和新房的门上插上了一束竹枝和艾叶，预示辟邪避灾，竹报平安，一生恩爱。她又把一些瓜子糖果和四个红红的熟鸡蛋端到新房里，说，来，你们快把鸡蛋吃了。又出去端了盆水进来，说，怀梅，你帮用文洗脚，早点睡吧，我也累了，要去睡了。说完把东西放下，出去时把门带上了。

新房里只剩下两个人，怀梅要给用文洗脚，用文用手挡着，一边嗫嚅道，不用，不用，我自家来。怀梅随他去，自家先脱了衣服，躺在床上。已经长成大姑娘的怀梅虽然不是很漂亮，但还是很耐看的：瓜子脸，小鼻梁小嘴，大大的眼睛活泛而有神，加上天生晒不黑的皮肤，颇有几分姿色。尤其今晚是新婚之夜，她穿上了新衣服，发髻上还插上了碧玉簪，显得楚楚动人。只是用文的心不在她身上，什么美丽的东西在他眼里也像白开水一样寡淡无味。怀梅却不知道自家在用文眼里不值一文，终于要做用文的新娘子了，她很开心。她开始剥红皮的鸡蛋，鸡蛋还温温的，她剥好一个先给用文，用文也不看她，自顾自吃起来。鸡蛋吃完了，怀梅挪开了身位，等着用文上床来，用文却磨磨蹭蹭地在摆弄着衣角。怀梅有点奇怪，用文样般还不上床呢？

前几天，兰香嫂子把她约到家里，问她，你知道圆房是样般回事吗？平时，她和兰香嫂子、春红好得跟姐妹似的，什么都说，尤其是兰香嫂子，更是无话不谈。她笑道，不就是一起睡觉吗？兰香嫂追问道，然后呢？她不太明白，什么然后？

你晓得男人和女人睡觉要做些什么吗？

要做什么？

要……哎呀，我的傻老妹，你是真不明白还是假不明白？

怀梅有些明白兰香嫂子说的话了，脸一红。

不就是抱抱亲嘴吗？

兰香嫂子有些怪怪地看着她。

你见过狗牯和狗嫲驳家（交配）吗？圆房就是男人和女人像狗驳家一样的……

啊！那会样般呀？

开始会有点痛，然后就很舒服了。

再然后呢？

再然后就生赖子了。哈哈哈……

临分别时，兰香嫂子好像又想起什么重要的事情，附在她耳边说，如果用文急邦邦的，你就不要让他那么快上身，不要打惯了他，让他知道疼你惜你下半生才会得到幸福。

她似懂非懂地答应了。说实在话，男人和女人之间的事情从来就没有人和自家说过，亲娘没有见过几次面，根本就不会提起这事，家娘也只是在头天晚上和她粗略地说了下，交待她圆房时要对用文温顺些，他要她干什么就干什么。她没有领会家娘的良苦用心，平时她对用文从来都是温顺的，所以她就格格笑着应诺着。

用文仍然在摆弄自家的衣角，好像永远摆弄不完似的。怀梅下了床去拉他，煤油灯下，她看见的是用文一张毫无表情的脸。他知道再也推脱不了了，只好脱了衣服上了床。怀梅没有想到，脱了衣服的用文是那么瘦，以致身上一条条肋骨显得那么刺眼，但是成年男子的特征还是那么突显，让她感到有点羞涩有点神秘又有点喜欢。

当用文的身子压上来时，怀梅自然地就抱紧了他。想到以后这个人就是要和自己生活一辈子，要和自家生孩子的男人，怀梅平静的心泛起了一丝涟漪。一种有点异样的感觉从下体传遍全身，她说不清楚是什么感觉，不是快乐也不是痛苦，有些麻痹，像给山蚂蚁咬了一口。原来男人和女人就是这么回事呀？这就能生孩子？正有些狐疑，用文已经下来了，穿好了衣服，像完成了任务似的舒了口气。怀梅无意间又看了眼用文，在煤油灯的映射下，他的脸还是毫无表情，她不禁有些茫然。

怀梅就这样完成了从女孩到女人的转折，没有惊涛骇浪，也没有和风细雨，就像小小的蜻蜓在水面上轻轻地点了一下，甚至没有半点水波。

新娘子本来是要休息几天的，但是怀梅是个闲不住的人，加上今年天旱，禾苗正在打浆，正是需要水的时候，第二天清晨，她就去水井里打水淋禾苗去了。珍娘听到响动，点亮了灯。

细梅欸，这么早去做什么啊？

阿姆，我去打水呢。

今日你休息下，别去了。

不行啊，一来赶早，二来赶饱，田里没有水了，今天轮到我们家了，不去唔晓得（不知道）什么时候才能打水呢。

那就不要太辛苦啊。

晓得哩。

珍娘屋里的灯熄灭了，怀梅拨开大门机关，大门咿呀一声开了，一阵凉风迎面吹来，令人神清气爽。

天还没有亮，谁家的狗听到响动，汪汪叫了起来，待听到熟悉的脚步声，呜咽几声就不叫了。

来到水井边，兰香嫂子已经在打水了。下宫坝古屋一共有二十八家人，有两口井，十四家共用一口井，喝的用的都靠它，平时也没有觉得什么，只是到了天旱的时候就不够用了。为了公平起见，族里按每家隔天分时段分配打水。今天清晨四点到六点，是兰香嫂子、春红和怀梅家的打水时间，春红还没有到，兰香嫂子已经来了一刻钟了。兰香嫂子是个寡妇，其实她的老公并没有死，只是突然失踪了，她和老公本来也没有什么感情，家公家娘早没了，家里也没有其他人，她带着十岁的儿子龙飞过日子，她生性大大咧咧，觉得这样也没有什么不好。见怀梅来了，兰香嫂子停了打水，亲热地拉住她。来，轮到你了，我也有点累了。突然想起什么来，惊奇道，咦，你不是刚圆房吗？怎么这么早来？是珍娘婶子催你来的吧？怀梅连连摇头，不是不是，我田里没有水了啊，不打水禾苗都干了。兰香嫂子捅了一下怀梅的腰眼，开始调笑开了。

样般，昨晡暗很舒服吧？

没有啊。

哼，和嫂子保密啊，嫂子是担竿做过竹笋来，什么唔晓得。

真的没有，就是，就是……

就是什么，快快招来。

有点麻呢。

痒吧？

怀梅迟疑了下说，不，就是麻。

说认真的，你下面见红没有？

先前，兰香嫂子教她在床上放一块布，早上起来自家看看有没有什么红色的东西。她起来的时候用文还在睡觉，她轻轻地把布块抽出来，什么都没有。

没有东西啊。

不会的。一定有的。

怀梅有点着急了。

真没有啊！骗你变蟾蜍啰。

啊！不可能不可能，除非……

除非什么？

除非你不是处女，或者……你是石女？

不是不是。你个烂勺嫲，看我撕烂你的嘴！

两人正打闹，春红来了，问道，你们说什么呢，这么热闹。怀梅连连摆手，没什么没什么。

她开始打水了。梅城江南一带的水井与别的地方的就大不一样，当地人把它叫作井架。在水井旁边安装一个足有六七米长的杉木，头部用铁丝绑住一个大石头，石头是经过石匠打造好的硬石，正好和木头根部同等大小，中间凿一个空，用大马钉和特制的铁条牢牢固定住，尾部系上一根粗绳子，绳子末端绑住一个木桶，只要把木桶放进水井里，拉着绳子往下拖，木桶到了水面自然就倾斜装满了水，然后往上拉，打水的人不用费多大的劲，轻轻松松就把水打上来了。

大家都是族里人，沾亲带故的，所以什么事情也都好商量。除了按分配打水外，族长还要带领头头们勘察好各家的田地，然后修一条水圳，绕来绕去让水井里打的水合理地流到各家田地里。半个钟头后，怀梅累得直喘气，身上汗水淋淋的，她估计打的水也够淋禾了，就停下来，招呼春红接着打。

春红比怀梅小一岁。她家里条件比较好，有几十亩田地和三条牛，各种农具也很全，还长期包有一个长工。本来她是不用来打水的，家里有长工火生，农活也全由他打理。但是前些天火生不知怎么辞工不干了，春红到处打听也没有消息。春红心里烦，就跑来边打水边和好姐妹说说话。

有关春红和火生的事情，怀梅和兰香嫂子还是晓得一些的。

火生是个孤儿，五岁时被人贩子从江西拐卖到梅城，养父母也是穷人家，对火生很好，不料前几年去大埔县一个私人陶瓷厂烧陶瓷，窑顶突然塌陷，双双被埋在窑里了。他来春红家做长工的时候，春红还是一个十三四岁的少女。主人家的闺女和长工的故事，给各种小说戏剧写得都滥了，但它确确实实经常发生在现实生活中。

旧时农村一般家庭的女孩少有读书的份，只有家境好点的人家会送去读几年私塾，他们知道，有文化、有知识才能嫁个好人家。其实春红的父母送她去读书也是有私心的，他们不想一辈子在农村做土财主，一心想把她嫁到梅城去，以后好跟她去城里享清福。农村女孩要嫁给城里人谈何容易呀，没有文化不懂礼仪的话长得再漂亮人家也看不上。

春红从十岁起就在私塾读书，到了十四岁已经出落得亭亭玉立，尤其是那双会说话的大眼睛和两个浅浅的酒窝，惹得周围不少后生眼热。一天她读完书回家，几个后生拦住她要和她玩玩，还笑嘻嘻地动手动脚。春红吓得哇哇大叫，这时，干完农活回家的火生丢掉犁耙，三拳两脚就把几个后生赶跑了。春红从此便和火生贴近了。火生懂点医也会点武功，干活之余经常躲在屋后的竹林里练拳，春红发现了他的秘密，便也经常去偷看他练拳。他练得热了，就剥了衫。他身材魁梧，体魄强健，手臂和胸脯上的肌肉像一个个小老鼠似的蹦跳，汗水顺着身体往下流，弄得他穿的薄薄的裤子也汗津津的，那坨东西鼓起来，轮廓分明，看得春红脸热。

到了十五六岁，父母就开始筹划起她的婚事来了。

春红奇怪，这一年多，家里老有不认识的人来，对着她指指点点的。有一次邻村的黄媒婆带着一位油头粉面的后生来到家里，后生对着她上上下下地打量，还涎着脸对她微微笑。她心里发毛，喝问道，你干吗？后生也不理她，对黄媒婆直点头，好好好。几天后，父母告诉她，那个后生是城里人，父母是老板，看上她了。春红坚决不干，甚至以死威胁，父亲恼了，抓起一根木棍就朝她砸去，幸好火生挡得快，才免了她的皮肉之苦，但火生的手背却肿起了一个大包。没有人的时候，春红拉着他的手一个劲问，痛吗痛吗？火生不好意思地抽回了手，不痛不痛。后来，父母又逼她见了几个城里人，她一概拒绝，有一次还当父母的面喝下了家里用来做豆腐的卤水，差点要了小命。父母见状，只好先把这事放下了。春红乐得清静，对火生倒是更加上心了，但是火生却总是不冷不热，没有什么表示。

近一段时间，火生的行为有点诡秘，不时跑到附近一个公学去找欧阳老师，两人总神神秘秘地不知说些什么。这欧阳老师是外地人，不知为何和当地的农民，特别是像火生这样的穷人走得很近。前些天，公学里来了一队警察，一个个扛着枪，凶神恶煞地，冲进正在上课的教室里，把欧阳老师抓走了。校长和当地人不晓得发生了什么事情，上前询问，警察说，他是共产党！你说该抓还是不该抓？校长和族长问什么是共产党，警察没有好脸色地说，共产党就是共产共妻的流氓，是专门反政府和杀人放火的土匪。大家议论纷纷，欧阳老师是个斯文人，对人也很好，有缴不起学费的孩子他还会帮着出钱，这样的人样般会是个流氓、土匪呢？大家百思不得其解，但也没有人晓得究竟是怎么回事，此事也就成了一个谜。

欧阳老师被抓走的第二天，火生辞工不干了，大家猜测，火生的辞工失踪肯定与欧阳老师有关系。最着急的是春红，她像无头苍蝇似的到处乱窜，最终火生还是在她的视线中彻底消失了。

天边露出了鱼肚白，围屋里的鸡像是比赛似的一只接一只地轮番啼叫，狗倒是安静了，大门一开就溜出来撒尿撒欢，开始打浆的禾苗散发出淡淡的诱人的清香……下宫坝的早晨一下子就热闹起来了。她们开始收拾工具准备回家了。怀梅和兰香嫂子关心地问春红，火生有消息了吗？春红有一肚子的话，但又不知怎么说，她摇摇头一脸沮丧，眼泪在眼眶里打转。她们都是童养媳，婚姻不由自主地被某种势力左右着，无法按照自家的意愿挑选老公，更没有权力嫁给父母选定的老公以外的男人，所以虽然不赞同春红的做法，但内心也都很羡慕她，敢于表达自家的爱恨，敢于追求自家的幸福。客家俗语说，三个妇人家，当过一辆车。本应该是说笑热闹的场面，现在见春红不想多说，她们也就不敢问下去了，怕触碰到春红的伤口。

第二章

买尿声中，
怀梅用尿桶挑回了一个女婴

日子在平静地过着。

怀梅和用文偶尔也做些男人女人该干的事。用文还是一如既往的脸无表情，而怀梅还在想着自家是不是处女、石女的事情，也感受不到什么快乐。

圆房几个月后，怀梅总觉得有点酸心反胃，肚子也开始能看出形状来。珍娘喜上眉梢，不让怀梅干重活，还时不时给她弄两个荷包蛋煮娘酒补补身子。她到市场买了十多只鸡，有公的有母的，养半年多正好生孩子时用。大公鸡和大阉鸡炒娘酒，大补；小母鸡清炖，催乳。她还到阿明叔姆那里借了两斗糯米，自家亲手做娘酒。客家俗话说"蒸酒磨豆腐，唔敢逞师傅"，意思是很难，谁都没有把握做好。但是，珍娘是下宫坝的酿酒高手，酿的酒不但酒娘多，还很甜，没有半点酸味。如今儿媳妇坐月子，她更是用心。首先把糯米用大锅蒸成米饭，熟后用簸箕摊开放凉，凉后把揉碎的酒饼和红釉搅拌均匀放入酒缸中，码实后在中间挖个洞，再把酒缸捂紧。几天后酒香飘溢时开缸，就可看见酒洞里已经有点浅浅的酒了。待发酵至酒洞满时，把酒盛入酒瓮再继续发酵。为了除掉酒中的湿气，也为了让酒质更加醇厚甜美，珍娘找来许多锯末和谷壳，把两个酒瓮围成一个圆堆，点燃杂物堆后直至烧尽，酒瓮还要在灰烬中炙上十或八个钟头。至此，娘酒制作才算完成。这些工序一道也不能少，虽然很繁琐，但想想这是给孙子做的，珍娘心里美滋滋的。

很快就到生产的日期了，珍娘早早预约了邻村的接生婆。一直到生产那天，怀梅还要去打水，珍娘不让她去，但是她不当回事。已经在城里找了份账房先生差使的用文请假回到家中，也帮着劝。怀梅头一回见他对自家那么上心，有点感动，就有些迟疑了。这时接生婆反倒在旁边吹风，说是生孩子不能太宝贝，干些活骨盆张得更开，孩子出来时舒舒服服的，大人也不受罪，就像放个屁似的；反而是城里那些四体不勤、五谷不分、弱不禁风的太太小姐生个孩子那叫费劲，要生要死的，有些甚至没了命。接生婆是从江西嫁过来的，有点文化，说一口半咸淡的客家普通话，让人听起来有点怪怪的。

下午二时多，怀梅开始肚子痛，一会儿羊水就破了。接生婆赶紧叫她躺下。怀梅第一次生孩子，虽然大大咧咧地不当回事，但是肚子一疼，还是有些紧张害怕。珍娘握紧她的手安慰道，别怕别怕，你只管用力，其他有我和接生婆呢。一阵疼痛后，没费多少周折，孩子就生出来了。怀梅也没有感觉有多难受，反而像卸掉了坠在身上的担子，身子顿时轻松了许多。珍娘从接生婆手里抱过孩子，先看了看下面有没有小鸡鸡。一看是女孩，她有点失望，但还是笑盈盈的，细妹也好，大妹细赖，长大可以帮做家务农活，反正也不是生一个，下一个生个细哥就行。

客家人坐月子很讲究。老一辈都说，月子没做好，要受一辈子的罪。生完孩子后，不能受凉，更不能下地，要待在房内调养，最好是躺在床上，直到孩子满月后才可以出房门。如果月子做得不好，就会落下病根，一辈子都难于好。坐月子期间，主食是鸡酒，鸡酒做法也很讲究，须把许多姜剁得像米粒大小，用油在锅子里炒得焦黄焦黄的，和娘酒、公鸡一块放进沙煲里文火熬至烂熟，每天随三餐当饭吃，开头的那只鸡要用大公鸡，补血补亏，有利于伤口愈合。而后用的是阉鸡和小母鸡，温、热、平而且有催乳作用，月子中禁吃寒、生、冷的食物。几天后可以吃点饭，但只能吃干咸菜炖肉，不能吃青菜和水果。

孩子慢慢地长大，一天一个变化，起初要把她的头轻轻按住，把她的小嘴弄到乳头上让她含住，十多天后，怀梅一抱她，她就会寻着乳香自家找乳头，然后"吧吧"地吸吮。怀梅看着这个小东西，心里满满的温柔。

一天晚上，怀梅睡觉前心里总感觉慌慌的，她不由得多喝了几口娘酒，就昏昏沉沉睡下了。睡到半夜，她梦见孩子有气无力的样子，慢慢地往天上飘去。她突然醒了，心砰砰急跳，赶紧摸了摸孩子，孩子还在，被自家的身子压住了。她舒了一口气，把孩子抱到胸前喂奶。孩子并没有像往常那样活泼地寻找乳头，头垂了下来，她以为孩子睡着了，把乳头塞进孩子嘴里，一点反应都没有，灯光下小脸酱紫酱紫的。她开始慌了，大声叫唤，阿妹阿妹，你样般了，别吓阿姆呀！珍娘听到怀梅呼天抢地的哭叫声，衣服没有穿好就跑过来了。她抱过孩子，马上明白了是怎么回事。快快，去找风叔啊！怀梅赶紧起床，草草穿上衣服去找风叔。

半个小时后，风叔到了。他看看孩子，甚至没有用手去触碰，就下了结论，孩子已经死了。怀梅哭求道，风叔，你就救救她吧，救救她吧！风叔也不言语，把珍娘拉到一边，附在她耳旁说，没有救了，准备后事吧。珍娘有点茫然，机械地问他，是样般死的，样般就……风叔说，做阿姆的睡得死，身体压死的。

人怕伤心，树怕剥皮。一整天，怀梅抱着孩子一直盯着她看，不言不语，失魂落魄。

傍晚，用文听到消息赶回家来，怀梅一见他，"哇"的一声大哭起来。用文只是冷冷地看她，也不安慰。

三朝过后，连名字都没有来得及起的孩子埋在了公太留下的那墩竹头下，没有墓碑，只在坟墓上插了一个木牌子。

埋完孩子，用文就回米店里了。

悲伤郁闷的情绪弥漫着小院子，怀梅经常一个人待在屋子里喃喃自语，阿妹死了，阿妹真的死了，是我压死的，是我自家压死的……珍娘没少给怀梅脸色看，但是每想到她不是故意的，也就不敢过多地责怪她。

半个月都在浑浑噩噩中度过，那天，阳光灿烂，怀梅慢慢从过度悲伤中挺过来了，开始干些农活。一个多月没有到田地里，地里长满了杂草，由于缺少打理和肥料，番薯苗长得又瘦又干，怀梅花了一天除草淋水，终于有了点生气。番薯正是结果需要肥料的时候，怀梅第二天清晨就挑着尿桶到城里买尿了。

不知从什么时候开始，梅城附近的不少农村人每天早晨都到城里去买尿，以前没有化肥，家里的农家肥不够用，没办法，只好到城里去买尿买粪，正好城里人的粪尿没有去处，倒掉弄得很臭，也觉得浪费了，一拍即合，就产生了买尿卖尿这个行当。这个习惯延续了近百年，到20世纪80年代才销声匿迹。他们挑着两只尿桶，沿街穿巷地叫唤"买尿哦，里面有尿卖嘛——"为了突出效果，让屋里的人能听见，买尿的人会特地把"嘛"字拖得很长，还在中间段拐个弯，出来的声音绕绕韧韧像唱歌一样。有人为了多卖一两分钱，头天晚上就开始"做尿"，在尿缸里放些稻秆，加点水，稻秆浸得发黄变了色，以水充尿。小时候，我和弟弟就"做"过尿，做的尿比真尿还黄，现在想起来就好笑，但在当时，是既紧张又有点羞愧，像做贼似的。

怀梅挑着尿桶走着叫着，"买尿哦，里面有尿卖嘛——"也许是太早，也许她的声音已经没有以前那种底气不够洪亮，在东湖路走了一圈走到东教场时，想起孩子，又伤心起来，便坐在石凳子上抹眼泪。

一个三十多岁的女人挨着她坐下，关心地问道，妹子你碰到什么难事了？怎么哭得这么伤心呀？怀梅被这么一问眼泪流得更多了，止也止不住，又不敢哭出声来，抽抽泣泣地转不过气来。女人边给她揉着后背边劝她，莫哭莫哭，有什么事情就说出来，说出来好受点。怀梅平静了些，开始叙说起来。女人听了怀梅的悲惨故事后，又安慰了一阵子，突然一拍脑袋，呀，正好，我刚生了一个妹子，也刚满月呢，送给你养好吗？怀梅狐疑地看着她，你样般……女人忙说，我姓谢，家在离这里不远的蓝塘下。莫看我年纪不大，可我已经生了六个孩子了，不过都是细妹子，讨老公和家娘嫌呢，说一定要生个细哥出来传宗接代。怀梅问，你真愿意把妹子送人吗？唉，谁愿意把妹子送人呢，但是生活不好过，家里八九张嘴等着吃饭呢，我看你没了妹子那么伤心，该会很惜妹子的，把细妹送你我放心呢。怀梅脸上活泛起来，但还是有点警惕，谢嫂，要……要多少钱呢？谢嫂一摆手，要什么钱，你抱走就是了。怀梅有些急了，白要啊，那怎么行？谢嫂想了想，问道，要不给你当等郎妹好不好？怀梅摇头，我又没有赖子。没有关系啊，你想，你还要生的吧，说不定下一个就生个细哥呢。这样，如果你生了细哥就给你做等郎妹，我们两个也结个亲家；要是生个妹子就给你当女儿，我们就当好姐妹，你看好吗？怀梅点点头，好是好，就是唔晓得家娘老公同意么。谢嫂一笑，先抱回孩子，我跟你一起去说。走，先到我家里去看看。

说走就走，两个人走了大约半个时辰，来到谢嫂家。细妹躺在一个摇篮里，胖胖的，看上去就知道谢嫂的奶水足。看见怀梅，露出一个这个年龄特有的灿烂无邪的笑，怀梅好像又见到了自家死去的细妹，轻轻地抱起来，眼泪吧嗒吧嗒滴在孩子脸上。她心里拿定了主意，不管家娘和用文同不同意，这个细妹自家一定要的。

两人启程去下宫坝，起初是怀梅挑着空尿桶，谢嫂抱着孩子，后来觉得路途远，抱一个孩子累，还是挑着好，便在一个尿桶里絮一些稻秆和一件旧衣服，把孩子放进去，另外一个尿桶里放几块石头。两人一路说着话，一个多钟头便到了下宫坝。

珍娘见怀梅带回一个女人，尿桶里挑着一个孩子，不晓得样般回事。谢嫂叫声大嫂，把样般碰到怀梅，两人怎么商量送孩子的事一五一十说给珍娘听了。细妹死后怀梅一直失魂落魄的，珍娘看着也有些不好受，再看看抱回来的孩子生得白白胖胖，模样可爱，已有点喜欢上了。谢嫂又说了童养媳的想法，正合了珍娘的心意，梅州客家地区有等郎妹的说法，即把年幼的女孩嫁到没有男孩的家中，苦苦等待婆婆为自家生一个丈夫。

现在看来，这个习俗对男的女的都有点残忍，但家族中倒是把这看作是招郎的意思，就像北方地区的招弟似的。

珍娘赶紧叫人到城里叫用文回家，买了一块布和一包点心，请来和顺叔公作为见证，留谢嫂吃了顿饭，又亲自给孩子起了名字"兰芳"，这件事情就算定下了。

晚上，珍娘怕怀梅又压坏孩子，要孩子跟她睡。怀梅不同意，说有一就不会有二，请阿姆放心。珍娘见她这么认真也就不再好说什么了。

怀梅和这个孩子还真是缘分不浅。一到怀梅怀里，小兰芳就开始寻找乳头，起初，已经停了十多天奶的乳头怎么也不出乳汁，小兰芳也不哭，只是一个劲地吸，小嘴巴有力地一张一合，让怀梅心疼。怀梅使劲地揉乳房，又用手挤压乳头，慢慢地她觉得里面好像轻松了好多。第二天珍娘到风叔那里拣了副催乳的草药，柴火煎给怀梅喝，又买来猪脚，到屋后摘了个木瓜，文火熬好汤给她吃。到了下午，怀梅突然觉得乳房一阵通畅，痒痒的，一看居然出奶了，一点点白色的乳汁滴在乳房边沿。怀梅赶紧把小兰芳的小嘴套上乳头，像久旱的禾苗遇到了雨水一样，小兰芳吧嗒吧嗒吃得可欢了。

一年中最富有生命力的节气惊蛰到了，春雷响，万物长，春暖花开的日子，生活又有了生气。用文还是很少回家，说是店里忙，怀梅白天把小兰芳交给家娘，自家到田地里干活。

水田休息了一个冬天，又要开始自己的使命了。家里没有养牛，春耕的时候，一般都是请阿二哥来帮忙，有时阿二哥太忙，便租借别人的牛和农具自己干。阿二哥是同族人，快三十了还没有结婚，他生性善良，五大三粗，但长相丑陋，脸黑黑的，长着许多疙瘩，耳朵还有点聋，一说话就脸红。前几年有人给他介绍细妹，细妹看了他的家还算满意，对他的长相也没有说什么，但是和他说话得大声喊叫，而且十问没一回，细妹烦了，说和这样的人在一起，连私房话、亲热话都说不了，命没有那么长，头一甩，走了。黄媒婆曾经给兰香嫂子牵线，要撮合他们两个凑一堆，兰香嫂子哈哈大笑，嫁给他？下下生人吧！怀梅私下问她，阿二哥怎么不好呀？就是耳朵聋点。兰香嫂子也不回答她的话，刮下她的脸，我看你和他那么要好，你给他当相好的吧！反正灯熄灭了哪个男人都是一样的。怀梅脸臊得通红，再也不敢在兰香嫂子面前提这事了。

阿二哥正好有空，怀梅头天晚上和他一说，一早他就牵着牛扛着犁耙来了。

早晨，朦朦胧胧的山村飘飘曳曳着一些薄雾，像轻纱笼罩着的一个神秘的仙女。谁家在菜地里生起了野火，和各家各户的炊烟混合在一起，有点特殊的香气，也有点呛人。时断时续的狗叫声，更衬托出下宫坝的宁静恬淡。阿二哥开始翻犁闲置了一冬的田，这对他来说是那么驾轻就熟，急缓、直弯、深浅完全随他的意愿，别人颇费力气的转弯，他只一提一扭一推，犁就轻轻松松地转过来了，像是在玩。牛也听话，配合得很好，他每一声吆喝，手上每一个动作，牛都能领会，乖乖地服从他的指令。只一顿饭的功夫，一畦畦油光黑亮的泥土就被翻犁过来，整齐有序，深浅均匀，组成一排排好看的垅阵。怀梅紧跟在阿二哥的后面，拿一个簸箕，捡野草、瓦片碎石和杂物，不时有一两条泥鳅和被称为"狗腿子"的小虫子被翻了出来，她抓来放进瓶子里带回去用油炸下，可以当菜吃，营养丰富。

一天下来，几丘田也犁完了，怀梅把准备好的一块猪肉和一盒菊花糕塞给阿二哥，算做工钱，阿二哥也不推辞，只是笑笑。他们之间有一种默契，除非很迫切的事情，一般都不用语言表达。在怀梅来说，她理解阿二哥的耳朵不便，而在阿二哥来说，怀梅随意的一个动作，他就能领会得很准，不须说什么。

晚上，阿二哥收拾干净上小院子来了，手里拎着半块猪肉和半盒点心，指了指细妹又指了指她，怀梅明白他是说细妹要吃乳需要营养，她要多吃才会有乳汁。怀梅推辞了一会，但他态度很坚决，便没有坚持。在阿二哥逗细妹玩的空隙，她到厨房把泥鳅和"狗腿子"炸得焦黄焦黄、香喷喷的，装好给他带回去做下酒菜。他依旧笑笑，收下回家去了。在半个多时辰里，他们没有说一句话，但意思却表达得精准无误。

转眼间，小兰芳开始牙牙学语，整天咿咿呀呀不知说些什么，牙齿长了两三个，像小玉米般的大小，吃奶的时候咬得怀梅乳头疼。每当小兰芳一咬乳头，怀梅就拍一下她的屁股，小兰芳也聪明，如此反复几次以后，知道咬乳头要打屁股，便不再使劲了，怀梅亲下她，算是鼓励和奖励。小兰芳还不会走路，有时她在摸栏里爬着爬着想站起来，还没有站稳，"啪"的一声又摔倒了，她哇哇大叫，手脚乱蹬。怀梅老是担心，怕她学不会说话走路，一有空便扶着她学步，教她说话：阿爸、阿姆、阿婆。但往往费力不讨好，急得她满头大汗。珍娘笑她，别费神了，到了时间，她自然就会学会的。果然，没过几天，她清清楚楚地听见小兰芳叫了她一声阿姆，嘴角还露出一个很灿烂的笑容来，怀梅心里乐开了花，连干活都有使不完的劲。

那天早晨，她打理完家务活，把还在睡梦中的小兰芳抱到珍娘的床上让她照看着，自家到水塘里洗衣服、被单。

青石板上，已经有一个打扮入时的女人在洗衣服，见她来了，挪开了点，说，怀梅，你也来洗衣服啊。

女人叫凤招，是几年前嫁过来的，据说读过几年书，因为在村里名声不好嫁不出去，父母就把她嫁给了下宫坝的古阿永。古阿永有些田地，但长得贼头鼠脑。村里人私下议论说，古阿永属公鸡型，每天都要行房，但是每次都是两分钟完事，她还没有体会到快乐，或者刚刚有了点兴致，老公就已经瘫软如泥了，弄的她索然无味。等她已经洗干净收拾好准备睡觉的时候，老公又开始频频动作起来，又得配合他，不配合就又打又骂。一个月过后，她身心俱疲，任老公用什么方法逼她，她就是不愿意再配合。不久，她老公突然死了，奇怪的是死在离这里七八里远的梵音庙附近，身上一丝不挂。当梵音庙里唯一的和尚永清师傅来到下宫坝报信时，村里人议论纷纷，都猜想是不是有人谋财害命杀了他，但是他又不是财主，身上也没有几文钱。有人又说，是不是他行为不端，去勾引良家妇女，给主人家杀了。甚至有人大胆推测，是凤招受不了他，使人去杀死的。但是各种猜想都没有证据，最后也就不了了之。凤招随村里人怎么说去，还是自家过自家的日子，只是她一月中有二十多天都在梅城，据说她在城里虹桥头租了个房间，每天晚上就在东教场和百花洲那里拉客，做皮肉生意，一月中只在红事的那几天回到围龙屋自家的房间静养，过后又回到城里。有人曾经把她告到和顺叔公那里，说她伤风败俗，要把她赶出下宫坝，但是和顺叔公说了，没有证据证明她干的那些事，有什么理由赶她走？怀梅平常和她关系一般，毕竟各人有各人的生活，和自家没有多大关系，她对凤招既不讨厌也没有好感，见了面就招呼下，也没有坐嬲过。

各洗各的衣服。一会儿，凤招洗好了，好像突然想起什么事情来，问道，怀梅，用文兄弟对你好吗？

怀梅没有想到凤招会这样问，不晓得样般回答好。

凤招又问，你去过他做事的米店里吗？

没有。

什么时候去米店里看看吧。

我忙呢。

忙也要去看看啊，他那店里过年前来了个漂亮的女店员呢。

来就来吧，和我也没有关系。

他经常和女店员在一起说笑呢，看上去好亲热的。

别乱说，用文不是这样的人！

好了，我不说了，你自家拿主意吧。

凤招拎起桶走了，留下怀梅待在那里。难道用文真像凤招说的那样吗？看他知书达理，文文弱弱的，不像是风流人呀，但是也说不好，囚在笼里的鸡鸭没有露头，是鸡是鸭也说不清楚。自家一个人没着没落的，就去找兰香嫂子出主意。兰香嫂子听完她的叙说，略一沉思，说，也说不准，用文这人"唔声唔声打烂盒"，真可能干出这事来。怀梅一听懵了。

兰香嫂子给她出主意，等用文回来和他做的时候，你就闻闻他那个东西，如果他只和你做过，就是你的味道，如果他和别的女人做过，就有别的女人的味道。怀梅大为诧异，这都能闻得出来吗？你闻过？兰香嫂子似是而非地点点头。

清明节那天，用文回家来了。按照惯例，祭祀了祖先又到竹头下祭拜了父亲，就要回城里去。珍娘不让，非要他在家住一晚，他不好再说什么，极不情愿地留了下来。珍娘偷偷地对怀梅说，你也应该再生个细哥了，晚上自家主动点。

晚上，珍娘煮了一碗艾叶煮荷包蛋，加了娘酒，端到用文房间，又把小兰芳抱过去和自家睡了。

放下蚊帐，怀梅吹熄了灯，很主动地要求用文爬上身来。用文虽然不情愿，但被怀梅一揉一撸也涨了起来。一阵机械式的动作过后，用文要去洗洗，怀梅按住他，第一次用手摸了摸他那两腿间的东西。她犹豫了一会，把头埋在他的下体上使劲闻起来，有股说不出的怪味，令她很不舒服。

她放开用文，坐了起来，故作凶凶地问道，你是不是同别的妇人家了？

用文冷冷地说，没有。

你瞒不过我，还是老实说了吧。

没有。你有什么证据？

我闻得出来！

你闻什么就闻得出来？

反正我闻得出来，你别抵赖了！

用文没有再说什么。怀梅心里凉了，如果用文坚决否认，甚至骂她，她反而会很高兴，按他的性格，他是不会极力狡辩的，但是用文没有，那就极有可能是真的了。

一夜无眠。第二天早上，怀梅把凤招的话和自家的怀疑告诉了珍娘，珍娘一脸不高兴了，说凤招那样的女人说话像放屁一样的，你还信她。怀梅说，我也不想信的，但是用文……你还是自家去问问他吧。

吃了早饭，怀梅借故抱着兰芳出去了，珍娘把用文叫到房间里来。

你是不是在梅城找了别的女人？

谁说的？

莫管是谁说的，是不是？

用文没有言语，珍娘已经明白了八九分，她劝道，人无十足，卵无满笃，你以后就不要做对不起怀梅的事情了，犯点错改过来就好。

我没想伤害怀梅……

见好心相劝没有作用，珍娘大为震怒，骂道，你给我断了！

断……断不了……

不断我死给你看！你是要我喝盐卤、投河还是吊颈？

用文有些惶恐，低着头在揉衣角。

珍娘一看他这个动作气就不打一处来，又骂开了。骂到最后，她恨恨地说，不准去米店了，你回家来好好种地。你要是还敢去，我打断你的脚骨！

用文平静地说，好的，阿姆你别气坏了身子，我不去米店就是了。

一家安安静静地吃了饭，用文还例外地逗了一会兰芳。

下午，怀梅干活回来，不见了用文，她问道，阿姆，用文呢，回店里了吗？珍娘答道，他不回店里了，以后就在家帮你干活呢。又问道，咦，下昼他不是和你在田里干活吗？怀梅说，没有啊。不晓得他去哪里了。珍娘这才有些慌神了，让怀梅去围屋和田地里找，又到下村李屋用文的同学乐思那里去问。一个时辰后，怀梅回来了。阿姆，到处都没有啊。珍娘心里说坏了，这无用赖子又回店里去了。怀梅问她是不是和用文说了什么重话，珍娘回答说没有。

第二天天边刚露出鱼肚白，珍娘就收拾了一下，到梅城米店去找用文了。怀梅问她去哪里，她说去城里买点盐味。怀梅明知道她去找用文，也没有点破。

　　珍娘来到米店，陈老板把她引入店里，问她用文样般还没有回来，是家里有事吗？珍娘的脑袋嗡的一声炸了，问道，用文没有回店里吗？陈老板说，没有，前天他说要祭拜祖先请假回去了，到现在还没有见人影。珍娘急急地问，你店里是不是新招了个女店员？是呀，过年前招的，是江西的亲戚介绍的，咦，奇怪，她昨晡下昼也不见了。陈老板还在唠叨着什么，珍娘已经出了店门，也忘了买盐巴、鱼露就回家了。

　　回到家里，珍娘倒在床上，失魂落魄的样子。怀梅把饭菜端到她床前，也不敢问她什么，只是劝她吃饭，珍娘摇摇头，什么也不吃。

　　连续几天，珍娘茶饭不思，这可愁坏了怀梅。怀梅请来风叔，风叔给珍娘打过脉，给拣了两副草药，对怀梅说，你家娘是有什么事情郁结在心，难于化解，要慢慢调养。

　　家娘去了趟梅城，连盐巴、鱼露都没有买就回来了，她肯定去米店见过用文，究竟发生了什么问她也不说，怀梅想肯定不是什么好事。她去找兰香嫂子商量，兰香嫂子建议她到米店去看看。当下，兰香嫂子就安置好孩子，和怀梅一起到了梅城，到米店里一问，才知道用文和江西来的女店员双双失踪了。怀梅呆呆的，身上一点力气都没有，兰香嫂子当下就骂开了，烂斋嬷（破烂货），夹契哥（偷男人）也不看人家是有老婆的，锅摸绝代的，不得好死！想到自家的老公前几年突然失踪，说不定也是给哪个女人勾引走了，害得自家孤儿寡母的，伤心得倒先哭开了。

　　回到下宫坝，怀梅一天都呆呆的。珍娘问她去哪里了，她说到地里干活呢。晚上，兰香嫂子怕她出什么事情，过来陪她。两个年轻的女人同病相怜，也没有多少话。兰香嫂子说，怀梅，你要是想哭就哭出来，这样好受些。怀梅的眼泪在眼眶里打转，但没有哭出声来，她心里委屈却不晓得怎么表达。用文什么都不说，就突然离开了家，肯定是跟那个江西女店员私奔了。他为什么要这样对我？是我哪里做得不好吗？是我哪里得罪了他吗？她回忆起结婚以来的各个细节，包括请酒席、洞房之夜、生妹子等等。她想起来了，两个人行房，他一直都是一副毫无表情的面孔，根本看不出有什么欢喜的表情。另外，自家把刚出生的妹子压死了，他好像很生气，虽然没有骂她，但是好多天都没有理她。再一个就是自家没有文化，他看不上，但是这能怪我吗？从小就要干农活家务，大人不送你去读书，你还能自家跑去读吗？看看下宫坝，又有几个细妹子读过书呢？说来说去，他要走的话，什么理由找不到呢？唉，只能怨自家命苦了。

管他天上雷公砑天，命长正食得饭多。经过了孩子死去和用文出走两件事，怀梅看到了生活的青面獠牙，也更懂得了开解自家。她用这句话来安慰鼓励自家，走出悲伤痛苦。

生活还得照样过，怀梅还是干着该干的事情，只是珍娘的身体不见好转，人一下子又干又瘦，还不时地咳嗽，一咳嗽就好像有一股浓痰堵在喉咙里，半天喘不过气来。那天，她一醒来，就对怀梅说，细梅欸，我现在醒来头一件事就是摸摸自家的心肝还会不会跳。今天停了下又跳了。咳咳，我又赚了一天。听得怀梅心惊肉跳的，赶忙又把风叔请来了。风叔交待怀梅要给她补身子。怀梅把养的两只鸡杀了，家里再也没有什么好吃的了。她想来想去，决定晚上去抓几只蛤蟆给家娘补补。

家里烧的柴草都是她去山里弄的，有时看见带着蜡黄的松油的松树就会砍下来挑回家，另外存放起来作照明用。她挑选了一根蜡黄滴油的"松光"，破成一小块一小块，又找了一根木棍，和一个托盘，架好"松光"，点燃了，背上一个篓子出了门。

不知道是偶遇，还是阿二哥得知怀梅要去照蛤蟆，早早等在水井边。本来怀梅半夜一个人去照蛤蟆心里就有点发毛，还想着去找阿二哥帮忙的，但又觉得不好意思，怕别人说三道四，如今见他出现在自家面前，心里真是一阵欢喜。

两人一前一后走着，"松光"火在田埂上晃来晃去。四周安静得出奇，只听得见脚步声和满田野的虫声蛙声，只要脚步声一近，虫声蛙声就停了，过后又热烈地响起来。不时有一两只蛤蟆被惊动了，噗嗵一声跳进田里。蛤蟆怕光，只要把"松光"对准了它，它便傻傻的一动不动。不一会，两人便抓了两只。又一只蛤蟆被"松光"罩住了，怀梅轻手轻脚走过去，脚下一滑，一个趔趄向水田里扑去，阿二哥急忙抱住了怀梅。两人的身体像两堆面团一样黏住了，怀梅即将倒下的身子突然被一个坚实的手臂和宽厚的胸膛挡住了，她感到前所未有的安全感。只有在此时，她才感觉到很累，很想安安静静地休息下，眼前的男人就是一个最大的诱惑。但是她马上收住了短暂的迷离状态，她站稳了，理了理头发，平静地说，时间不早了，回去吧。阿二哥点点头，夜色中看不见他脸上有什么表情。

　　这几天珍娘的身子有些好转，也不老是咳嗽了。怀梅又挑着尿桶去梅城买尿，正好碰到谢嫂也在游街买尿，两人一见十分亲热。怀梅不敢和谢嫂说家里最近发生的变故，谢嫂倒是很关心兰芳，问她最近怎么样，长了多少颗牙，会不会走路了，会喊人说话了吗。怀梅一一作答，说着说着不自觉地叹了口气。谢嫂问她是不是碰到什么难事了，怀梅点点头。是啊，以前用文在店里做事，还时不时地有钱捎回来，自从他失踪后，家里一点活钱都见不着，也没有什么可卖的了，想买点盐巴、鱼露都没有钱。家娘病腻腻的帮不上忙，自家一个妇道人家，真是没有办法。家里的米快吃完了，只好吃番薯、菜叶，自家还可以顶一阵子，但病腻腻的家娘和小兰芳就不行了，小兰芳一见到这些就噘嘴巴，不肯吃。怀梅自然是不敢说用文失踪的事，这在她看来实在是丢人，其他不说，最起码是自家没有本事，笼不住老公，让他跟别的女人跑了。谢嫂听了也是一阵伤心，唉，都是苦命人。她突然想起什么事，问道，你愿意跟我挑盐担去江西吗？说完又马上否定了，唔好唔好，挑盐担好辛苦的，又危险，你一个细妹欸，去不得的。

　　怀梅也听说过挑盐担的事，本族的阿明叔姆为了挣点钱缴儿子读书，就去挑过几年。她一个人把孩子养大，送他去读书，她儿子同辉很也争气，几年前在梅城中学考了第一，考到燕京大学读书去了，如今同辉已经在广州市政府工作，听说是给市长当秘书呢，每月按时寄钱孝顺母亲，还搭信回来，下半年要把母亲接到广州去享福。族里人一说起阿明叔姆就啧啧称赞，说她辛辛苦苦一辈子总算熬出了头，众人眼里都是羡慕，殊不知她当时挑盐担所受的是什么罪。挑盐担上江西，从江西买点大米、黄豆挑回来，还能赚些脚钱。怀梅有些心动了，这不但是赚脚钱的事，心底下还想去江西碰碰运气，看能不能撞到用文，撞到了就把他接回来，也不埋怨他。是呀，谁不会犯点错呢，只要他好好过日子，孝顺阿姆，共同把赖子、妹子养大就可以了。在她看来，江西好像就那么一点点地方，说不定真能见到用文呢。约好挑盐担的日子后，两人便分了手。

　　回到家，怀梅开始着手准备挑盐担的事情。她到阿明叔姆那里去坐，阿明伯姆听到怀梅要去挑盐担上江西，吃了一惊，说，你不要去，很辛苦，半路有时还会碰到土匪呢。怀梅说有人带路，不怕，又问了许多挑盐担的事。阿明叔姆见她态度坚决，也就没有再劝，把自家挑盐担用的饭梢子给了怀梅，教她怎么把米放进饭梢子里，煮透了，不能太软，要耐保存耐饱，路上要吃几天呢，还得吃饱，要不怎么挑担。阿明叔姆又讲了些其他注意事项，眼里满是慈爱。

　　怀梅出了阿明叔姆的房间，正好碰到兰香嫂子和春红，问她手里拿的是什么。怀梅说，是饭梢子呀。春红很好奇，拿来干什么用的？挑盐担路上装饭的，路上要好多天，用饭梢子装才不会馊。怎么，你要去挑盐担上江西吗？是的，约好了和我的亲家姆一起去。春红叫起来，我也去。怀梅和兰香嫂子同时打断她，你闹什么闹！春红认真起来，我不是闹，真的要去的。这时，兰香嫂子也认真起来，要去就一起去吧，我还没有出过远门呢，另外我也赚点钱，龙飞读书要花钱呢。

　　三个人开始认真商量起挑盐担的事情来，担子不用自家准备，盐铺的老板会准备好，主要是路上吃的用的。兰香嫂子兴奋地说家里还有一个饭梢子，是家娘留下的，春红说我没有也用不上，你们分点饭给我吃就行了，要不我蒸些包子带路上吃。怀梅突然想起件事，问兰香嫂子，你的赖子龙飞怎么办呢？兰香嫂子说，这你们就不用操心了，龙飞都十岁了，胆子大着呢，他完全可以照顾好自家了。春红突然降低了声量，说，我去挑盐担的事情你们两个晓得了便好，不要让别人听见，特别是坚决不能让我阿爸阿姆晓得。

出发的前一天晚上，怀梅按照阿明叔姆的嘱咐，偷偷蒸好了饭团，加点盐搅拌均匀盛进饭梢子里用文火熬煮了两三个时辰，待米被熬煮得熟透硬实时才捞了上来，又用瓶子装了开水，带上了两件防寒防晒的衣服和一块擦汗的帕子。一切准备妥当，她来到珍娘的房间，说，阿姆，我晨朝日要去我梅城的阿姆那里，她有点事叫我帮忙，你帮我带好兰芳，我几天就回来。珍娘答应下来，说，事情办好就早点回啊。

第二天天还未亮，三个人就出发了，此时整个下宫坝还在睡梦中，大家都还没有醒来呢。

第三章

四人同行，
挑盐担上江西遇到了劫贼

据史料记载，明末到民国数百年来，粤东地区盐丰粮缺，江西则多粮少盐，粤赣两地商人纷纷前往两地贩运盐粮。由于彼时粤赣两地交通不便，大山横亘，水路不通，两省通商多走山路，货物由劳力肩挑，盐上米下的挑担队伍便悄然涌现。从梅城到江西筠门岭，有些会挑到会昌或者安远，这条连结粤赣两省的驿道被称为"盐米之路"。可以说，"盐米之路"上洒满了挑盐担的客家妇女的血汗和泪水。从梅州到筠门岭有二百多公里，现在开车只需三个钟头左右，而当年挑盐担来回要走十天左右，路途还多有路障、风雨、暑热、匪患、瘟疫等等，可想而知，挑担人的辛苦和危险，是常人难以忍受的，不是生活很艰辛的人，有谁愿意去受这样的苦？三十年前，我曾经从梅城沿路而上，一路考察寻觅当年挑盐担的路线及食宿驿站，来到当年挑盐担的必经之路，也是中途歇脚之地平远县仁居镇邹坊，只见上千年的古亭依旧傲然挺立在天地之间。亭子很大，从二楼开始，每层都有小阁楼，像一个个小房间。当地干部介绍说，别小看这些房间，当年潮汕、梅州赴京参加科考的人才有钱住这样的豪华房。古亭下面沿路两旁，则有十多间泥造的房子，墙皮剥落，瓦顶残败，留下了岁月的斑斑痕迹，记载了世事沧桑。我努力寻找辨认哪个泥屋是我外婆当年住宿的地方，但只看见一个个泥屋里的一地杂物、纸屑和泥尘。

闲话少说。那天早上，怀梅、兰香嫂子和春红三人来到梅城百花洲，谢嫂已经先到了，带她们去领了挑担的畚箕，到码头上等待领盐。

古时候，梅城东面坝尾咀到乌蓼沙一带，梅江与程江汇流处形成了一块三角洲，俗称百花洲。这百花洲当年在梅城曾经是笙歌酒色的繁华之地，潮汕地区及梅州各县的人，北上中原各地，都要经过此地，因此成为商旅歇脚休憩之地。入夜，此地"花"舟云集，所以又称"百花舟"。其时有首民间竹枝词唱道："百花洲畔水悠悠，无数闲人放艇游。夜半歌声犹未歇，琵琶弹破一江秋。"这写的是夜半时分的景色，此时的百花洲静悄悄的，只偶尔听见游轮的鸣叫声和岸上生意人、挑担人的有点压抑的嘈杂声，但这嘈杂声在无边的夜色中显得微不足道。

终于等来了盐监张伯，张伯见谢嫂带了三个新人，皱起眉头，问谢嫂，她们挑得动吗？谢嫂连连点头，保证说，挑得动，挑得动。那就去按个手印吧。好的。谢嫂带她们办完必备的手续，开始装盐巴。谢嫂装了一百斤，她们三个也要装同样的斤两，张伯和谢嫂都不同意，谢嫂说，老古言语：行路行得远，灯芯挑成铁。别看现在挑起来不重，但是路途远，会很难受的，你们是第一次挑盐担，不晓得轻重，不晓得辛苦，到时哭都没有地方哭呢。在张伯和谢嫂的坚持下，怀梅和兰香嫂子装了八十斤，春红装了五十斤。

此时天已经大亮，一行挑盐担的队伍开始上路了。

从梅城出发，先是到了城北，一路北上到了玉水村，已经是下午了，张伯看看天色，说，今天出发迟了点，路上又有点事拖延了，先在这里休息一暗晡吧，明天早晨早点走。大家放下担子，十多个人同一个房间住下来也没有床铺，只在地板上铺上些稻草什么的，挑担人又累又乏，也不讲究有没有床铺，头一挨地就睡了。住宿费按人头计算，每人三毛钱，饭是各人自带的，店里可以免费温热，如果要在店里买菜，须另加一毛钱。出来挑盐担的人一般家里都很穷，没有几个人会舍得那一毛钱。怀梅她们休息一会后，各人拿饭梢子到烧着开水的大锅里温热，饭梢子里装的饭都只放些盐巴，好一点的另带一些自己腌制的咸菜，就着开水送饭，吃饱为算。春红给大家一人一个包子，也算是加菜了。挑了一天担子，脚板疼肩膀也疼，浑身酸软，人太多没有热水洗澡，谢嫂熟门熟路，借了只脚盆，倒来热水，招呼大家擦擦身子，泡下脚，就睡下了。

第二天天还未亮，张伯就吆喝大家起来赶路了。他说今天的路程远，要到平远仁居镇的邹坊住宿。

一路辛苦自不必说，半道休息时，怀梅才发现来挑盐担的都是女人，没有一个男人。她有些不解，问谢嫂。谢嫂说，男人都不愿意来挑担，一来他们要出南洋或者到外面做工做生意，二来客家地区重男轻女，男人多为读书人或者生意人，他们也吃不了这苦。兰香嫂子接话说，是呀是呀，你看看我们下宫坝吧，都是女人留在家里干农活的多，男人走的走，溜的溜，有些就不明不白地死在外面了，有几个在家留得住的，比如我家和你家的男人……她突然不说了，看了下周围的人，毕竟第一次上江西挑盐担，大家都还不太熟悉，不好什么话都在这里说的。怀梅点点头，觉得谢嫂和兰香嫂子说得很有道理。其实，她们说的只是她们知道的现实生活中的现状，对于客家妇女不缠小脚，家头灶尾、田头地尾一把手，刻苦耐劳，孝顺公婆的资料介绍和文学作品很多，如郭沫若的诗句"健妇把犁同铁汉"，就形象地反映了客家妇女手把犁耙耕田作业比男人更胜一筹的景况。尤其是她们为了养家糊口挑盐担二百多公里的这件壮举和凄惨境况，更是让后人既敬佩又止不住地唏嘘。在梅州客家地区，至今还流传着这样一首山歌："挑担阿妹苦难言，一步唔得一步前。挑得重来挑唔起，挑得轻来又没钱。"她们风餐露宿，负重前行，换来的只是少许的钱粮，不少挑担者走着走着就突然倒地，从此再也没有起来，或者碰到土匪，把她们抢劫去做老婆，唉，真是苦不堪言。

在这挑担队伍里，只有春红是个例外，她来挑盐担不是为了赚钱，而是另有目的。到了邹坊住宿时，春红就偷偷告诉怀梅和兰香嫂子，前些天，一个远房亲戚告诉她，欧阳老师确实是共产党，经常把火生等人聚在一起说些革命道理，还说在江西井冈山，有一支朱毛领导的队伍，带领工人农民闹革命。欧阳老师被抓之后，火生等人也被官府注意上了，火生只好辞工不干，和几个人跑到井冈山去了。春红铁了心这一生要跟火生在一起，听说怀梅要到江西挑盐担，正好有伴，便瞒着家人跟来了，她的想法很简单，到了筠门岭后，放下盐担就去井冈山找火生。她说，如果待在家里，迟早会被爸妈逼着嫁给自家不喜欢的人，和这样的一个人生活一辈子还不如死了呢。怀梅倒抽了一口气，春红这一走了之，她爸妈不急死才怪呢，但是她也理解春红，经历过自家这样一段无盐无味的婚姻，她倒对春红敢于不顾一切追求自家的幸福有些羡慕起来。她问道，如果她父母问起来，样般和他们说，春红想了想说，你们就装作唔晓得，我过两年就会自家回去见他们的。

挑担队伍继续往北前行。虽然在家里也经常挑担，但是挑那么远的路程，除了谢嫂外，怀梅她们都没有经历过，她们忍受着肩膀上的疼痛、脚上的酸软和身体的疲乏，一路尽量跟着大队伍，因为她们晓得，挑盐担的路上有各种风险，如果与大队伍失散，就可能会惹来许多麻烦。在经过一段很偏僻的山路时，坑坑洼洼的路边有一个饭梢子和一双破草鞋，孤零零地躺在草丛边，谢嫂告诉她们，这是一个挑盐担的姐妹留在那里的，那人挑到这里的时候突然就口冒白沫倒地不起了。死的原因大家也说不清楚，有人说是中暑了，有人说是吃错什么东西了，也有人说是受不了挑担的苦，没缓过气来就一命呜呼了。如今人已经埋掉了，东西却还没有处理掉，看着就瘆人。

上岗杆割喙，下岗石捶背。旧时的山路真是不好走，有些地方只有两个巴掌宽，只能一人通过，路两旁荆棘丛生，不时有芒草树枝横斜到路上，有时路中间又有石头、树头挡住了道路。挑着盐担更是辛苦，要一步一步走，保持担子和人直着走才能过去，让本来就很吃力的担子变得更加沉重。在爬过一座山坡后，怀梅她们逐渐跟不上队伍了，尤其是春红，脚板上磨起了大大的血泡，不得不停下来休息包扎一下。这样走走停停，前面的人都不见人影了，谢嫂为了等她们，也陪她们慢慢地走着。

走在前面的张伯折回来，急得满头大汗，你们样般了，叫你们不要挑太重，偏不听，现在跟不上了，我要领大队伍的人，你们样般好？样般好？怀梅她们是谢嫂介绍来的，谢嫂晓得必须负责，便对张伯说，张伯，你去带大队伍的人吧，她们几个我会慢慢领她们走，要是跟不上，就在筠门岭等阵好吗？张伯也没有别的办法，只好嘱咐她们，你们小心点，别走散了，万一被土匪劫财劫色，我可负不起责任。

张伯经常走这条道，晓得筠门岭狗嫲岗一带时有劫贼出没，这话既是吓唬她们，也是好意提醒她们。

上到半坡，四人放下担子休息，这时，太阳离落山还有一个竹篙长短，四周一座房子一个人影都不见，不远处一只霸坑鸟响亮地叫着，山风吹过来一阵凉意，也吹过来一阵淡淡的花香。越往上走草木越茂盛，路旁开着许多红色的花，春红很是喜欢，问谢嫂这是什么花，谢嫂告诉她叫映山红也叫杜鹃花，江西山上很多。其实梅州也有映山红，但长在比较高的偏僻的山里，城附近的山上不容易见到。兰香嫂子对怀梅说，你不是喜欢唱客家山歌吗？唱一首我们听好不好？春红拍手叫好，怀梅说，累，没有心情唱呢，到了筠门岭再唱吧。谢嫂望了望太阳，西边刚才还彩霞漫天，现在却乌云密布，把太阳都遮住了，显得天色晦暗，好像要下雨的样子。她催促大家，走快些，过了这道山再走不远就到筠门岭了。兰香嫂子则调笑道，快走吧，别碰上土匪，被他们抓上山去当了压寨夫人。怀梅赶紧叫她闭嘴，别吓坏了大家。大家稍稍加快了脚步，只听见踏在石板路上的脚板声和喘气声。春红也不敢嚷嚷脚板疼了，咬牙顶着。

真是怕什么来什么。走在半山坡上，正想放下担子歇一会儿，突然从旁边的草丛中窜出了两个蒙面人来，手里都抡着一根胳膊粗的木棍，对她们大声喝道："不要乱动，抢钱不害命！"四个人哪里见过这阵势，吓得哇哇大叫，蒙面人也不和她们纠缠，大个点的走过去捉住兰香嫂子，把一块泡有什么药水的帕子捂在她嘴里，扛起就跑，兰香嫂子被他用胳膊紧紧夹住，身子动弹不了，手和脚却乱抓乱蹬。三个人见状，抓起扁担去打蒙面人，大个劫匪随她们的扁担落在身上，也不管她们，自顾自地扛着兰香嫂子往前面的小树林里跑。谢嫂和怀梅边追边骂，大声呼救，但没一会工夫，劫匪和兰香嫂子就进了小树林不见了。春红脚板疼跑得慢，小个劫匪看准了机会，也过去如法炮制，把湿漉漉的帕子往她嘴上捂，拖住她就跑，春红大哭大叫，谢嫂，怀梅姐，救命呀！怀梅和谢嫂追打大个劫贼到树林边看不见兰香嫂子，正在发呆不知道怎么办好，又听见春红喊救命，便急急地赶回来救春红。等赶回来时，已经听不见春红的叫声，劫匪和春红已经无影无踪了。

不到一刻钟时间，两个姐妹就没了，简直像做梦一样，谢嫂和怀梅跌坐在石板上大哭开了，周围只有山风习习，再也听不到别的响动。太阳已经快落山了，天边通红一片，像血的颜色，又像胭脂红。她们哭了一阵，晓得再也哭不回兰香嫂子和春红了，又怕劫匪再次出现，也不敢久留，觉得还是快跟上张伯他们，央求他们回来救人。惊魂未定的怀梅和谢嫂挑起各自的担子朝筼门岭走去，边走边回头看，只看见一片荒山和一条石板路，渐渐的连荒山和石板路都看不见了，天色已经暗下来了。

到了筼门岭，大家得知她们遇到了劫匪，兰香嫂子和春红还被蒙面人掳掠走了，都吓得大惊失色。张伯毕竟是过来人，急忙花钱请了几个人，带着火把折回她们被劫的山坡上，至半夜，只挑回来两副盐担。怀梅和谢嫂又哭开了，张伯也不敢怎么说她们，答应天亮后再派人去找找看，她们知道张伯只是说说而已，劫贼既然起了心要劫人，就已经算计好了一切，要想找回兰香嫂子和春红比登天还难。

交完货，其他的人都上街买点当地的番薯干带回家去，怀梅心里很乱，就没有上街。谢嫂倒是有心，给她买了一包番薯干放在她的包里，怀梅想起兰香嫂子和春红又哭，谢嫂给她擦着眼泪，自己也禁不住陪着直流泪。

返回的路上，来到出事的地方，大家都议论纷纷，有不少人说以后都不敢来了。但立即遭到另一些人的反对，说她们都是挑盐担的新脚份，第一次来没有跟上大阵，如果跟上了就没有事的。土匪专门对散落的人下手，几十个人的队伍根本就不敢碰。还有人说，说不定她们是约好了自家跑掉的，以前就有过这样的事情，为了逃婚假借上江西挑盐担，半路就跑得鬼雕影都看不到了。谢嫂一听就来气，和她们吵开了，骂她们幸灾乐祸。张伯见大家越说越离谱，赶忙制止了她们。怀梅没有听她们在说什么，望着小树林发呆，幻想着兰香嫂子和春红突然从林子里跑出来，和自家欢欢喜喜地回家。但是一切只是幻想，小树林还是小树林，而她们却再没有出现。

回到百花洲，盐铺老板听了张伯对事情经过的叙说，皱了皱眉头，振振有词地说，由于出发前先按过手印，挑盐担路上因为自身的问题没有和大队伍一起走，出了事自家负责，盐铺一概不管。但是出于同情，给兰香嫂子和春红一人补助一块大洋，此事就算到此为止。怀梅和谢嫂还想争一下，张伯拦住她们，说，再争也没有用的，还是算了吧。

怀梅都不晓得自家是怎么回到下宫坝的，见过珍娘和兰芳，倒头便睡。

到了中午，珍娘叫她起来吃饭了，也没有问她怎么去了那么久，只是说了一些兰芳的事情，说着说着又开始咳嗽。珍娘的身子好了一阵子，前些日子夜里起来给兰芳换尿布受了点凉，又感冒咳嗽开了，由于前一阵子身子伤了元气，咳嗽得比上次还厉害，有时还咳出了血丝。怀梅回来心事重重的，珍娘知道她肯定遇到什么事了，至于什么事她不晓得，她想，是不是和用文有关系呢？唉，这个没用的赖子，回来看我怎么打死你！咳嗽咳出了血丝，珍娘明白这不是好兆头，但她不敢告诉怀梅，自家找点草药吃。

怀梅回来总是做噩梦，经常从梦中惊醒。她好后悔，不该把挑盐担的事情告诉兰香嫂子和春红，更不该答应她们一起去挑盐担，如果她们没有去，不就不会发生这惨事了吗？都怪我都怪我，现在怎么办呢？她茫然，数着蚊帐眼没办法入睡。

春红的父母到家里问怀梅见过春红没有，她失踪了，不晓得到哪里去了。怀梅不敢看他们的眼睛，只使劲地摇头。春红的阿姆眼睛都哭肿了，她锤打着老公的胸脯，边哭边骂，都是你都是你，硬逼着春红找梅城的细哥，现在好了，她没了没了，你赔我……然后是一阵声嘶力竭。

回来的第二天，怀梅就去看兰香嫂子的儿子龙飞。龙飞不知道阿姆去哪里了，兰香嫂子出门的时候只告诉他要出去几天，叫他自家煮饭吃，不要乱跑，晚上睡觉关紧门。见了怀梅，他追问道，我阿姆是和你一块出门去的吗？她什么时候回来？怀梅摸着他的头，说，你阿姆出门做事去了，要好久才能回家，你跟我到我家去好吗？龙飞说，不，我要等阿姆回家！见劝不动龙飞，怀梅强忍眼泪，转身走了。

走着走着，怀梅竟然来到阿明叔姆家了，她一愣，想起饭梢子还没有还，便回家拿了已经洗干净晾干了的饭梢子，掀开阿明叔姆的布帘子。知道了她的来意后，阿明叔姆笑道，不用还，我以后也用不上了，就送给你吧。样般，这次去挑盐担还顺利吗？怀梅再也忍不住了，呜呜哭起来。她想，这次挑盐担的经历也不能和别人说，都快憋死委屈死了，只有说给阿明叔姆听，阿明叔姆善解人意，又经历过好多事情，对自家也很好，说给她听看看她有什么主意。阿明叔姆一直很平静地听她说，然后叹了口气，说，唉，人会算，天会断，这都是命，也没有办法啊。但是也不能断定她们就遇到大难了，什么事情没有结果之前都是不能下结论的，还是等一段时间再看看吧，说不定她们什么时候就回来了呢。以前我也听说过挑盐担的人被土匪抢走的事，后来也回来了。怀梅听她这么说，心宽了些。阿明叔姆又说，春红的事情千万不要告诉她的父母，你也说不清楚啊，他们过一段时间就会缓过来的。只是龙飞没人管可不行呢，你最好把他接到家里住，他如果不愿意去你家，你就每天给他送点吃的去，我也会去关照他。她最后劝道，怀梅，事情已经出了，你要学会精神点，好好带大妹子，看好这个家，晓得吗？怀梅一一答应下来。

　　那天，怀梅突然又酸心呕吐起来。第一次还没有什么，以为是吃了不好的东西了，第二次她就明白可能是又怀上了孩子，算算和用文最后一次行房，也有两个多月了，这次和上次怀孩子的情形差不多。她想，可别又生个细妹啊，菩萨保佑，让我生个细哥，给古家传宗接代吧。用文也真是，你一时脑子发热跟江西嫲（江西女人）走了就走了，但新鲜劲过去了就赶紧回家呀，你家里有老婆孩子，有又老又多病的阿姆，难道就真的不管了吗？怀梅每天打开大门，都希望用文就在门外，拿着袋子，叫她一声怀梅，自家是不会难为他的，会当作没事一样的，是啊，人都会做差事情，能回家就好。她把自家可能有了孩子的喜事告诉珍娘，珍娘高兴得合不拢嘴，脸色也好了许多。

　　然而人终究是抗不过命的。六月底的一天晚上，珍娘突然剧烈咳嗽起来，怀梅赶忙过去，看见家娘手里的帕子上都是血块，有些还洒到地板上。怀梅吓坏了，哭道，阿姆你怎么了？怎么咳出血了啊？珍娘不让怀梅走近，说，你别过来，我这病说不好会传人呢。我咳血已经好久了，今下（这回）我怕是不行了。怀梅大惊，你怎么不告诉我？不叫风叔开草药呀？这可样般办呀？怀梅哭着要去找风叔，珍娘摆着手，不用不用，你坐那里，我有话和你说。细梅欸，你来下宫坝也已经十八年了，我一直都把你当亲妹子看呢。本来以为你和用文圆房就好了，可以接续古家香火了，可用文死绝良心，和江西嫲跑了，他这是不要老婆不要阿姆不要赖子妹子了呀。我……我……珍娘又咳嗽起来，她靠床休息了一会，又接着说，以后也说不好用文还回来不回来，我也不敢强求你等他。你现在怀了用文的孩子，如果是细妹也就算了，你想嫁人有好人家就嫁了吧。如果是细哥，你必须把他养大了，就是要嫁人也要养大他，等他到了十八岁可以自立门户了，就把他送回来，接我们家的香火。你，你做得到吗？怀梅哭着说，阿姆，你放心，我不嫁人，我就守着这小院子和赖子妹子过。她握住家娘的手，又冷又湿，像刚从水塘里打捞上来的鱼一样。怀梅听人说过，人身上都有热能，健康的人热能充沛，所以纵然是大冷天身体手脚都会温暖；

但是身体差的人身上的热能就少，体感也冷；如果人快要死了，身体的热能已经消耗殆尽，就像火要熄灭了一样，连大热天手脚都是冰凉湿滑的。人死是从脚上开始往上冷的；如果过了膝盖，就预示这个人离阎王殿已经不远了。如今，家娘的大腿往上已经开始发冷，看来就快不行了。她当然不敢对家娘说，反而是安慰道，阿姆，你会好起来的。珍娘嘴角露出了一丝笑容，瘫软在床上。

　　几天以后，珍娘死了。怀梅哭得死去活来，真是比死了亲娘还要悲痛绝望。珍娘把她从小养大，就像亲娘一样可亲可感。这几年她虽然病歪歪的，特别是用文走后，她就病在床上几乎没有下过地，但是有她在，怀梅就有了主心骨，家也像个家。如今珍娘死了，就像天塌下来一样，她甚至不知道以后怎么办，日子怎么过下去。但是她不敢想到死，肚子里的孩子在渐渐长大，有时她会感到这小东西在动。以前妹子在肚子里的时候安安静静，所以她坚信现在怀的是赖子。她要把孩子生下来，给古家传香火。兰芳说话口齿已经很清晰了，整天小嘴巴阿姆阿姆叫个不停，为了这两个孩子，她也要好好活。

　　珍娘死后，和顺叔公很关心怀梅，有事没事总要到小院子坐坐，有时拿两条番薯，有时拿几个鸡蛋。怀梅不敢收，但和顺叔公也不管你收不收，走的时候才拿出来，放在她厨房里。怀梅发现了让他拿回去，和顺叔公说，我晓得你们孤儿寡母生活难呢，我做叔公的帮帮你也应该的呀。怀梅说，谢谢叔公，我一个后辈怎么敢吃叔公的，我自家有，你还是拿回去吧。推来让去，鸡蛋"啪"地掉地上摔碎了，怀梅赶忙去拿扫把，在她弯腰扫地的时候，身子一歪，和顺叔公趁势拦腰把她抱住了。怀梅吃了一惊，掰开他的手。和顺叔公讪讪地笑，老脸上的皱纹像流动的小溪般颤来颤去。怀梅也没有多想，毕竟他已经是六十多岁的老人了，应该不会有什么坏心思了吧。和顺叔公见怀梅没有太在意，胆子更大了，又一把抱住她，那双长满青筋的老手在她身上乳房上乱摸，嘴里喃喃地说，怀梅，我想你好久了，现在用文也唔晓得去哪里了，你一个人多寂寞呀，你就和我好吧。怀梅闻到了他嘴里喷出来的腐臭味，用力推开他，骂道，你都七老八十了，还这么烂斋（流氓）！他又扑上来，这回他更大胆了，腆着脸笑道，我还不老，一暗晡还可以做几次呢。来，好怀梅，乖怀梅，想死我了。他捉住怀梅的手就往裤裆里塞，怀梅拼命挣扎，手拼命往回缩，但还是摸到了他那根硬邦邦的东西。她又惊又羞又气，扇了他一巴掌，大声喊起来，来人呀！来人呀！这时大门咿呀一声被推开了，阿二哥冲了进来，看见和顺叔公和怀梅纠缠在一起，他抓起一根木棍照和顺叔公身上就打，打得和顺叔公嗷嗷乱叫，蹲在了地上。阿二哥举起木棍又打了和顺叔公一下，怀梅赶忙拦住了他，把和顺叔公搀扶起来。阿二哥气呼呼地还要打他，怀梅不让，怕出大事，把和顺叔公送出了门。

阿二哥也没有逗留，出门时说，那个老烂斋要是敢再欺负你，你告诉我，看我打断他的腿！

怀梅关上了大门，心还在砰砰乱跳，平时她只把和顺叔公当长辈，尊敬他，怕他，没想到他竟然是这样的一个人。想到自家孤儿寡母，以后不晓得还会遇到什么大风大浪，忍不住又彷徨又伤心，呜呜哭起来。

家娘没了，没人看孩子，地里的活就干不了。天好久没有下雨了，田里干干的，禾苗也耷拉着头。又轮到怀梅她们打井水了，兰芳还没有醒来，她收拾好东西来到井架边。想起不久前，自家还和兰香嫂子、春红一起打水，音容笑貌犹在，如今她们却不知道是死是活，人生无常，难以预料啊。她一边打水一边想心事，没有觉察不远的地方，阿二哥在黑夜中默默地看着自己。

她下决心要把龙飞接到家里来住，一来可以照顾他，二来也帮看着兰芳，三来还可以给自家壮壮胆。最直接的好处是，和顺叔公晓得龙飞住在自己家，也就不敢来骚扰了。

来到兰香嫂子的家里，龙飞正在煲粥。怀梅接过勺子，帮他搅拌着粥，心疼地说，龙飞你还小呢，还不能一个人生活，今天就搬到我家住吧。

怀梅叔姆，我一个人可以啊，我要在家等我阿姆，万一她什么时候回来呢，看不见我会急死啊。

我家离你家又不远，你阿姆回来没有看见你，不会来我家吗？

那也不好的，我有自家的家。

你就过来帮帮叔姆吧，我一个人又要耕田，又要带细妹，不晓得有多么辛苦啊，你过来住，可以帮我照看细妹，可以吗？

龙飞不说话了。想了一会，点点头，那好吧，但是说好了啊，阿姆一回来我就要回家住的。

怀梅答应了，给他收拾东西，龙飞说不用，他还要住一晚，明天自家就会过去。

怀梅长舒了口气，这样一来，既好照顾龙飞，减少了对兰香嫂子的愧疚，又解决了自家的大问题。

第二天，龙飞就过来住了，珍娘刚死，怀梅担心他害怕，要他跟自家睡。龙飞直摇头，说，我才不怕呢，珍娘叔婆还生的时候对我可好了。他坚持要睡在珍娘的屋里，怀梅也只好随他了，但心里暗暗高兴，龙飞这细哥有胆量有主意，以后肯定有出息。

阿明叔姆听说龙飞住到怀梅家里，过来看他，带了一些干菜、青菜，还拎着一包腐竹和一块肉，说要给龙飞、兰芳加菜。她也不管怀梅说些什么，自家到厨房忙开了，一会就煮好一桌饭菜，四个人围着桌子吃起来。龙飞和兰芳好久没有吃到肉了，边吃边使劲咂嘴巴，好吃好吃。阿明叔姆对怀梅说，同辉搭信来了，要我到广州去生活呢，我考虑了下，准备去住一段时间，住得惯就住久点，住不习惯就回来。怀梅问，你什么时候走呀？赖子忙，托人来带我去，多几天那人来了，我就跟他去了。阿明叔姆又和怀梅说了很多话，交待她无论多难，都要带大孩子，守好小院子，守好这个家。她说，人来的时候是自家哭着来的，走的时候是别人哭着送走的。在这个世界上哪有那么多的快乐，都是苦的涩的多，所以我们自家先得学会吃苦思福，才能活下来，你说是不是？怀梅直点头，现在最信得过的人就只有阿明叔姆了，有几次都想把和顺叔公欺负自家的事情告诉她，但话到嘴边还是忍住了，毕竟这种丑事越少人晓得越好，而且和顺叔公还是族长，权大着呢，万一她把事情抖出去了，和顺叔公恼羞成怒反咬一口，利用权势欺负自家样般办呢？唉，人情唔怕阔，冤家唔好结呀！

　　阿明叔姆走的那天，怀梅去送她，煮了五个红鸡蛋，要她带路上吃。看着来接阿明叔姆的人力车渐渐走远，怀梅鼻子一酸，眼泪不知不觉流了下来。

第四章

糊里糊涂，
怀梅成了哥哥砧板上的肉

怀梅带着两个孩子生活，龙飞已经过了读书的年纪了，但是由于家里没有钱，只好耽搁了。兰香嫂子本来打算如果挑盐担顺利的话，赚到点钱就送他去读私塾，但是……怀梅手里还有盐铺赔的一个大洋，她要送龙飞去读书。龙飞一听高兴得跳起来，但马上又蔫了，一会后假装无所谓的样子，说我不去读书，我自家会认字，以前火生叔教过我的，他还给了我一本书。说着，他跑到床边拿出一本油印的书，是看图识字的，指着上面的图画和字，这是日、月、土、爸爸、妈妈……怀梅晓得，龙飞懂事，不愿意自家花钱，不想拖累她。怀梅对龙飞更加疼惜了，暗暗发誓，如果有一天缓过气来，一定要送他去读书。

日子过得相对平静，和顺叔公再也没有来过，偶尔在围龙屋见到怀梅，也像没事人一样，打个招呼就过去了。阿二哥也没有再到屋里来过。不知道从什么时候开始，族里人开始传讲阿二哥和怀梅的事，说他们之间不清不楚的，甚至关系暧昧，有人有鼻子有眼地说，有一天晚上看见他们在竹林里私会。虽然说身正不怕影子斜，但人有脸树有皮，让人在村里指指点点也令人烦恼，所以两人都故意避开了。

肚里的孩子一天天长大，身子有点笨重，干活也不太利索，好在有龙飞帮忙照顾兰芳，让她可以安心做别的事。谷子熟了，怀梅决定先到稍远的那丘田里去割。到了田里，隔老远就看见阿二哥在割谷子，金黄色的谷子在他的镰刀下一片片地倒下，他把割下的谷子放到田埂整齐的码好。怀梅到时，不大的田丘已经割了一个大缺口。他见怀梅来了，点点头，也不说话，帮她把谷子装在禾担里，怕太重，还特意把稻秆削了一大截。怀梅把一切都看在眼里，心里很感激。

谷子割了一天，怀梅挑回来大半，挑回来的谷子一般先堆放在公用的禾坪里，第二天才脱出谷子晾晒。还剩不少，阿二哥示意她回家去不用再来了，他会挑回去。怀梅干了一天活也确实累得腰酸背痛，回家歇了。

第二天一早，怀梅就到禾坪里去脱谷子。这脱谷子也是一件费力的事，民国那时，脱谷子还不像现在有脱谷机省力又脱得干净，要用手在木制的脱谷仓里用力摔打，一天下来，手上就麻辣辣地痛，还会起血泡，碎稻秆谷壳飞溅起来，呛得人难受，不留意的时候经常飞到衣服里面混在汗水里刺激皮肤，让你又痒又辣。怀梅来到禾坪自家堆放稻谷的地方，惊奇地发现谷子已经脱好堆放在一起，她晓得是阿二哥干的，心头一阵热。繁重的收割任务终于告一段落，今年风调雨顺的，谷子丰收，让怀梅的心轻松了许多。

她开始准备生孩子的事情，家娘不在了，阿明叔姆走了，兰香嫂子和春红也没声没息，而阿二哥毕竟是个大男人，老来帮忙不方便，会被人说三道四。凡事只能靠自家了。她把谷子挑到梅城卖了一些，换回生孩子和坐月子必须用的东西。她估算了一下生产的日期，然后带着龙飞到接生婆那里，让她到时留意下，她会让龙飞来请。接生婆也知道她家的事，答应她到时肯定会去。她又吩咐龙飞把养的两只鸡捉到阿二哥那里关好，说好要用时就让他杀了，让龙飞去拿。她本来想叫亲娘来帮下忙的，但是想到自家从小到大也没有孝顺过亲娘，现在有事了就去找她，真是难为情。想来想去，还是不去找了。

一切刚准备停当，肚子就开始痛了，羊水也流了出来，怀梅赶紧叫龙飞去请接生婆。

孩子顺顺利利地生产出来了。怀梅不顾疼痛，第一时间就去摸孩子的两腿之间，谢天谢地，两个蛋蛋和一只小鸡鸡轮廓分明，她高兴得哭了起来。她终于生了个赖子，答应家娘的事自家做到了，可以给古家接续香火立起门户了。她又想起没有良心的用文，要是他知道自家为他生了个儿子，也不晓得是高兴呢还是不高兴呢，如果他的心还是热的话也该回来啊，最起码是回来看看也好，让孩子认认阿爸长什么样子。但是这可能吗？她自问自答，难说，真难说呀。

怀梅多给了点钱给接生婆，让她把房子床铺收拾干净，给自家炒好月子酒，就开始安心地坐起月子来。

她给孩子起了个有点文气的名字，叫古乐乐，祈愿这个孩子一辈子都快乐。乐乐很调皮，吃乳嘴里还呀呀地哼，至于哼什么谁都不知道。她现在很平静，抱着小乐乐给他唱童谣："月光光，秀才郎，骑白马，过莲塘。莲塘背，种韭菜，韭菜花，结亲家……"一会又给他唱客家山歌："妹子生得好人才，好比月光走出来，妹系月光哥系日，不知几时做一堆。"声音极娇嫩柔婉，龙飞痴痴地听，说，怀梅叔姆，你唱歌真好听。兰芳也拍着小手，欢呼道，阿姆唱歌最好听，阿姆唱歌最好听！说得怀梅都有点不好意思了，干脆不唱了。

孩子快满月的时候，阿二哥来家里看乐乐，顺便还带了一个小铃铛给他。第一眼看见婴儿，他又缩脖子又吐舌，惊奇道，这么小！他的手指在婴儿脸上轻轻地碰了一下又飞快缩了回去，那样子像怕把肥皂泡碰化了似的。龙飞笑他，阿二叔，你讨个老婆自家生一个啊。他的脸红得像煮熟的虾，偷偷地看了眼怀梅，小偷似的溜出去了。

阿二哥来怀梅家里看孩子的事不知道怎么一下子就传出去了，说哪有猫公不偷腥，他们之间肯定干过那事。更难听的是说用文都失踪了那么久，怀梅哪来的孩子？阿二哥和怀梅一个没娶老婆，一个没有了老公，干柴遇烈火，说不定孩子就是阿二哥的呢。怀梅坐月子倒听不到什么，只是听龙飞学话知道了点，就被气得直哭。阿二哥听了气坏了，但是又不晓得去哪里发火，只好窝在家里发闷火砸东西。最后他还是忍不住，愣愣地跑到和顺叔公家里去追问是谁捏造的。和顺叔公说，我哪里晓得是谁捏造的，再说，你和怀梅也确实走得过近，难怪别人说你们。以后你们还是注意点，不要再串来串去的，出了事我可负不起责任。把阿二哥说得气鼓鼓的，像胀气的蛤蟆。

时间过得很快，转眼间又要过年了。怀梅把珍娘的旧衣物拆洗干净，用剪刀裁剪给兰芳和乐乐做衣服，兰芳还小穿什么都没有关系，但是龙飞是大男孩了，不能随便穿。她挑了个很好的天色出了梅城，用赔给兰香嫂子的那块大洋剪了块布给龙飞做件新衣服，另外也买点猪肉和咸鱼。大人没有什么，可孩子过年不能太简单，起码要见点油腥。好久没有见亲娘了，她顺道去了趟下市角。

陈婆太见怀梅来看自家，还给她割了肉，很高兴。怀梅的哥哥强华正好在屋里喝茶，他穿着很新潮的衣服，头发梳理得油光黑亮的，见怀梅来了，点点头，你来了？怀梅叫了声哥，在凳子上坐下来。

事情不能老瞒着，怀梅把珍娘死了，用文失踪了的事情说了，但她没有把这两件事联系在一起说，也没有说用文是被米店的女店员带跑的，怕他们娘俩多想。陈婆太陪着难过了一阵子，也没有多少话好安慰，只嘱咐她自家安排好生活，带大孩子，用文说不定什么时候就回家来了。强华倒是很有兴趣很关切的样子，问这问那的，还问孩子谁带，小院子还好不好，会不会漏雨等等，怀梅一五一十地做了回答。强华关切的话让怀梅心里有些感动，毕竟是自家的亲哥哥呀！

大年刚过，小院子里来人了，并不是别人，而是怀梅的亲哥强华，人未到，声音先到了。老妹，哥哥我来看你来了。怀梅有点不知所措，自家和亲娘都不亲，别说这个哥哥了，总共也就见过两次，一次是七八岁的时候，是珍娘带自家去城里见亲娘的时候见到的，强华比她大了两三岁，见着她还拉着她的辫子不放，痛得她大哭。还有就是过年前去的这次。她对哥哥几乎没有什么印象，只知道他读了不少书，有小聪明但脑子有时一根筋，还有就是他不是经常在家里住，整天在忙，不知道他干些什么。她倒了杯水给哥哥，他接了也不喝，就在小院子四周走来走去，连小阁楼都上去看了，嘴里连声说好。怀梅不知道他为什么来，为什么对这个小院子那么感兴趣，但哥哥能那么远来看自家，她还是很高兴，她留他在家里吃饭，但他连连摆手，说自家就是来看看老妹住得怎么样，生活得怎么样，不吃饭，还有事要赶回梅城去。怀梅想哥哥一个城里人，家里也拿不出什么像样的饭菜，哥哥也不会喜欢自家做的粗茶淡饭的，她没有再留，就到菜园子里摘了一些青菜让他带回去。强华生怕衣服给青菜弄脏了，躲避着不接，不要不要，那么麻烦，城里只要有钱什么买不到啊。怀梅想想也是，就没有再说什么，她把强华送出村子，说，哥哥，你下次再来啊。强华哦哦应着，走了。

那天怀梅正在田里忙着，龙飞气喘喘地跑来了，挥手大声喊道，怀梅叔姆，舅舅又来了，还带了个人来的。怀梅停了手中的活，心里直嘀咕，他怎么又来了？她跟龙飞回到家中，哥哥和一个陌生男子在巡视小院子，见到他小跑过来，握住她的手说，老妹你回来了，房间里有我买的点心，给兰芳和乐乐吃的。她泡了萝卜苗茶，招呼他们坐。哥哥问道，小院子那边塌了一角，下雨天会漏雨吧？怀梅说，是的，是猫和老鼠相打弄漏的，加上风一吹，就塌了一角，都好几年了，没有钱修，就放那里了。哥哥直点头，问陌生男子，怎么样，挺好的吧？男子频频点头，问了些怀梅家里的情况，嘴里连声说，不错不错。

送走强华他们，怀梅心里虽然觉得哥哥有点奇怪，但想想城里人喜欢来乡下散散心也没有什么。正准备回田里干活，强华又回来了，说，我把那个人送走，烦死了，缠着我一定要带他来。

强华亲热地拉她坐下，说，你晓得吗？刚才那个人是我的生死兄弟，是个大老板，钱多得不知道样般用好。近些年，他专门做慈善事业。那天我和他说起有个妹妹在乡下，带着几个孩子生活，很辛苦，小院子也建了好多年，有些漏雨。他听了你的事情，很佩服你，说你是善良勤劳而又坚强的女人，一定要帮帮你。他打算花一笔钱给你修院子，还要给你的孩子资助一些生活费和读书的钱，说反正钱都要花出去的，给谁不是给，还不如给好兄弟的老妹呢。怀梅有些怀疑，真的还是假的，有这么好的事吗？强华说，绝对是真的，哥哥你还不相信吗？哥哥就你一个亲老妹，你生活艰辛，哥哥帮帮你还不是应该的，再说也不是我出钱，哥哥也出不起，他的钱多的是，不花白不花，是吧？一番话把怀梅说得糊里糊涂，直点头称是。这时，强华拿出了一张写满了字的纸，说，老妹呀，你只要在这张纸上签个名按个手印就可以了，一切哥哥都会帮你办好，你就等着接天上掉下来的大馅饼吧。怀梅看看那张写满了字的纸，皱起了眉头，她从小没有读过书，大字不识一个，她有些为难地说，哥，我不认字呢，上面写的什么我也不晓得，也不晓得签名呢。强华说，纸上就说是给你钱修房子和资助孩子生活读书的事啊，哥哥还会骗自家的亲老妹吗？怀梅见他这么说，想想也是，哥哥总不会骗自家吧，家里穷得叮当响，就是骗又有什么好骗呢？再说眼下家里确实也艰辛，哥哥那么好心帮忙，自家不按手印太不讲情理了吧。但是这么好的事情样般就落在自家头上了？简直就像在做梦呢。她还在犹豫，强华已经把早就准备好的印油拿出来，拉着她的手在纸上按下了手印。

强华走后，怀梅越想越不对劲，心里总是很不踏实。她决定去一趟亲娘家问问情况。强华不在家，陈婆太听她说了事情的经过，大惊失色，呀，怀梅呀怀梅，你怎么能听你哥哥花言巧语就按了手印呢！我实话告诉你吧，你哥哥他是个浪荡子，从小就不学好，打架赌博嫖女人样样来。过年前，他因为赌博欠了很多债，被人追杀躲在家里来，过年以后我就赶他走了，想不到他骗你去了。唉，自家作孽，生了这个无用的赖子，在家不学好，还害人呢。我样般这么命苦呀，一生人都没有好日子过啊！陈婆太说着说着就哭开了，怀梅安慰了一会，脚步沉重地回到下宫坝。

她不知道强华让自家按手印的纸上都写了些什么，但总不会是好事，现在自家做不了什么，也没有人好商量，只好干等着事情怎么降到自家和孩子们的头上了。她整天心神不定，茶饭无味。

事情该来的还是来了。几天后，强华带着几个人来"收房子"了。

他拿出怀梅按过手印的纸说，老妹，我又来了，这回是来帮你搬家来的。阿姆晓得你自家带几个孩子不容易，要我把你们接回梅城住呢。

幸好怀梅刚去过亲娘家里，根本不会相信他说的鬼话。她质问道，你想干什么？

强华也不回答她，对那个曾经来过的男子说，洪老板，这里就交给你了，我们一手交契约一手交欠条吧。

洪老板说，不忙，我先问下这屋主吧，大嫂，这小院子是你要卖的吗？

怀梅气坏了，大声说，不是的，我们住得好好的为什么要卖？

强华挥舞着那张纸，冷笑道，这就是你按了手印的契约，是你当时同意了的，你还要了二十块大洋定金呢。

怀梅骂道，烂斋头，打靶鬼，我什么时候要了你的钱呀？你这样冤枉人，不得好死！

强华指着契约，说，这里白纸黑字写得明明白白，你想抵赖也没有用！

这时大门外已经围了许多人，大家议论纷纷，都说这些城里人欺负孤儿寡母，拦着不让他们进小院子。强华大声说，怀梅是我老妹，一个人带几个孩子生活艰辛，我这做哥哥的看不惯，要接她到城里去享福，不行吗？大家听他这么一说，也不再说什么。这时，族里的头面人物良叔提出，你接怀梅到城里去可以，但你不能卖用文的小院子。众人附和道，是呀是呀，你有什么资格卖人家的房子？你总要说出子丑寅卯来呀！强华振振有词地说，这小院子是我老妹的是吧，她男人和家娘已经不在了，现在家里就我老妹做主，你们也不想想，不卖房子，她到城里靠什么生活呀？再说了，现在卖了，以后我有钱了，可以帮老妹把它再买回来，是吧？大家也弄不明白是怎么回事，总觉得是怀梅自己拿的主意要卖了房子搬到梅城去住，这事旁人也不好管。强华见大家已经没有刚才那么议论纷纷，也没有人出来说话了，就说，好了好了，我多谢你们对我老妹的关心照顾，大家散了吧散了吧。怀梅着急地喊道，不是这样的，是他骗人的，大家不要走，帮我做主呀！

人群里又起了一阵骚动，有人提议去报官，让政府来裁决。一直在人群中不作声的和顺叔公说话了：周瑜打黄盖，一个愿打一个愿挨，怀梅和他哥哥的事情还是由他们自家内部解决好，虽然是同族人，但说起来我们也算是外人，谁晓得他们是怎么打算怎么商量的，大家实在是管不了他们家庭之间的事。我看还是散了吧！

大家见叔公头发话了，也就不好再说什么了，而且毕竟都不是直系亲戚，说话也不是那么理直气壮，谁都有种多一事不如少一事的想法，怕惹麻烦。大家一个一个地溜走，最后都散了，只剩下阿二哥还拦在那里，不让洪老板带来的人搬东西。龙飞手握着一根棍子，大声吼道，谁要是敢搬东西，我就和他拼命！强华也不理他们，对洪老板说，我该办的事情已经搞定，我们还是互交东西吧。洪老板见状，也没有什么话说，拿出欠条，和他进行了交换。强华不管怀梅哭骂，说，你现在就搬回梅城阿姆那里去住，不搬也随便你，反正小院子已经是洪老板的了，你多几天就必须要搬走！

一伙人在怀梅和几个孩子的哭声中走了。

怀梅真是叫天天不应叫地地不灵，只有阿二哥还在劝她，默默地陪着他。怀梅要阿二哥回去，在这里也帮不上什么忙，她要一个人静静地想下。她躺在床上，脑子像一团乱麻，恨自家没有文化，看不懂那张纸里写些什么，恨自家不多想想就按下了手印，更恨打靶鬼哥哥设下毒计骗人。难道小院子真就成了别人的了吗？这世道也太没有道理了吧？以后样般办呢？我和赖子、妹子到哪里住去呢？难道真的搬到亲娘哪里去住吗？这事亲娘肯定不晓得，都是强华随口说的，真搬去了不说亲娘接不接，在城里没有田地没有钱是肯定活不下去的。龙飞倒有主意，说，怀梅叔姆，要不先搬到我家里吧，反正我家里没有人住。怀梅摸摸他的头，没有说什么，是的，不到万不得已不能走这一步呀。人急生智，她突然想起阿明叔姆临走的时候给了她一个电话号码，说这是同辉机关里的号码，有什么急事可以打这个电话。

她找出写有电话号码的纸，交待好龙飞看好兰芳乐乐，到梅城电话局打电话。同辉接到她的电话，听她说了事件整个过程，安慰她说，怀梅，你哥哥就是个二流子，这么下三滥的事情也干得出来。你别担心，这事我会处理好。怀梅千恩万谢，同辉说，小事一桩，不用谢，你回家去等着好消息吧。

管他天上雷公砰天，命长正食得饭多。她又用这句话安慰鼓励着自家，回家中耐心等待，同辉比她大五六岁，聪明、善良、厚道，愿意帮助人。记得自家十一二岁时，有一个晚上她干活回来时把新草鞋弄丢了，要用文陪自家去找，用文不愿意去，正好同辉在和用文一块读书，爽快地说，我陪你去吧。找到半夜，终于把草鞋找了回来。现在碰到大事情了，自家走投无路了，有求于他，他绝对会出面帮忙的。龙飞端了碗水给她，说，怀梅叔姆，你别怕，他们抢不走我们的小院子的，如果真被抢走了，我长大后给你抢回来！怀梅慈爱地看着他，心里宽慰了许多。

果然，第二天县里来人了，一起来的有一个文质彬彬的政府官员和一个魁梧威严的警察，他们和怀梅谈了许久，对那张契约按手印的细节更是问得很细。官员认真做着笔录，鼻梁上的近视眼镜经常滑下来，他用两个指尖很优雅地推上去，说话慢条斯理条分缕析，一看就是读过很多书，肚子里装了很多墨水的人。怀梅边回答问题边想，这官员和同辉的年纪差不多，是不是同辉的同学呢？但是不是也没有多大关系，关键是他是同辉叫来调查的，这就够了。当问到怀梅的哥哥叫什么名字在哪里时，警察眉毛一挑，对正在做笔录的官员说，他叫陈强华，住下市角陈屋，他的外号叫"牛令强"，专门坑蒙拐骗，现在警察局还有他的案子。问完了，他们叫怀梅明天就到县政府去做进一步的问话，办理相关手续，然后又到围龙屋去做调查了。

第二天，怀梅特意穿上了圆房时穿的衣服，梳理好头发，把家娘给的碧玉簪认真地戴在发髻上，交待好龙飞带好弟弟妹妹，就到县政府去了。

县政府设在仲元东路，历史悠久，里面种有十多棵古榕树，枝繁叶茂，旁逸斜出，煞是可爱。据说，这些古榕都在千年以上了，历代的官员都不敢动它们。传说，清朝乾隆年间，一个县官不信邪，想要砍掉其中一棵榕树，清理出一块场地好搭戏台。砍树的人一个斧头下去，不但没有砍到一根汗毛，自己的脚却削掉了一块肉，露出白花花的骨头。县官抢过斧头自己来砍，一抢斧头，把他的乌纱帽都抢飞了，吓得那个县官连连告饶，再也不敢提砍树的事了。县府后面金山顶乃宋朝时填土而成，是梅城的最高点。明朝时，当时的县官将原有的河流当作护城河，建起了土城墙，气势宏伟。清同治四年（1865）十二月八日，太平天国康王汪海洋率领残部十万人通过激战占领了梅城，并将梅城西郊黄泥墩仁风楼作为大本营，凭借金山顶制高点和四周的城墙作最后的搏杀，希图东山再起。正当康王身先士卒率众追击溃退的清军时，由于叛徒指认，清军集中数十火枪火炮轰击，康王不幸中炮落马，于当晚在仁风楼不治身亡，死时年仅三十六岁。为了迷惑清军，让部队安全撤退，康王临死前吩咐围在病榻前的将领，做四口同样的楠木棺材。凌晨一时许，从四个城门同时抬出。其时夜深人静，兵士依计抬出棺材。此时康王的侍妾丽娘哭声突起，委婉而凄厉，仿佛整座城和四个城门都在为康王而哭，弄得城里的百姓也痛楚流泪，不胜感慨唏嘘。清军不知道发生了什么事，人人惶恐，无心恋战，康王的军队趁机突围。如今城门和城墙已经破败不堪，有些已不见踪影，但这个传说却在梅城人脑子里扎下了根。怀梅在郊区长大，常听说书的张玉郎和刘四娘说唱这段传奇，自然也熟知这段故事。

她坐在古榕下面的凳子歇息，环顾四周，有些茫然。她没有时间也没有闲情怀古幽思，心里只在想着自家的事情，老古言语，上山擒虎易，开嗓求人难，这县衙里没有一个地方熟悉，更别说有熟人了。她有些胆怯又有些狐疑，官府能替平民百姓做主吗？自家的案子有希望圆满解决吗？

这时，那天到下宫坝调查的文质彬彬的官员来到她面前，把她引到办公室坐下，给她倒了一杯茶，告诉她案子已经查清楚了，说这完全就是个诈骗案，人证物证俱在，"牛令强"也供认了自家诈骗的全过程和作案动机，无非就是欠了洪老板一身的债，挖空心思地想把妹妹的小院子抵兑给他。他不计后果，只想骗到手了就逃走，所以连洪老板也不知情，当洪老板知道了事情的前因后果后，也大呼上当。官员把那张契约还给怀梅，叫她把它当场撕毁。怀梅想问问他是不是同辉的同学或者朋友，这案子是不是同辉出面解决的，但她还是忍住了。是呀，事情解决了就好，不用问也是同辉帮的忙，问了官员是答呢还是不答呢，官场上的事情复杂，自家也弄不清楚，万一哪句话说错了，岂不是让官员难堪？说不好还让同辉为难呢？真是说曹操曹操就到，官员主动介绍说，我叫肖大兴，是同辉的同学，以后你要是有事可以直接来找我。她连声道谢，正要告别，肖大兴问她，你不想知道你哥哥是什么下场吗？怀梅一愣，是呀，以为事情解决了就好，她没有去想过哥哥会有什么下场呢。肖大兴见她懵懵懂懂的，干脆告诉她，他肯定要被判刑。虽然他犯了案已经躲起来了，但是躲得了初一躲不过十五，警察局一定会把他捉拿归案的。怀梅听了开始很高兴，觉得哥哥害人害己罪有应得，但一细想又有些犯难了，强华毕竟是自家的哥哥，虽然可恶，但是也没有骗成，再说他判了刑，亲娘怎么办呢？她恳求官员放过哥哥，不要判他的刑。官员说这不是他的事，由警察局和法院定，但是她作为事主的意见可以参考。怀梅也不懂这些，便不再坚持。

回到家中，龙飞已经煲好了粥，正给乐乐喂饭呢，见了她就急急地问她到县衙的情况。怀梅说，都解决了，放心吧。龙飞装了一碗粥给她，说，怀梅叔姆，你去办事辛苦了，先吃碗粥歇会吧，又拿了把竹壳做的扇子，给她扇凉。怀梅的腿有些酸软，龙飞给她端来热水，帮她揉着脚，一边说，你是不是有点风湿了？要不要去请风叔来看下，拣副凉茶喝？怀梅说，不用的，就是走路走得久了点。

村里人听说怀梅的案子顺利解决了，都来道喜，说老天还是公平的，是自家的就是自家的，别人抢也抢不去。只有阿二哥没有来，怀梅听说他去城北给一个财主打短工去了。怀梅心里明白，他是怕村里人说闲话躲避开了。

孩子在一天天长大，乐乐开始学爬了，整天在床上爬来爬去，小嘴里咿咿呀呀地哼一些只有自家听得懂的歌。他似乎特别爱哼哼，既像在说话又像是在唱歌。这鬼灵精还很奇怪，闹得再凶，是要怀梅一唱山歌或者一哼童谣，他就会停了哭闹，眼睛骨碌碌地看着你，像是听得懂，又像在鼓励你似的。怀梅逗他，那么喜欢唱歌，长大是不是要当山歌王呀？四岁多的兰芳开始屁颠屁颠跟在龙飞后面做点轻松的家务活了，虽然连扫把都扶不稳，但她还是学着龙飞的样子扫屋子烧柴火洗碗筷了。龙飞有时烦她，走开，不要老跟在我屁股后面碍手碍脚的。她噘起小嘴，一脸不高兴的样子。

入夜，是怀梅一天中最安静最闲暇的时光了，她一边给孩子们哼着山歌，一边手里编着草鞋，或者给孩子剪裁衣服，龙飞则对着那本看图说话在看，兰芳也跟着认字，龙飞像个小老师一样教她纠正她。窗外的虫子唧唧叫着，蛤蟆也跟着此起彼伏的热闹着，怀梅有时会停下手中的活侧耳倾听，嘴角露出久违的笑。

龙飞拿来梳子给她篦着头发，惊讶地说，怀梅叔姆，你的头发样般那么黑那么光滑呀，软软的，手摸上去真舒服。我也经常给阿姆篦头发，她的头发可没有你的好。她说，头发好不好是父母给的，就好比人长得好看不好看，都是一出生就有定着的。龙飞笑着问道，那你说我长得好不好看？她刮了下他的鼻子，说，好看好看，小小年纪就这么作怪！龙飞噘起了嘴巴，本来就好看吗！兰芳也拍着小手欢呼道，龙飞哥最好看！龙飞哥最好看！

此刻，怀梅心境平和，已经很少去想用文回不回来这件事了，她知道想也没有用，没有他的日子也不是特别的难过。

平静的生活过没多久，一件意想不到的事情发生了。兰香嫂子回来了。

第五章

跌宕起伏，
兰香嫂子的人生充满传奇

那天，怀梅正在家里烧火做饭，不知谁扣响了门环，她叫龙飞去开门。

龙飞打开大门，惊喜地大叫大嚷起来，阿姆，你回来了！兰香嫂子抱起他原地打转，好赖子，想死阿姆了。呀，都说半背鸭子长得快，看看，你又高了不少，重了不少，我都快抱不动了。龙飞嬉皮笑脸地问她，你这么久去哪里了？是不是给土匪劫走了，不要我了？兰香嫂子愣了一下。还没等她回答，龙飞马上否认道，我说的是笑话呢，妈妈肯定是去赚钱去了，赚了钱好送我去读书，我也要像同辉叔一样读书长学问，以后当官孝顺阿姆。他欢喜地拉着她的手来到怀梅面前，兰香嫂子笑盈盈地看着怀梅，说，我回来了，我就晓得龙飞在你这里呢，果然是。两人紧紧地拥抱着，都流下了眼泪。你被抢到哪里去了？遇到了什么？土匪没有把你样般吧？你又是样般逃回来的？太多的疑问冲口而出，兰香嫂子捏了下她的脸蛋，又看看已经在陪兰芳玩耍的龙飞，给她使眼色，不急，不急，现在，我们还是煮饭吃吧。她变戏法似的从布袋里拿出一些腊肉香肠，还有一只烧鸡和一瓶甜酒，今晡暗我就住你家了，我们说它一暗晡。

吃完饭，一切收拾停当，龙飞也到珍娘的房间去睡了，兰香嫂子和怀梅舒舒服服地躺在床上，还没等怀梅追问，兰香嫂子就开始了漫长而富有感染力的叙说。

那天，蒙面大汉把她扛在肩上，也不管她拳打脚踢和怀梅谢嫂的扁担攻击，蹬蹬蹬跑进了小树林里。蒙面大汉力气出奇得大，把她扛在肩上看上去一点不花力气，就像扛一个小沙袋似的轻松，兰香嫂子拼命挣扎，但根本不管用。后来她力气用完了，帕子上的药水也起了作用，只觉得脑子晕乎乎的，也就不挣扎了。她以为他会把自己劫到深山老林里去，在土匪窝里过完此生，如果是这样，她是宁愿死也不从的。没有想到的是，蒙面大汉走了很长的一段路，把她扛到了一个山窝里，关进一个低矮的土房子。蒙面大汉放她下来，也没有说话，就出去了。经过一路折腾，她的脑子开始清醒了。天已经暗了，屋里有一盏煤油灯亮着，她打量着周围，土房子里有床有凳子和一些家具农具，不像是土匪窝，倒像是一个平常的人家。她不懂蒙面大汉为什么会把她带到这个地方来，但不管什么结局，自家都不可能再回家了，龙飞才十岁就没有了父母，以后不知道他怎么生活下去？她心如刀割，又想到自家一生劳碌辛苦不算，还遇到了这倒霉的事情。她伤心绝望地哭起来。

过了一会，进来了一个穿着朴素的老大娘，手里端着一碗面条，对她说，老妹，你吃点东西吧。这个老大娘说的是客家话，虽然和梅州的客家话不太一样，但也基本上听得懂。兰香嫂子狐疑地看着她，不晓得她是什么人，和蒙面大汉是什么关系，她也不敢吃那碗还冒着热气的汤面，怕里面放了什么东西，自家吃了会晕倒，给蒙面大汉害了或者奸了。老大娘见她不吃，也没有再劝，只是坐在一旁直叹气。见面条冷了，她又出去热了端进来，说，你不能不吃东西，身子挨不住的。兰香确实也饿了，望着面条直吞口水，但还是不敢吃。老大娘见了，笑了下，说，你是怕我在面条里放了蒙汗药吧，这样，我吃给你看，她拿起筷子吃了一口，你看看，没有事吧？你现在这个样子，我们要害你还不是很容易吗？用得着在面条里放什么吗？兰香想想也是，除死无大灾，要来的总会来的，不管它，先吃饱肚子再说。她放下了戒心，开始吃起面条来。兰香嫂子一路挑盐担，吃的是用饭梢子盛的硬饭团，没有油水，没有菜，那滋味恐怕连狗也不会想吃。现在她吃上了热气腾腾的面条，真像是吃到了山珍海味般，吃到一半时，里面竟然还卧着一个荷包蛋，兰香嫂子有些吃惊地看了老大娘一眼，也不管三七二十一地狼吞虎咽起来。老大娘说，慢慢吃，别梗住了，没有吃饱锅里还有呢。

晚上，老大娘抱来了一床被子，说你就睡这里吧，好好睡吧。对了，你会怕吗？要是怕的话我来陪你睡吧。在这陌生的环境里，自家又是被抢来的，兰香嫂子当然怕了，怕半夜蒙面大汉突然闯了进来，怕以后的许多意想不到的事情，但她还是摇摇头，虽然这个老大娘看上去慈眉善目的，但她还是不能相信她，担心她是城隍庙落炸弹，炸（诈）神炸鬼，不晓得她一转身会有什么坏心眼。大娘见她不说话，又说，你睡前一定要栓好门，最好搬张桌子或者凳子把门堵住，晓得吗？兰香点点头，看来这大娘并不是坏人。

夜深了，屋子里是那么安静，窗外也是万籁俱寂，只有几颗星星在俯瞰着这个世界。兰香嫂子没有睡，也不敢睡，她搬了一张桌子抵住了门，还拿了根木棍放在床头，上床躺下闭着眼睛想心事。她晓得怀梅是不会不管龙飞的，可能已经接他到家里住了，但是怀梅已经够苦了，再加上一张嘴就更苦了。唉，如今自家身遇险境，也顾不得那么多了，听天由命吧。她觉得有些奇怪，为什么蒙面大汉没有叫人看住她呢？自家是不是要趁着夜色逃跑呢？她去拉了下门，门很严实，动都不动，她晓得外面肯定上了锁，说不定还有土匪把守呢。她又回到床上想心事，就这样折腾来折腾去，不知不觉天已经亮了。

一夜无事，看到阳光从窗子上射进来，兰香嫂子的心情略为好转，她想，反正事情已经这样了，除死无大灾。这时，有人敲门，她问道，谁呀？是老大娘的声音，是我，你开开门，我给你送早饭来了。虽然说身处狼窝，但是兰香嫂子对这个老大娘倒是没有恶感，她搬开桌子，老大娘手里端着一碗粥进来了，她把粥放在桌子上，又从衣兜里拿出两条番薯，说，山里头没有什么好吃的，你将就着吃吧。这回兰香嫂子没有戒心地吃了起来。

就这样过了三天，天天都是老大娘送饭送水，既没有别人来打扰，也不见蒙面大汉的影子，兰香嫂子心里嘀咕，不晓得他们葫芦里究竟卖的是什么药。第四天的晚上，门咿呀一声响，一个人进来了，兰香嫂子以为又是老大娘，没有起身，自顾自地想着心事。

进来的是一个男人，生得高大粗壮，古铜色的皮肤，相貌倒还算端正。兰香嫂子猜想这个人就是抢自家的蒙面大汉，她吓得蜷缩到墙角，问道，你，你，你要干什么？那人连连摇手，别怕别怕，我不是来……害……害你的，也不打你也不骂你，就是想问，问你，你可愿意做我的……我的老……老婆？

男人有点结巴，听他说话有点费劲，但兰香嫂子还是明白了他的意思。这个问题问得好突然，让兰香嫂子大吃一惊，她猜想了好多种和蒙面男子见面的情形，没有想到一见面，他就直截了当地问她愿不愿意嫁给他。她脱口而出，不愿意，你别白日做你的大头梦了，我死也不会嫁给你的！

你为什么不……不愿意，我会好好惜你的呀。

没有为什么，你这个土匪，滚远点！

男人有点丧气，喃喃地说，你别骂……骂了，请你放心，你没有同意，我是不会碰……碰……碰你的。

她大吵大骂，还摔碎了喝水的碗，故意让老大娘听见。男子有点不知所措，连连后退。这时老大娘进来了，狠狠地瞪了眼男子，骂道，你个鲁夫鬼，你都做了些什么！男子搓着手，我，我没有做什么呀。老大娘举起扫把赶他，他不敢违逆，委屈地退出门去。

老大娘叹口气，说，这个不孝的赖子，净干糊涂事。直到这时，兰香嫂子才晓得他们是母子关系，之前所有的疑问都得到了答案，她松了口气，看来这里并不是土匪窝，蒙面大汉也不是真正的土匪，但是他为什么要抢我来呢？他到底想要干什么呢？见兰香嫂子满脸狐疑，老大娘拉她坐下，慢条斯理地说开了。

原来，老大娘姓张，老公早死了，自己一手带大了两个双胞胎孩子，大孩子叫树林，小孩子叫树根。二十多年前，张大娘在田里收番薯，树根还在床上睡觉，树林自家一人去追一只蝴蝶追到很远的地方，最后失踪了。张大娘急坏了，到处去找都没有，人家对她说，树林可能被野兽吃了，或者失足掉下了悬崖。她不信，被野兽吃了会剩下骨头，掉下悬崖也会留下尸体，最起码会有衣服鞋子呀，但是这些都没有。她坚信树林还在人世，只是暂时失踪了，或者躲在某一个草丛里，突然哪一天会从里面蹦出来，叫她一声阿姆，欢欢喜喜回到家中。她要小儿子树根永远记着，哥哥树林屁股上有块暗红色的胎记，万一以后碰到了就认这块胎记。小儿子树根现在长成牛高马大的人了，他生性耿直，一急说话就结巴，加上住在山沟沟里，没有姑娘肯嫁进来，所以到三十多了还没有讨老婆。这附近的人穷，也有讨不上老婆的人去抢挑盐担的女人的，挑盐担的女人大都是从梅州来的，而梅州的客家女人勤劳善良、孝顺父母是出了名的。树根找到表弟阿有古一合计，做了一个决定，去狗嫲岗抢个老婆。他们准备了药水和木棍，从上午就开始在小树林里守候，一直没有碰到合适的机会。到了下午太阳西下的时候，他们惊喜地发现兰香嫂子她们四个人散落了，没有跟上大阵，等她们上到半坡时，便冲了出来，上演了一出全武行。

那天张大娘得知儿子抢回了一个挑盐担的女人，大惊失色，当即就打了儿子一巴掌，骂道，这锅摸绝代的事情你也敢做呀，不怕被雷公劈死吗？树根低头站在那里，喃喃地说，抢都抢来了，阿姆你说样般办吧。样般办？你赶快把她送回去！抢来的老婆就不是你的东西，她也会恨死你，是不愿意和你好好过日子的。树根当然不愿意了，再怎么说，也要去问问兰香嫂子愿不愿意，万一她愿意了呢。于是就出现了刚才的一幕。

张大娘问兰香嫂子，妹子，你真不愿意留在这里吗？

肯定不愿意。

你家都有什么人呢？

一个才十岁的赖子。

你老公呢？

没了。兰香嫂子马上又后悔把实话说出来了。她应该说老公在家，对自家很好，现在肯定急坏了，这样才能断了他们母子的念想。然而话已经说出了，也改不了口了。

妹子，其实树根是个老实人，就是唔晓得突然哪根筋搭错了线，做出这糊涂事来。

哼，老实人还干出土匪抢人的事，要是不老实还不把人吃了呀！

他就是讨不到老婆急糊涂了，唉！

急糊涂就抢人呀，照你这样说来，我赖子十岁了还读不上书，我都可以去杀人了。

你一个人带大赖子，很辛苦吧。

兰香嫂子的眼睛红了，眼泪在眼眶里打转。是呀，也不晓得龙飞现在怎么样了？冷了暖了？受人欺负了吗？想我了吗？她伤心地哭起来，张大娘找了块干净的帕子给她抹干眼泪，说，好了好了，别哭了，你休息几天，我叫树根把你送回去吧。兰香嫂子听说送自家回去，破涕为笑，盼望着哪天快点和龙飞团聚。

那天睡到大半夜，雷声大作，风雨交加，她突然觉得腿上被什么东西咬了一口，又麻又痛，她跳了起来，发现一条筷子长、手指粗的蜈蚣蠕动着无数条脚迅速地爬走了。腿上被蜈蚣咬了一个口子，开始红肿起来。她听说过，老屋里都会有蜈蚣，躲在屋瓦上和房梁上，吃些小虫子蚂蚁什么的，几年后就长成手指般大小了。它们一般都藏在屋顶上，但是有时也会被大风大雨刮下来伤人。据说大蜈蚣毒性很强，比毒蛇还厉害，有人就专门抓它用来浸酒，可以解毒和治疗风湿性关节炎。她的大呼小叫，引来了张大娘和树根，问她样般啦，她指着红肿的伤口惧怕地说，蜈蚣虫咬我，蜈蚣虫咬我。树根二话没说，附在她的伤口上就用嘴一阵猛吸，张大娘急忙去拉他，傻赖子，你不要命了？树根也不理她，边吸边把血水吐出来。事情来得突然，兰香嫂子心里怕极了，嗫嚅道，样般办呀？样般办呀？

吸了一阵子，伤口明显没有那么红肿了，树根深深看了兰香嫂子一眼，说，你等，等着，我去去就来。兰香嫂子有些懵懂，他干吗去了？张大娘苦笑道，一定是去找张医生去了，傻赖子，十多里地呢，唉。

两个多钟头后，他急匆匆地回来了，手里握着一瓶药水。他往兰香嫂子伤口上开始擦药，又用一块瓦块对着伤口刮，一边刮还一边问，痛不痛？痛不痛？兰香嫂子点点头。他安慰说，你忍着点，一会就好。等把伤口刮得红红的看见血丝后，他把一把草药用口嚼烂了，贴在伤口上，用布块包上绑好，说，不用怕，怕了，能好了。兰香嫂子感觉伤口暖暖的，草药还有树根口嚼的余温，一阵麻辣以后，伤口开始凉凉的，想必是药力起了作用。

兰香嫂子再也不敢住那屋了，张大娘说，正好去年新做了一间房子，树根，你抱妹子过去吧。树根抱起兰香嫂子就走，兰香嫂子闻到了他散发着汗臭味和男人的特殊气味，她有点眩晕。她一抬头，发现树根的嘴唇有点红肿，想来是蜈蚣虫留下的毒吧。

换了一间房子，虽然一样的简陋，但是泥墙和屋顶都是新的，不至于有蜈蚣掉下来，兰香嫂子总算松了口气。伤口还会疼，张大娘不让她下床，每天饭菜茶水都端到她面前，望着头发花白、背有点驼的老人忙前忙后的服侍自家，她第一次有点感动。

伤口还没有完全好，兰香嫂子也不敢提回家的事。一想到张大娘和树根并不是坏人，对自家也很好，她的心情宽松起来。很快就到过年了，她想等过完年，腿上的伤口好了，再提回家的事。她开始拄着根拐棍在小院子里走动，看见树根砍柴、喂猪、浇菜忙个不停。经过那天蜈蚣事件，她现在已经不是很害怕他了。她甚至于敢于大胆地观察他，发现他长得身材魁梧，粗眉大眼，脸上虽然有些小疙瘩，但是方方正正的，还是很好看。她心里想，这山沟沟里怎么那么养人呢，在下宫坝，就没有长得像他这么端正堂皇的男人，比自家失踪的老公那是好看千百倍呢。他虽然有点结巴，但长得好看，人又勤劳，家境也不是很差，可是，为什么就没有人愿意嫁给他呢？

大年三十，放了鞭炮以后，开始吃团年饭，虽然桌子上有鱼有肉，但兰香嫂子还是没有胃口，她想起龙飞现在不晓得怎么样了。她想，怀梅不会任由龙飞一个人过的，现在可能就在她家过年，但是没有阿姆在身边，他一定会孤独伤心的。张大娘和树根晓得她肯定是想儿子了，为了给她分心，老给她夹菜。她不怎么吃，倒是很想喝酒，张大娘给她装了一大碗鸡酒，还特意把鸡腿夹给她。这鸡酒和家乡做的几乎一样，不过江西人吃辣，不但在鸡酒里放了很多姜，还放了一些辣椒，她吃起来感觉又甜又辣，很容易上头。吃完了饭，张大娘收拾停当，先回屋里睡觉去了。兰香嫂子还在喝酒，树根陪她喝着，一会，一大沙锅鸡酒给喝下了大半，她觉得晕乎乎的了。树根见她醉了，就把她扶进屋里。他自己也喝了不少了，头一歪，两人就在床上躺下了。

到了半夜，兰香嫂子醒来了，发现树根竟然睡在自家身边，两人下面都没有穿裤子，树根那根硕大的东西还在直挺挺地竖着，上面还沾着一些污物。她脸红耳热，脑袋嗡的一声炸了，坏了坏了，自家的身子让他给占了。她朝树根的脸上啪啪就是两巴掌，翻身起来就去找刀要杀了这个畜生。这时，树根也给打醒了，发现自家没有穿裤子，一脸张皇，吓得急忙用手去捂那羞处，找来裤子手忙脚乱地穿上。兰香嫂子没有找到刀子，拿起一根木棍劈头盖脸的向树根打去，树根抱着头任她打。张大娘进来了，一边拦着兰香嫂子，一边问道，样般了？你们这是样般了？兰香嫂子又哭又骂，你赖子做的好事，你问他。她突然想起什么，哦，是你们串通好了的吧，我看你们也不是什么好人，平时假仁假义的，现在才露出真面目。我不活了，不活了！哭着骂着，她就用头去撞墙，张大娘和树根拦着她，她拳打脚踢，又撕又咬，把树根的手咬出了血。

直到第二天早上，兰香嫂子才稍为安定了些，她把张大娘和树根赶出门去，打来一盆水，开始认真地洗着下体，她想把里面的脏东西冲洗出来，好还自家一个清白的身子。

中午，张大娘把树根叫到兰香嫂子的屋里来，树根耷拉着头，不敢看兰香嫂子，张大娘戳着他的额头就骂开了。

你说，昨晡夜你样般会在妹子的床上？

我也唔……唔晓得。

你是样般欺负妹子的？

我也唔……唔晓得。

你是不是喝了鸡酒分不清东西南北了？

我也唔……唔晓得。

唔晓得唔晓得，你这个无用的赖子，快给妹子磕头认罪！

树根真的跪下给兰香嫂子磕头，嘴里不知呢哝些什么。

兰香嫂子骂道，你们就别演戏了，我，我不吃这一套！张大娘说，妹子，那你要怎么惩罚他，你说吧，我保证做到。兰香嫂子恨恨地说，我，我要杀了他！张大娘愣了下，没有言语，把树根赶出了门。

屋里只剩下两个人，兰香嫂子也冷静了些。张大娘拉她坐下，说，出了这样的事我心里也很难过，但是也不能说杀了树根呀。他是真心真意地对你好呢，你看那天你被蜈蚣虫咬伤，他不顾一切地就给你吸毒，还二话不说就跑十多里地去给你找医生寻药。你想他要不是真心对你好会这样做吗？恐怕连我这阿姆他都未必做得到呢。有件小事情，他以前说话都结巴，半天憋不出一句话来，你来以后，他话也多了，说话也顺溜了，脸上也有了笑容，整个人都变了。歇了口气，她继续说，树根想讨老婆，想传宗接代没有错吧，是我这做阿姆的没有本事，赖子都三十了还没有讨上老婆。她说着说就抹起了眼泪。昨晡夜他肯定是喝醉了才干了那缺德事，也怪我早早就睡了，没有管住他，真是对不住你了。你看样般好吧，要不，你就原谅他好吗？以后他要是还敢欺负你，我就打断他的腿，赶出去从此不让他进屋！

　　兰香嫂子不再说什么，她晓得哭闹也没有用，告官又没处告，寻死只是做做样子给他们母子看的。她还不想死，她还有赖子要养呢。她提出要回家，张大娘满口答应，好的，等你身体好了就回家。

　　这时候兰香嫂子才发觉脚盘上隐隐的痛，起初她以为是蜈蚣虫咬的伤在作怪，仔细检查才发现并不是咬伤的地方痛，而是昨暗晡在和他们母子争执时不小心崴了脚，虽说不是很严重，但是行动就不方便了。她有些绝望了，唉，倒霉的事情接二连三，自家什么时候才能回家呀。

　　时间一天天过去，蜈蚣虫咬的伤已经好了，不痛不痒，只留下一个淡红色的疤，但是崴伤的脚却不见好转，树根到处去找草药，又到十几里外把张医生请来医治。张医生看了说，伤筋动骨一百天，妹子的脚没有那么快好，最好是不要乱动，免得再次受伤。他开了些药，又留下一瓶药酒，交待树根每天贴药换药。

　　两个月后的一天早晨，她一起床就有点眩晕，还想吐酸水。她起初还没有太在意，不料几天都连续出现这样的情况，她突然想起这种感觉好像是怀龙飞的时候才有过的。自家是不是怀上孩子了，难道那天晚上只有一次，就……她有点慌神了，这可样般好呢？要不要告诉张大娘和树根？通过这几个月的接触，她觉得他们并不坏，树根也算老实，对她更是百依百顺。如今生米已经煮成熟饭，要不就干脆嫁给他？想到这里，她一阵脸红耳热，这样般可以呀？这样一来不就等于屈服了，认命了，承认了树根抢劫她奸了她是正当的吗？自家的面子还要不要呀？要不就悄悄打掉这孩子，等伤好了，自家就偷偷地逃跑。一想到要打掉孩子，她心里就疼，难道孩子还没有面子重要吗？为了所谓的面子就要杀死无辜的孩子吗？肯定否定，否定又肯定，她的头都想痛了，干脆不想。但是，这事情不想不行，得赶快拿定主意呀。她极力回想来到这里以后的每个细节，发觉并不讨厌张大娘和树根，自家的老公早就跑了，不晓得是生是死，她总不能守着空房不再嫁人吧，既然要嫁，嫁给树根会不会委屈呢？他的身材相貌都是自家喜欢的类型，凭她的条件，要找这样的人家也好难啊。要不，就干脆嫁给他吧，毕竟面子值几个钱呀，日子是自家过的，过好了才是真的好啊。是呀，想开了，自家认为值千金那它就是值千金，别人的看法和议论那就是一堆臭狗屎！

拿掉她心里最后一块棉絮的是一件事。

那天，她拄着拐棍去厨房里倒水，经过张大娘住的房间，无意中听到了他们之间的对话。

阿姆，你样般吃米糠煮……煮青菜呀？

我喜欢吃。

我晓得你是省下来给兰……兰香吃，是不是？

她的脚还没有好，要吃好点才有营养。我们已经对不住人家妹子了……

一阵沉默后，树根说，我明天就去炭窿打煤炭去。

你不能去，那是鬼门关呀。

阿姆，不怕，那里挣钱多……我……我要给你和兰香买米买肉吃。

挣再多的钱也不许去！我就你一个赖子了，我已经没了树林，我不能没有你了呀……

张大娘呜呜哭起来。

兰香嫂子愣住了，想不到为了自家，张大娘竟然吃糠咽菜，而树根则要冒险去挖煤。她心里云开雾散，一片清明。她推开张大娘的门，说，树根你不能去挖煤，我肚子里的孩子不能没有阿爸！

像突然发生了地震，张大娘和树根一阵惊诧和忙乱。而后是张大娘先明白了怎么回事，她抱着兰香就哭开了，妹子妹子，你终于同意了，谢天谢地，菩萨保佑。傻赖子，你快要做阿爸了，还不快多谢兰香。树根也反应过来了，竟然蹲在地上哇哇哭起来。

在张大娘和兰香的坚持下，树根最终没有去挖煤，但他坚持要到县城去扛大包。十天半月地回一次家。

第一次回来，他买了肉和米，让阿姆赶快煮。吃饭时，他老往张大娘和兰香碗里夹肉，自家却不吃，说在县城都吃腻了，不想吃，兰香晓得他是让着自家和阿姆，看他的眼神里又多了几分柔情。

晚上，她主动来到树根的房间里，树根没有想到兰香会来，手忙脚乱的。兰香说，树根，你去端盆水来，冲洗干净点。树根以为她要用，去厨房端来一盆温水，就要给她洗脚。兰香指指他的两腿之间，说，那里洗干净点。树根愣愣地看她，随即明白了，哎哎应着，端着水到一旁洗去了。

躺在床上，树根的手就开始不老实了，兰香挡开他，问起他来。

我问你，同我一起被抢走的妹子现在样般了？

她呀，她那天就逃走了。

真的假的？

真，真的。

那你为什么不早告诉我？

你又没有问过我。

第二个问题，大年三十暗晡，你是不是故意把我灌醉，早就想奸我的？

天，天地良心，我没有，我也喝……喝醉了呀。

喝醉了样般还能做这样的事情？

我也唔晓得。

真唔晓得？

真的，骗你被雷，雷公劈死！

接触了几个月，兰香了解他不会说谎。她像特赦似的把他的手放到自家的胸前，说，好了好了，别想了，别想傻了。来，你想玩就玩吧。

树根的手触到了温软而饱满的乳房，这是自家梦寐以求的宝贝啊，他的手缠绵在那里，在小山丘上流连忘返，纠缠不休，兰香紧紧抱住他，他全身痉挛，把自家完全融进了她的身体里。她望着躺在身边的男人，想起自家和他的恩恩怨怨，心里真是又爱又恨。不管样般，他以后就是自家的老公、自家的依靠了，要好好待他。她扳过他的头，在他脸上深深地吻了一下，不想把树根弄醒了，他又要爬上身来，兰香把他推开，说，这么贪心，你明天还要到县城去扛大包呢，不能太累了，以后多的是时间呢。树根听话地安静下来。睡到早上，树根忍不住又要，兰香还是那些话，他拍着胳膊和胸膛说，我多么强壮，扛包对我来说就是玩一样的。兰香没有理由再拒绝。

天蒙蒙亮了，张大娘叫醒他们，树根匆匆吃了点东西，就出县城去了。

兰香的肚子一天天隆起来，张大娘每天小心地侍候着。兰香不让她太劳累，抢着做家务活，张大娘拦着不让她干，说怕动了胎气，兰香说动什么胎气，我怀龙飞时还下地犁田呢。我那怀梅妹子，生孩子的当天还去打井水。张大娘说，各地有各地的风俗习惯，我们这里怀上了孩子就不能干重活的了。兰香又想起了龙飞，心里牵挂他过得好不好。自家这样的身子也回不去，只好等生了孩子以后再说吧。

孩子快出生的时候，树根也没有去扛大包了，除了去田里忙以外，就是去山里砍柴割草，没有几天，小院子里就堆了像小山包似的木柴和草。兰香的脚盘已经好了，那天，树根带她去山里转转，慢慢地走着，他突然对兰香说，你等着，我去下就来。他钻进了树林里，一会就出来了，手里捧着一把黄橙橙的果子，问她，你晓得这是什么果子吗？兰香摇摇头，没见过。这叫糖里子，煮来吃，又酸又甜的。兰香喜道，是吗？正好，我这几天想吃酸的。树根说，好，我回去拿个篮子来摘。兰香奇怪，这次出来，树根说话一句也没有结巴，她心想，他的结巴毛病应该是治得好的。她鼓励道，树根，你说话不结巴了。树根惊奇地说，好像是啊，难道我的毛病好了？兰香说，是的呀，你还不多谢我？树根一把抱起她，对着大山喊道，我不结巴了，多谢我的好老婆！兰香格格笑，这一刻，她觉得原来树根是那么好看，世界是那么美好。

　　刚入冬，兰香生了一个胖小子，张大娘和树根乐得合不拢嘴。孩子满月的时候，张大娘说要办满月酒，兰香不同意，说，家里也不宽裕，就不要办了吧。正说着这事，小院子来了两个人，向树根打听着什么。兰香听到女的声音很熟悉，就掀开门帘出来了，惊奇地发现，站在面前的竟然是春红和火生！她大叫大嚷起来，春红火生，你们样般到这里来了，是来找我的吗？春红跑过来，一把抱住兰香，是呀是呀，我们找了好多地方才找到你，她上下打量着兰香，你，你样般变成这个样子了？兰香头上还扎着一块帕子，全身上下都穿着当地人的衣服，因为刚给孩子喂过奶，她胸部半敞开着，有一些乳汁渗透出来，把胸前的衣服弄湿了一块。兰香讪笑着，赶忙系好扣子。春红和火生听说她生了孩子，今天还是孩子的满月日，都连声说恭喜。春红摸出一块大洋塞给兰香，不晓得不怪罪，这就当给大侄子的见面礼了。两人挽着手走进房间，迫不及待地互相说着别后情况。

　　原来，当年春红被那个抢劫的男人扛起来就跑，由于药性不强，跑出去没有多远，她就醒过来了，拼命挣扎，那男人本来就有些瘦弱，又经过刚才的折腾，早就气喘吁吁力不从心了，春红挣脱身子逃跑了。她上江西挑盐担本来就不是目的，她的主要目的是到井冈山找火生。她一路寻问，经过了国民党军的盘查，历尽艰辛到了井冈山，找到了火生。火生乍一见到春红，以为看花了眼，但是听了她的叙说后，大为惊奇和感动。他带春红去见首长，安排她当了红军医院的护士。兰香刮了下春红的鼻子，问，得到他了吧？春红羞涩地回答，没有没有，你别乱说了。兰香调笑道，那你还不赶快下手，小心让别人抢走了。兰香突然想起来，问，你们样般来这里找我的？样般晓得我在这里呢？春红说，我们根本就不晓得你在哪里，这次我们首长说要在这一带设个红色交通站，我想起你是在这里被抢走的，就自家报名跟火生来了，一来是找你，二来是看看能不能找到人和地方建立交通站。兰香不懂什么是交通站，春红告诉她，这是中央红军接头办事的地方，各地都有，这一带经常有挑盐担和潮汕梅州江西的货物流通，可以花钱买来送到井冈山去。春红又补充道，交通站是秘密的，有一定的经费，但是要绝对保密不能让周围的人特别是国民党晓得。

在张大娘一家的热情挽留下，春红和火生在这里住下来了，见面了解情况后，火生和春兰都觉得这家人的基础好，关系简单，可以培养发展。所以他们想住下来后多考察了解，也向他们多宣传革命道理。春红要跟兰香睡一屋，兰香笑她，你不跟火生住一起吗？这么好的机会别浪费了呀。春红举起拳头砸她，狗嘴里吐不出象牙来，再说，再说，我撕烂你的嘴！

春红询问起被土匪抢走后怎么到了这家人这里住，还生了孩子。兰香嫂子把一切都告诉了她，春红听了，说，原来你的老公就是那个抢你的土匪呀。你怎么能嫁给一个土匪呢？兰香嫂子说，其实他并不是坏人，更不是土匪，从来没有抢劫过，这次是脑筋短路了，他也发誓再不干这锅摸绝代的事了。他人挺好的，对我也实心实意，这点你放心吧。春红嗔怪道，我在井冈山时，经常想起你就流泪，不晓得你是死是活，想不到你在这里活得像神仙。兰香嫂子说，我自家也没有想到会是这样的，简直像是戏文上说的。这就叫缘分吧。春红点头称是，我和火生不也是缘分吗？去井冈山见了他之后他才告诉我，他其实早就喜欢我了，只是不敢说，嘻嘻。兰香嫂子羞她，鬼妹仔，这样你可就十足了。

第二天一早，火生就悄悄告诉春红，自己觉得好奇怪，感觉对这个屋子很熟悉，甚至屋里的家具物件都好像很眼熟。春红笑道，你是在梦中见过吧？是真的，那个小凳子有块桃心的疤痕，我记得自家一定见过的。还有，还有，我觉得张大娘也好熟悉一样，我在哪见过她呢？两人一时没有了主意。突然，春红兴奋地大声说，你不是五岁时从江西被拐卖到梅州的吗？会不会……火生脸色刷白，嗫嚅道，不会，不会，哪有这么巧呢？春红说，还真说不定是呢。她拉着火生的手来到张大娘面前，说，大娘，你认真看看火生。张大娘不明白是怎么回事，以为出了什么事，愣愣地看着他。春红激动地说，你看他像不像你那失踪的赖子？张大娘好像才明白春红在说什么，颤巍巍地问火生，你，你屁股上是不是有块暗红色的胎记？火生愣住了，春红催他，是不是有胎记？快，快脱下裤子让大娘看看。火生如梦初醒，跪在地上，大喊一声，阿姆！张大娘一把抱着火生的头，喜极而泣，赖子，我的好赖子，二十多年了，你找得我好苦啊！树根和兰香不晓得样般回事，从屋里跑出来。不比不知道，一比吓一跳。昨天也没有觉得怎么样，今天火生和树根站在一起，认真一看，那个头、长相太像了。

一家人欢欢喜喜的场面自不必多说，接下来是怎么建立交通站的问题。离开井冈山的时候，火生和春红获准全权处理这件事，他们决定在小镇上租一个店面，由火生和兰香负责经营，再雇一个当地组织派来的人，秘密收购一些盐巴、大米、黄豆、布匹等，送到中央苏区。

店面租下来了，趁装修的空隙时间，兰香嫂子提出回梅州带龙飞过来。张大娘和树根都满口答应，准备了一些香肠、腊肉、番薯干之类的，千叮咛万嘱咐她早去早回。

第六章

冥冥之中，
命运又一次捉弄了怀梅

怀梅如醉如痴地听完了兰香嫂子的故事，听得她又是眼泪又是笑的。她轻轻地捶着兰香嫂子的背，说，你的事情简直和说书的一样，你现在是老鼠掉进米缸里了，以后生活会一帆风顺了。只是你和树根开那个店子会不会有什么危险呀？兰香立即严肃起来，认真地对怀梅说，对了，我和你是过命的姊妹，才和你说了这事，你可要保守秘密，对任何人都不能说。怀梅认真地保证说，我肯定不会和别人说，你就一百个放心吧！她又问道，春红和火生究竟跟什么人在一起呀？兰香嫂子说，他们是在井冈山跟红军在一起呢，红军是共产党的队伍，据说是我们穷人的队伍，是为穷人打天下的一些人，我也不是很明白，但是既然春红和火生都觉得共产党好，那就是好了。怀梅有些好奇，共产党？就是像我们这里的欧阳老师他们那样的人吗？兰香嫂子说，我想是吧。怀梅问，真有替我们穷苦人说话办事的军队吗？那不是和官府对着干吗？会很危险呀。兰香嫂子说，所以说你不能对任何人说这事呢。对了，春兰和火生要我代他们问候你，说有空就回来看你呢。怀梅说，不晓得他们什么时候才能回来呢。兰香嫂子感谢怀梅一年多来对龙飞的悉心照顾，看见龙飞长大了，懂事了，自家好高兴，好感激。怀梅说其实龙飞很懂事，是他在照顾她和兰芳、乐乐。她问道，真的要把龙飞带到江西去吗？兰香嫂子肯定地说，是的，一定要带去的。怀梅有些难过，毕竟和龙飞一起生活了一年多了，也处出了感情，现在兰香突然要接他走，心里很是舍不得。她问道，能不能多住儿大呢？兰香嫂子说，是的，估计住五六天吧，那边的店也很快就要装修好。兰香问怀梅，用文还没有消息吗？怀梅冷冷地说，没有，这个死绝良心的！兰香安慰了她好一阵子，突然兴奋起来，说，明天暗晡我们来拜插子神，问问用文到哪里去了，什么时候能回来，好吗？怀梅虽然对用文抛弃了自家和孩子越来越冷淡和厌烦，但还是觉得问问这事，有个交代也好。

梅州地区客家人很流行拜插子神（也叫请插子神），不管是拜还是请，都有恭敬的意思。拜插子神时必须有正鸾和副鸾各一人，另需唱生二人及记录二人，合称为六部（三才）人员。运用一个"Y字形"桃木和柳木合成的木笔，在默认地沙盘上，由鸾生执笔挥动成字，并经唱生依字迹唱出来，经记录生抄录成为文章诗词，最后对该信息作出解释。

晚上，怀梅和兰香嫂子准备好了要用的插子（簸箕）、木架、沙盘等，但人手不够，也缺个认字的人。怀梅突然想到了凤招。自从那次在水塘里洗衣服后，怀梅就很少见到她。今天她去洗衣服又遇见她了，还打了招呼。除开她名声不好外，怀梅觉得她并不坏，应该好相处，最重要的是，她还认字。请插子神一定要认字，要不就没有办法读出和领会神明的启示，龙飞虽然也认识几个字，但不管用。她来到凤招的小屋，扣响了门环。

见怀梅来找，凤招吃了一惊，几年了，下宫坝的人都当她是洪水猛兽，不但自家不和她交往，连孩子也不让他们接触她，担心她有伤风化的行径影响了孩子，甚至毒害了孩子。所以，她屋里从来也没有来过客人，她也乐得清静，从来不和村里人来往。她所以对怀梅有好感，是觉得她和村里人不一样，从来不鄙视自家，见了也不会躲着走。听了怀梅的请求，她满口答应下来，她甚至都有点感动，觉得怀梅是看得起自家。

乡村的夜晚是很宁静的，在这宁静的夜晚很适合做一件神秘的事情。

怀梅先点燃了一支香，自家端着装了河沙的簸箕和架子，架子上绑着一支削得很光滑的木棒，对准了沙盘，兰香和龙飞扶住簸箕，凤招则拿着纸笔准备记录。几个人念念有词，插子神，插子神，我今天很虔诚地请你降临，作出圣明的指示，我一定诚心诚意，谨遵教诲……如此念了三遍，好像有一股神秘的力量正在控制着怀梅，从手臂到手腕再传到了木笔上，怀梅知道插子神收到了信息，神从天降，架子上果然有了动静，轻轻地晃动起来。她心里默念着，求神明指示，用文还活在人世吗？现在在哪里？他还会回家来吗？一边默念，架子上的木笔就开始在沙盘上画起来，起初是没有规则地乱画，后来真的开始写起了字，凤招赶紧记录，一会后，木笔停止了写字，架子也停止了晃动，大家放下求神的工具。怀梅问道，插子神说什么啦？凤招把记录的纸给她看，说，画来画去，也就一个字，回。兰香嫂子和龙飞欢呼起来，怀梅却没有多大欢喜。与其说是不高兴，不如说是不怎么相信。用文这一去无声无息，难道一个插子神的暗示，他就会回来了？但毕竟是大家合作做了件大事，不能扫了大家的兴致。她笑笑说，但愿用文早点回来吧。

她送凤招回家，路上，凤招有点不自在，说，怀梅，上次都是我多嘴，说了用文哥在米店和女店员的事，想不到好心办坏事，他一走了之。真是对不起你……怀梅说，凤招，不怪你的，他要走，你就是不说，他也迟早要离开的。凤招说，那也是的。她安慰怀梅，用文哥会晓得错的，会回来的，希望你云开见日出，日子越过越好。怀梅能感觉得出来，她说这话是真心诚意的，她有些感动，也真诚地说，希望你也越来越好。凤招叹口气，我能有什么好，就这样了。怀梅没再说什么，两人一路无话，一会便到了凤招家。凤招进了屋，又跑出来，说，哎，怀梅，我这有手电筒，路上暗，你带上吧。怀梅摆摆手，不用了，我眼睛光亮，看得见路呢。

明天兰香就要带龙飞到江西去了，想到分别后不晓得什么时候才能再见面，两人难以入睡，都很伤感。她们又聊起请插子神的事。

兰香问道，怀梅，你相信插子神的启示吗？

信，也不信。

那你要等用文回来吗？你难道不想再嫁吗？

不想，就这样将就过吧。

一生就这样过呀，这样很辛苦的呀。

大家都这样过来的，有什么办法呢。

说实话，你暗晡就不寂寞，不想男人吗？

怀梅沉默了，嫁给用文后，她根本就没有尝过男女之爱的快乐幸福，更别说是那种缱绻缠绵、飘飘欲仙的感觉了。她淡淡地说，没有想过。兰香还不死心，捅了下她的腰眼，问她，阿二哥对你那么好，看得出来，他对你很有心的，难道你没有想过嫁给他？这个问题问到怀梅的心里去了，阿二哥对自家的好那就不是一般人的好，她很感激他，也想过嫁给他的可能性，反正一个是光棍，一个是没有老公的女人，合理合法，纵然有人说三道四，也没有权力干涉他们结婚。但是，怀梅对他没有一点感觉，尤其是他长成那样，根本就不是她喜欢的模样，自家对他只是感到很亲切，就像亲人一样罢了。纵然如此，如果阿二哥主动提出，也许自家会好好考虑，但是偏偏他从来就没有表示过，她也不晓得他是怎么想的。

夜深了，不知谁家的公鸡开始打鸣，接着其他的公鸡也凑热闹似的此起彼伏的鸣叫起来。怀梅有点烦躁，不想再说自家的事情，便打了个哈欠，说，睡吧，明天要出门了，养足精神吧。兰香也觉得困了，不再问怀梅，说，好吧，你自家拿主意吧。

第二天早上，当兰香对龙飞说要带他去江西住时，龙飞不同意，说，我们自家有家，为什么要去江西住呀？兰香费了好多口舌说了很多理由，但是龙飞还是不同意，气得她抬手想打他。怀梅给兰香使了个眼色，示意让她来说服龙飞。她把龙飞拉到房间里。

龙飞，你想读书吗？

当然想呀。

那如果去了江西就可以读书，你愿意去吗？

为什么要去江西读书，这里不是也可以吗？

你阿姆已经在江西成了家，你必须跟她去，才能有饭吃有书读。

我在怀梅叔姆家也照样有饭吃，看那本图画也能认字。

怀梅狠狠心，说，不，我自家的米都不够吃，你不能再在我这里住了，我养不起你！

龙飞吃惊地瞪着她，怀梅强忍眼泪，扭过头去不敢看他。他一把抱着她，怀梅叔姆，我听话，我跟阿姆上江西住，再也不烦你了。怀梅的眼泪夺眶而出，推开龙飞跑出去了。

分别的时刻到了，龙飞把看图说话送给兰芳，交待她说，你要认真学，以后我回来会检查看看你有没有学会。兰芳说，好，我会认真学的。龙飞又说，你自己学会了，还要教会乐乐，兰芳郑重地点点头。怀梅和兰香嫂子听了，鼻子直发酸。

天大亮了，怀梅送他们母子到了河堤上，风吹竹叶"呵呵"地响，河水也发出雄浑而单调的声音，一路向东流向潮汕直奔大海。艄公又唱起了熟悉的山歌调子。此时听他唱起了缠绵动听的客家山歌，让人徒生了离别伤怀的味道。到了上船的时候了，龙飞再一次抱紧怀梅哭起来，边哭边说，怀梅叔姆，我会回来看你的，你等着我！怀梅摸着他的头，也直抹眼泪，哽咽着说，好，我等你！

渡船渐渐远去了，兰香和龙飞的影子也越来越小。和龙飞朝夕相处了一年多，他就像自家的亲儿子一样了，如今他离自己而去，不晓得什么时候才能再见，怀梅心里像被挖了一个洞，空落落的。

家里只有两个少不更事的孩子，显得冷清清的。怀梅心灰意冷，连午饭都不想煮了，她给兰芳和乐乐一人一条早上剩下的番薯，自家什么都没吃，就躺在床上蒙头睡了。睡梦中，家娘拉着她的衣袖，眼巴巴地看着她，嘴里咕哝着什么，她听不清，把身子凑上去，只听家娘重复着一句话，怀梅，我把家交给你了，你可要看好啊……醒来时，自家已是泪流满面。她一百个想不明白，用文怎么可以就这样丢下她们，悄无声息地走了，甚至连孩子都丢下不管。难道男人都这么狠心吗？

以前有龙飞在家帮忙照看，还不觉得什么，现在龙飞走了，她才觉得简直像少了条胳膊，处处都不方便。兰芳倒是很勤快，会帮着烧火煮饭，会给弟弟穿衣服穿鞋，会给他端尿洗尿布，也会像模像样地扫地。有一天，怀梅发现她挽着一个小竹篮到竹林里去捡竹壳和竹枝，回来后摊在小院子里晒，晒干了好作柴火烧。她脸上被竹枝划了一条道，可她自己没有发现，很认真地做着事情。怀梅心里一阵酸楚，都说穷人的孩子早当家，兰芳只有五岁就要帮着干活，真是难为她了。

客家有句俗语叫"七坐、八爬、九生牙、十喇擎（学走路）"。乐乐已经学会走路了，经常趁人不注意就自家跑到大门外去玩。有一次他在大门外屙屎，一只狗在他周围嗅来嗅去，狗嘴张开，露出白花花的獠牙。怀梅赶走狗，给乐乐擦屁股，才发现他的小屁股红红的，低头一看，她简直吓坏了，只见一截肠子从乐乐的屁眼里露出来，足有半截拇指长，差点就碰到泥地上了。她不晓得怎么办好，问乐乐痛不痛，乐乐摇摇头，继续玩着泥巴。怀梅把他抱回小院子里，给他洗干净，又小心地把露出来的肠子摁回去。本来以为没事了，但第二天，乐乐一拉屎，肠子还是掉出来一截。怀梅收拾干净，抱起乐乐就去找风叔。

风叔仔细检查后说，你的赖子是脱肛，又叫直肠脱垂。怀梅着急地问，什么叫直肠脱垂？要样般好呢？风叔说，简单说就是肠子脱垂出来了，是体质弱引起的，你得给他加强营养，身体好了，病自然就好了。这段时间要特别注意，不要让他到外面屙屎，猫、狗、鸡都是没有灵性的，看见肠子出来了就会咬住，一拖，就会把肠子都拖出来。怀梅倒抽一口气，幸好昨天自家发现及时，把狗赶走了，要是迟一些……她不敢往下想了。

风叔给乐乐拣了些草药，又特别交待怀梅，乐乐是营养不良，气血不足，体内有湿气和积滞，要多给加强营养，除湿去积。另外有个民间秘方，在新鲜猪肝上涂满黄妖鸡屎（金黄色带黏度的鸡屎），放在草木灰上用文火烤熟，多给孩子吃，兴许会好得快。

怀梅当即把家里生蛋的母鸡杀了，清炖给乐乐吃。猪肝倒是比较容易找，到市场上一般都有卖，黄妖鸡屎可就不是那么容易找了，普通的鸡拉的大都是稀稀拉拉的屎，只有内分泌失调的鸡才会拉出那种金黄色的、有黏度的、臭不可闻的，看上去像年糕一样的屎。怀梅到整个围龙屋去低头寻找，好不容易才找到两堆黄妖鸡屎，小心翼翼地装回去，按风叔交待的，把它均匀地涂在猪肝表面，裹住猪肝，然后放在炉灶里用小火烤起来。烤到焦黄喷香时，把它分三次给乐乐吃。乐乐也不晓得是什么东西，一个劲地说，好吃好吃。怀梅听说鸡内金煲水可以化积，猪肠头里面放些糯米黑豆，文火蒸熟，可以补气。她找来认真做好给乐乐吃。又严防死守，把大门关上，不让乐乐出门半步，还给他特意做了一条裤子，在腰间绑一条带子，束紧了，让他自家不能脱下来。她交待兰芳不要去捡竹壳了，要在家好好看住弟弟，不能让他出大门，更不能让他在外面屙屎。兰芳不解地看着阿姆，问，为什么呢？怀梅和她说了好一阵子，说弟弟有病，如果在外面屙屎，肠子就会被狗拖走，弟弟就会死掉。你愿意弟弟的肠子被狗拖走吗？愿意弟弟死吗？兰芳一下子就哭了，说，我不愿意！那好，你就按我说的做吧。兰芳懂事地点点头，每天尽责尽守地看护着弟弟，看见弟弟屙屎时肠子露出来，也不嫌又脏又臭，洗干净手把它摁了回去。

两个多月后，终于见到了效果，乐乐的肠子收缩回去了，拉屎时也不会露出来了。风叔说，这只是暂时的，以后可能还会出现这种情况，所以要时时注意。

怀梅刚松了口气，一个更大的打击压得她喘不过气来。

那天，她去水田里莳田。她是下宫坝的莳田好手，分秧均匀，下手飞快，不用打线，插的秧苗一行行又直又平，像平行线，又像是一组组五线谱。日上三竿，已经插了大半丘田，她收拾好东西，这时，兰芳气喘吁吁地跑来了，阿姆，快回家，乐乐不见了！她一听魂飞魄散，问道，样般不见的？是什么时候不见的呀？兰芳急得脸色绯红，也说不出所以然来。

她抱起兰芳小跑回去，果然，乐乐不在家里，心想是不是到竹林里玩去了，跑去找也不见踪影，她像疯了一样，到处去找，直到中午还是不见乐乐的影子。村里人听说了，都来帮忙寻找，连尿缸角头、水塘四周、田头地尾、水井荒间都找遍了。有人说，是不是失足掉到水塘里去了，找来长长的竹篙，下到水塘里去捞，还是没有。和顺叔公开腔了，说，可能是被水鬼吃了，连骨头都没有剩下。怀梅一听，气一急便晕了过去。有人给她掐人中，有人给她擦净茶油，手忙脚乱地把她救醒了，她大哭起来，我的赖子呀，你在哪里呀，你要是走了，我也不活了！大家都晓得怀梅的老公失踪了，她一个人带两个小孩不容易，如今赖子没了，真是要了她的命呀。好多人都替她惋惜难过，流下了同情的泪水。

一天过去了，怀梅滴水未进，夜深了，来劝的人逐渐散去。这时阿二哥偷偷溜了进来，他在城北打短工，听说了怀梅的事情就辞工回到下宫坝。他把买来的肉包子递给怀梅，也不说话，只在一旁默默地陪着她。突然，门环当当响了两下，怀梅一下子跳了起来，是不是乐乐回来了？她急急地去打开没有关闭的大门，没有，什么都没有，也许是风刮的吧，怀梅自言自语，从满怀希望到极度失望，她全身无力，瘫软在地。这时兰芳眼尖，发现地上有一张纸条，捡起来一看，上面写着两行字。几个人都不认识字，给谁看呢，和顺叔公倒是有些文化，但是怀梅不愿意去求他。她又想起了凤招，便急忙拿着纸条去找凤招。

凤招这几天身子不方便回到下宫坝休息，白天她也到怀梅家看过，只是很多人她不方便进去，便在外面转，想等到天黑了再去，好不容易聚集的人散了，她正准备去看看怀梅，看见她急匆匆地来了，就把她迎进屋里。怀梅把纸条拿给凤招，凤招看了，说，乐乐给人绑走了，要拿一百块大洋去赎。怀梅心里又喜又悲，晓得乐乐还活着，她松了口气，但是现在他却被人绑去了，还得拿一百块大洋去赎，自家穷得叮当响，到哪里去拿一百块大洋呀。但是毕竟是有消息了，她问道，纸条上还写了什么？凤招说，要你明天晚上到梅城社官老爷庙那里去交钱。怀梅倒抽一口气，突然感到很奇怪，我家里穷，周围的人都知道，谁会打乐乐的主意呢？自家也没有结什么仇人呀，难道是和顺叔公？不可能，他一个叔公头，怎么会干出这种伤天害理的事情？难道是哥哥？她的脑子一下子清醒起来，是他，一定是他，这个打靶鬼害人精，又来害人了！她想着想着，胸口有些发闷，兰芳的小手给她揉着，眼睛里带着关切和忧虑。

她搞不明白，哥哥为什么要这么做，他明明知道她的家底，别说是一百块大洋，就是一块也拿不出来。他这不是把我往死里逼吗？没有见过这样当哥哥的，真是锅摸绝代。

她决定去报官。

肖长官听了她的叙说，一改文质彬彬的样子，大为恼火，骂道，这个"牛令强"真是没人性，上次的诈骗案，把他关了半年多，刚放出来就又干这伤天害理的事情。他打了个电话到警察局，要他们办好这事，把小孩救出来，把"牛令强"抓捕归案。放下电话，他就交待怀梅到警察局去报案，和他们说清楚事情的来龙去脉。

上次到下宫坝调查的警官接待了怀梅，看完纸条，说，晚上我们到社官老爷庙那里去抓他。

社官老爷庙位于梅城东教场侧旁，已经有五百多年的历史了，每天都香火鼎盛，有不少善男信女来这里烧香求签，祈求老爷庇护家庭财源广进，六畜兴旺。到了晚上，不是特殊的日子，这里一般都安静下来了。警察在周围布控，蹲了一个晚上连鬼雕影都没有见到。怀梅心急如焚，警察倒是司空见惯，安慰她说，你先在局里招待房住下来，明天再看看。第二天刚上班，局里的文员接到一个电话，说是找古怀梅的，怀梅拿起电话，果然是哥哥的声音。

你真长本事啊，到警察局报案，想抓我是吧，好啊，你是不想要赖子了吧？

我要，我要，哥哥，求你把乐乐还给我吧！

那你得给我一百块大洋！

我哪有钱啊！

没有钱不会卖屋卖田吗？我警告你，不准告诉警察是我打的电话，也不准把我的话转告警察，要不，你就再也见不到你的赖子了！

电话"啪"的放下了，怀梅愣在那里。魁梧的警察问她是谁打来的电话，她不敢说是哥哥，只说是亲娘打来的。她不敢说什么，担心哥哥真的把事情做绝了。

她心事重重地回到下宫坝，也想过卖田和小院子救乐乐，但就是想卖，事情那么急也找不到买主呀，不卖换不来钱，哥哥发起癫来真把乐乐害了那可样般好。一夜思来想去没有睡觉，头脑像浆糊似的糊涂不清。这时，突然来了一个人，怀里还抱着一个孩子，喊道，这里是古怀梅的家吗？

这时候的怀梅神经高度紧张，她立即从床上蹦了下来，身体像炮弹一样射出来，一眼就看见乐乐躺在一个胖壮的和尚怀里。她接过乐乐，脸埋在他的脸上大哭大号开了。和尚拍拍她的肩膀，说，别吓坏了孩子。她这才停止了号哭，开始问起孩子的事情来。

和尚叫释永清，是七八里外梵音庙的主持。二十年前，他就在梵音庙里了，庙里一直只有他一个和尚，每天念经、修为，过着简单重复的生活，日复一日，从不间断。他身体颇为壮实，眉眼开阔，五官端正，鼻子又直又挺，一看就不是本地人。他脸上胖胖乎乎，总是乐呵呵的，对人更是一团和气。农闲的时候，怀梅和村里人都要到梵音庙后面的山上砍柴割草，储备一年的柴火。庙里就他一个和尚，她见过他几次，有时挑柴草实在渴了，还去他庙里讨碗水喝。他总是热情招待，泡茶倒水，笑脸笑面，像个弥勒佛。还会拿出糖果饼干给她们吃，一个劲地劝，吃吧，吃吧，吃完还有呢。临走，还不忘塞几块糖让她们带回家给孩子吃。他说话声音柔和而又富有磁性，怀梅想，那是每天念经练的吧。他告诉怀梅，昨天深夜，一个男子抱着这孩子来到庙里，留下一张字条就走，孩子已经奄奄一息了。他一看字条上只写着几个字——下宫坝古怀梅。他追出去，问那男子，孩子叫什么名字？是不是你的？是要把他送到下宫坝古怀梅家吗？
男子也不说话，一会摇头一会点头，然后匆匆消失在夜幕中了。他返回庙
里，赶快煮了粥给孩子喂下去，又拿了一块巧克力给他吃，孩子才算缓过
气来。他问孩子家在哪里，刚才送他来的人是什么人，孩子不会回答，只
用一双大眼睛瞪着他看。他安排好孩子睡下，可能是认生吧，孩子翻来覆
去地睡不着，他拍着孩子，给他唱儿歌，孩子马上安静下来，不一会就睡
了。清晨，他起身来到佛堂念经，没想到孩子自家爬起来坐在旁边聆听，
足足一个多小时一动不动。天亮了，他就赶紧把孩子送过来了。

　　你就是古怀梅吧？是孩子的妈妈吗？
　　是的呀，乐乐都失踪两天了。永清师傅，真是谢谢你了。
　　不用谢，是我跟这个孩子有缘，善哉善哉！
　　乐乐，快叫师傅伯伯，以后要记得是师傅救了你啊。
　　不用刻意记的，万事随缘就好。
　　怀梅说起了乐乐失踪的事情，她也弄不明白，哥哥怎么就把乐乐给
送了回来，也不直接送到家里来，却要送到梵音庙永清师傅那里。他是不
是良心发现，觉得这样对妹妹和外甥太过分了？要不，他就是纯粹的报
复，因为她上次揭露了他的行径，害得他被关了半年多。也可能是看她家
确实也拿不出大洋，而且乐乐又奄奄一息，怕闹出人命来，所以就不敢再
拖，又担心警察在怀梅家周围布控抓他，只好把乐乐送到梵音庙了，让永
清师傅把乐乐还给她。永清师傅说，你哥哥是善根未断，善念犹在，就不
必去追究了吧。怀梅点头称是，是的，乐乐回来了就好了，要不然，我可
要急疯了。她要留永清师傅吃饭，他说庙里还有事，就不吃饭了。他双手
合十，怀梅以为他要和自家握手，就伸出手去。他犹豫了一下，握住了她
的手。怀梅很奇怪他的手温软如绵，握上去很是舒服，好像有股暖流通过
手传到了身体内。
　　村里人听说乐乐回来了，都过来看望他，听怀梅说了乐乐的故事，
都纷纷感叹，有的说"牛令强"作恶多端，天会收他；有的赞叹永清师傅

慈爱和善，定有福报。福叔母还带了两个热鸡蛋来，说是给孩子在头上来回滚擦，可以压惊，驱除邪魔，保佑平安。怀梅很是感激，满面春风，拿出蒸熟晒干了的花生给大家吃，又泡了壶清凉山茶——这茶还是圆房时用了剩下的，她一直舍不得喝，留到现在。

她按照警察的吩咐去了一趟警察局，告诉他们乐乐已经找回来了，身材高大的警察告诉她，这些天他们也到处抓他哥哥，还布了好多条线寻找，但是他就好像是从地球上蒸发了一样，不见了踪影。

日子又恢复了平静，哥哥也许还会再惹事端，其实，事情的发展已经不是由怀梅的心意决定了，所以她已经不太去想它了，想了也没有用，简直是防不胜防，反正该来的还是会来，车到山前必有路，船到桥头自然直，到时再说了。说是这么说，但她还是不敢让孩子离开自家的视线，做任何事情都要带上乐乐。

禾苗抽穗了，有些已经低头了。不时有麻雀飞来飞去，不知道是抓虫子吃还是吃早熟的稻谷。怀梅抱来一把稻秆，又弄了一些已经破烂的衣服，开始做稻草人，做好了三个，她要把它们抱到稻田里竖立起来驱赶麻雀。兰芳小脑袋一歪，说，阿姆，我要给稻草人手臂上缝上塑料布，风一吹，稻草人就像人的衣袖在来回舞动，麻雀也就不敢靠近了。怀梅感到很惊奇，这么小的人儿就会动脑子了，让她又稀奇又安慰。

她带着兰芳和乐乐到稻田里，把稻草人插上去立起来。又教他们用手去捉藏在叶子里的虫子，她说，看见卷起来的叶子，里面肯定就藏着虫子，它们吃完稻叶，就藏起来产卵，生出来的小虫子又要祸害稻谷。起初，看着肉乎乎不停蠕动的虫子，他们都有些害怕，不敢用手去捉。怀梅说，别怕，这些虫子吃了叶子后，那株禾苗就不打谷子了，田里要是这种虫子多了，我们就没有饭吃了。你们想饿肚子吗？不想，乐乐和兰芳坚决地说，再也不怕虫子了，边捉虫子还边报告抢功，阿姆，我又抓到了一条虫子！

那天，她正在小院子里编织草鞋，陈婆太进来了。自从上次为怀梅的婚事到过下宫坝后，她就没有再来过了。城里人少运动，只走了不长的一段路，她就上气不接下气了。见了怀梅，她一边拿把小扇子扇着风，一边说，农村的路可真不好行，行得我膝头疼。

怀梅赶忙拿凳子给她坐，又倒了碗温开水给她。问道，阿姆，今天什么风把你吹来了？什么风？妖风！陈婆太满肚子的火，上次你到警察局去告了你哥哥，他被关了半年多，现在好了，他又有半年连鬼雕影都见不到。警察说，是他绑了你的赖子，你去告了他，害得他现在到处躲藏不敢回家。他虽然不对，绑了你的赖子，但他是你的哥哥呀，什么事情不可以坐下来商量吗？非得让警察去抓他。我这是造的什么孽哟？你们兄妹这么死对头，这不是要我的老命吗？她哭开了，怀梅不知道怎么安慰她，认真细看，阿姆已经有了几根白头发了。她心里一阵心酸，自家不但没有在亲娘面前尽过孝，还让她为了兄妹两人的事着急生气。她问道，阿姆，你一个人生活，要不来我这里住好吗？陈婆太被问住了，她没有想到怀梅会提这个问题，问她，你要我来住，是想要我来帮帮你吧？怀梅忙说，不是的，我看你一个人孤单，哥哥又不回家，不如来我这里，我好孝顺你。陈婆太眼睛湿润了，我的傻妹子，你自家都够难了，还说要孝顺我。我心领了，我不能来住，我不习惯农村生活，待不住。怀梅点点头，说，那好，你自家照顾好自家。想孙子孙女时，就来看看吧，或者搭信来，我带他们到梅城去看你。

她到菜园里摘了苦瓜和豆角，又摘了一些青菜，掏出几个鸡蛋，给亲娘煮了一桌不算丰盛但还算可口的饭菜。吃饭时，她安慰道，阿姆，你放宽心，躲过了这阵风头，哥哥就会回来的。乐乐好像懂得大人的心思，用汤勺舀了一勺苦瓜炒鸡蛋给陈婆太，奶声奶气地说，婆婆吃婆婆吃。陈婆太看见乐乐那么乖，嘴角有了些笑容。

怀梅装了一些干菜和酒糟，又把仅有的几个鸡蛋用布包好，让陈婆太带回去。送亲娘去搭乘渡船的时候，怀梅说，阿姆，如果哥哥回来了，你好好劝他，不要再对乐乐做出什么事情了，他是我的命根子呢，不管是谁，动了我的赖子、妹子，我都会和他拼命的。陈婆太叹口气说，你说的有道理，我也理解你的，要是你哥哥再来找你，请求你不要告诉警察，你来找我，我来劝他管他，好吗？怀梅点头同意了。其实她又何尝不想私下解决，毕竟他是自家的亲哥哥，她也不想和他结仇，更不愿意他一辈子坐牢。

江风吹过，响起了艄公唱的客家山歌——

白白嫩嫩涯（我）唔（不）贪，
乌乌赤赤涯唔嫌，
阿哥好比当梨样哎，
越乌越赤还咯甜。

过了一坡又一坡，
风吹竹子尾拖拖，
竹子低头饮露水，
阿妹低头想情哥。

第七章

深山古庙，
永清师傅的别样人生

　　早上起来，怀梅刚打开大门，就发现门坎上躺着一条狗，全身又脏又乱，还长着癞痢。谁的狗呀？样般一早就蹲在我门口了？她拿扫帚去赶它，它不走，眼巴巴地看着她，再赶，它的眼睛里泛起了泪花，呜呜地叫着。怀梅没有管它，去菜园子里淋菜，又去水塘里洗衣服，这都是一天要干的活。

　　回到家里，那条狗还在大门口蹲着，看样子又病又饿，有气无力的。怀梅有点可怜它，到厨房舀了点粥给它，它看了眼，想吃却够不着，怀梅端到它的面前，拿了一个破勺子喂它吃，它慢慢地吃着，把那碗粥吃完了，有了些精神，它摇摇晃晃站了起来。怀梅以为它是要走了，不想它却径直走进小院子里，在墙角里蹲下来，可怜巴巴地看着怀梅，好像是向她哀求留下来。这时兰芳和乐乐也起来了，看见家里来了一条狗，欢呼着就要去抱它。怀梅忙拦住他们，说，这条狗太脏了，可能还有病有狗虱，不准去动它。说着又拿扫把去赶它，这条狗也真鬼，它似乎知道求怀梅没有多大用处，就转而去求兰芳和乐乐，轻轻摇着尾巴，用哀求的眼神看看这个又看看那个。兰芳和乐乐一边一个拖住妈妈的衣袖，哀求道，阿姆，你就留下狗狗吧，好冇好冇。怀梅说，自家的米都不够吃，养不起这条狗。兰芳和乐乐异口同声说，我们都少吃点让狗狗吃！

　　经不住孩子的纠缠哀求，怀梅终于同意留下这条狗。客家地区有

"猫来穷，狗来富"的说法，这狗自家跑到她家来，赶也赶不走，想来我们家要时来运转了。怀梅知道，这只是一种说法，并没有什么根据，但是，家里养了狗，正好可以看家守屋，保护孩子。她煮了热水，拿来洗头的茶籽放进去。泡了一阵子，茶籽水开始起泡，散发出特有的气味，她把狗放进水里，用瓦片给它梳理毛发，刮净它身上的癞痢。狗狗很听话，任她摆弄，只在她手脚重刮痛它时才轻轻地叫一声。弄干净后，怀梅把它放在小院子中间晒太阳，又拿来净茶油在它的癞痢上涂抹。兰芳和乐乐就蹲在旁边看它，乐乐还一边和它说话，狗狗，你乖乖，晒了日头以后病就会好了。半个多钟头后，狗的毛发蓬松顺溜了，它抖了一下身子站起来，摇着尾巴来到怀梅面前，讨好地蹭着她的裤腿。怀梅招呼兰芳和乐乐，来，给狗狗起个名字。兰芳和乐乐从来没有干过这么大的事情，兴奋地叫了起来。兰芳说叫旺旺，别人家的狗狗都叫这个名字，乐乐则说叫乖乖，宝宝。怀梅想了会，说，叫大黄好不好，你们看，它的毛黄黄的，身体大大的。兰芳和乐乐齐声说好，乐乐就去摸它的头了，说，狗狗，你有名字了，叫大黄，懂吗？大黄大黄大黄。狗好像懂了似的，汪汪叫了几声。在家养了半个月，大黄的身体就好些了，癞痢也少了，毛色光滑起来，它和谁都亲，看见他们回来就拼命地摇尾巴讨好。

怀梅打算到山里去割些草，顺便去梵音庙感谢永清师傅。她收拾了砍刀、镰刀、扁担、绳子，又装了些花生和干竹笋，交待了兰芳和乐乐几句，出了大门。大黄见她要出门，也跟着她，她想把它赶回屋去，大黄不愿意，她只好作罢，想想也好，以前有兰香、春红做伴，如今她们走了，她也想不起邀谁一起去。有大黄做伴，自家的胆子也会大些。

走了有一个钟头，怀梅来到了梵音庙，永清师傅不在，一个三十多岁的清瘦和尚出来迎她，告诉她永清师傅到后山砍柴去了。她把东西交给那和尚要他转交下，然后到庙后面的山上去割草。

这是一座八百多米的山，一条小溪绕着山沟逶迤而行，清清亮亮。山上郁郁葱葱，植被很好，由于土质肥沃，氧气很足，所以生长着许多种植物，有些还是珍稀的，如沙椤、楠木、古梅等，当然怀梅她们是不会去动这些树的，她们主要是割那些遍地生长的草，砍一些杂树。她找到一处浓密的鲁草就割开了。割草和装草都有一些技巧，这是客家妇女多年积累下来的经验。鲁草是生长在闽粤赣湘的蕨科植物，多长在向阳的坡面上，因阳光普照、露水滋润，所以长得很快。另外，向阳的坡面一般很少长枝繁叶茂的树木，多长松树。松树的叶子是针状的，阳光射下来，疏疏朗朗漏些给鲁草。一年四季，松树的叶子脱落在鲁草下面，雨水一来，松毛腐而不烂，正好给鲁草当了肥料，而鲁草和松毛又反过来给松树输送了大量的养分。怀梅她们就专门挑松树下面的鲁草割，而且是把松毛连带一起割下，松毛和鲁草就如同长在了一起，毛脚（鲁草头部）甚至比鲁草还大还多。把毛脚向外一边一把叠放整齐，平衡两头重量，使本来单薄蓬松的鲁草显得厚实而足量，看上去像两座小山包。装好鲁草，怀梅已经汗流浃背了。割草虽然辛苦，但是这个时候是她心情最为放松的时候。她来到小溪，脱了上衣，用带来的帕子擦拭身子。每天辛苦劳作，风吹雨淋，大多数客家农村妇女的皮肤都粗糙不堪，有些甚至还出现皲裂。但怀梅却是个例外，她天生好像就是晒不黑的，除了巴掌上有些脱皮外，脸上脖子上手脚上都光滑洁白，这也许就是天生丽质吧。她脱下上衣，露出洁白如雪的上臂和半截胸脯，先是擦脸，后来是擦脖子手臂，然后开始擦胸脯，把帕子塞进去擦乳房小腹。正在尽情享受，一直忠心耿耿跟在怀梅身后的大黄汪汪叫了起来。是不是来人了？她停止了擦拭，环顾四周，空山静溪，小鸟啁啾，哪有什么鬼雕影。她拍拍大黄的脑袋，让它安静别吵。她边穿衣服边哼起了客家山歌——

一树杨梅半树红，

哥系男人胆爱雄，

交情爱哥先开口，

女人开口面会红。

　　客家山歌语言生动朴素，善用比兴，是客家人抒发情怀（尤其是爱情）特有的表现形式，蕴含着中华民族优秀民歌的精髓和独特的艺术风格及魅力，千百年来久唱不衰。劳作之余，当地人都会哼唱山歌，用以娱乐、解乏和给自家壮胆，有些还会男女对唱，这山唱过去，那山回过来，一来二去就产生了感情。旧时，由对唱山歌而产生感情喜结连理的人不在少数。

　　怀梅很喜欢唱山歌，声音很甜很纯，乐感也很好，但是由于生活艰辛，平时很少唱，只有在夜里带孩子睡觉时和到山上割草砍柴时才会唱。她记性很好，尤其对客家山歌更是过耳不忘，虽然不识字，但记得很多词。一次族里请张玉郎和刘四娘来说唱，说唱间，张玉郎忘了一句词，正尴尬，怀梅顺嘴就唱出来。张玉郎惊奇地问她，你怎么记得呀？她羞涩地说，以前听你们唱过呀。张玉郎感叹道，你歌声又靓，记忆力又好，真是说唱的一块好材料，可惜了。怀梅自家却不觉得可惜，毕竟唱歌只是自家的一个爱好，不能当饭吃当衣服穿，家里有一大堆事情要做呢，哪顾得上什么说唱。

　　穿好衣服，她又随口唱了一首山歌——

初来山上铲草皮，

唔知样般放粪箕，

阿哥同妹初相识，

唔知样般开言语。

　　大黄又叫了起来，还跑到一棵老布惊树后面叫个不停。这时，从布惊树后出来一个人，怀梅一看竟然是永清师傅。他手里握着一把砍刀，看样子是在砍柴。怀梅没有想到这里有人，所以会脱衣擦拭身子和唱山歌，现在发现永清师傅躲在树后，那么刚才自家所做的一切肯定都被他看见了，她又恼又羞，恼的成分很少，羞的成分更多，但也足于让她恼怒了。

永清师傅，你样般偷看人家？

我没有偷看呀。

那你在干吗？

我在砍柴呢。

样般砍柴还躲在树后面？

我没有躲，是正好在布惊树后面砍柴。

怀梅不晓得说什么好了，她确实不确定永清师傅是不是在偷看，是不是看见了自家的身子，或许他就一直在砍柴呢。他是正人君子，又是和尚，应该不会骗人，可能是自家想多了。她反倒有些不好意思起来，说，是我冤枉你了，对不起。永清师傅说，没有什么冤枉的，我确实是看见了你在擦身子，但也确实是无意中看见的，还请你原谅。怀梅一听，又羞了，脸红耳热的。永清师傅也有点不自在起来，他岔开了话题，你的歌唱得很好，内容好，歌声好，乐感不错，咬音吐字也一流，我很喜欢。怀梅听他表扬自家，倒也满心欢喜，连连摇手，我是瞎唱的。哎，对了，我刚才去了你的寺庙里，那个师傅说你在山上砍柴呢。他叫什么师傅，是什么时候到庙里来的？永清师傅说，他叫释泉明，前几天刚来的，打算在庙里住一阵子呢。怀梅说，那你就有伴了，不会那么孤单了。永清师傅笑道，一样的一样的。阿弥陀佛。

大黄绕着永清师傅的身子转，似乎在闻他的味道，辨认他身上的特征。怀梅招呼它，大黄，回家了。她挑起装满草的担子，两头草像小山包似的把她埋没了，永清师傅见状，急忙把她拦下，关切地说，你怎么装那么多呀？好重吧？怀梅说，不重，挑习惯了。永清师傅抢过担子说，我帮你挑一段路吧。怀梅说，不用，你自家也要挑柴呢。永清师傅说，我等会再回来挑，反正没有什么事。他不由分说，挑起来就走，怀梅只好跟在他后面。望着他那浑圆饱满顺溜的后脑勺，她突然觉得前面这个是个很好的人，可以信赖的人。到了寺庙门口，他还要继续帮她挑，怀梅说，不用了，我自家挑就可以了，谢谢了啊。泉明师傅出来了，见他们推来让去的，说，大嫂，要不在庙里歇歇，吃了饭再回家去？怀梅忙摇头，不行啊，我家里还有赖子妹子呢。又推让了一会，怀梅挑起草回家了。

永清师傅原名廖运青，早年参加同盟会，并于1911年三四月间参与广州黄花岗起义，起义失败后，逃离广州，来到梅州。众所周知，当时梅州是革命党人同盟会员的发祥地之一，黄冈起义失败后，同盟会岭东支部主盟人谢逸桥等人继续开展革命活动，同盟会嘉应州（即现在的梅州市）主盟人何子渊回到梅州，与丘逢甲等人设法营救革命党人，并与梅州籍人士何天翰、陈文友、何天炯等购买枪支弹药，参与策划惠州和广州黄花岗起义。如今，黄花岗烈士纪念碑上还镌刻着五位梅州籍烈士的芳名和八位参加起义的梅州籍成员，在中国近代革命史上写下了光辉的一页。

梅县西阳镇湖秋塘地处深山，草木繁密，古树参天，夏秋清凉，冬春多雾，只有一户人家，家门口有一口塘，当地人称为湖，据说因湖里生长着一种半生半熟的湖秋（泥鳅）而得名。这户人家姓梁，是同盟会员、广东省参议员梁建侯的宗亲，黄花岗起义失败后，梁建侯与十多位同盟会员逃避抓捕来到这里共同议事，共谋对策。由于这里山高林密，是天然的氧吧，1915年，美国、德国、瑞士人在这里建起了避暑别墅，起初是教会人员和教师，后来是达官贵人、文化名流纷至沓来，成为颇负盛名的避暑胜地。不久，这里又建立了疗养院，专门收治患有肺结核、肺炎等肺病的显贵病患，直至新中国成立。前几年，我和本地学者、记者到湖秋塘采风，挖掘素材，只见当年荣极一时的避暑胜地和疗养医院，现在已经断壁残垣、芳草萋萋，梁家的祖坟也是破败不堪。而同盟会员在此聚集议事散步的树林则仍旧树木森森、氧气充足，老房子依然保留着，旁边已经建起了一幢别墅，当年梁建侯等人种下的梨树花开正盛，生气勃勃。物是人非，感叹之余，我还特意捡了一个民国时期的断了嘴的花瓶，摆在客厅里，相看两不厌，有人来时一起怀古伤今，没有人来时独自相对无言。

言归正传。廖运青当时还是毛头小伙，父母早逝，家中再无亲人，起义失败后，也与梅州籍的会员逃到湖秋塘避难。后来因为种种原因，他并没有回到广州，而是选择留在了梅州。

他生性好静，喜欢音乐和佛教，机缘巧合，那天，他信步来到了离梅城几公里的梵音庙。这里地处偏僻，环境幽静，让他心境平和，后面是绿树如盖的大山，庙前是叮咚流淌的小溪，其时正是早春二月，一株宫粉梅迎春怒放，芳香扑鼻，他如同进入了桃花源，喜不自胜。梵音庙唯一的和尚释全福师傅已到了耄耋之年，生命垂垂。廖运青来到梵音庙后，并不像善男信女那样烧香求签，而是静坐在一旁听全福师傅念经，看他敲木鱼。结束后见全福师傅步态龙钟，便上去搀扶他，又留下来照顾他。一天，全福师傅摸着他的头问，你的先辈是不是有人信佛念佛，他点点头说，是的，爷爷奶奶和父母都信佛念佛，父母亲还经常到寺庙听佛号做义工的居士，并且长期坚持吃斋，怎么啦？全福师傅说，怪不得你一来，我就看见你头顶上有一圈金色的光环，这是很有佛性佛缘的人才会有的现象。他不由自主地摸摸头，是吗？全福师傅转而问他，看来你与佛有缘，可愿意剃度出家，接任梵音庙的主持？

这个问题提得那么突然，他一时不知道怎么回答，自己是对佛教有兴趣，现在又没有地方可去，也很喜欢这里，但是要他出家当和尚还是没有想过。全福师傅拿了几本佛教书籍给他看，说，不急，你先看看吧。

几天以后，全福师傅突然病了，他把运青叫到面前，说，你知道吗？我所以这么老还没有圆寂，就是在等一个人来接我的班，这个人就是你！你别看梵音庙小，但是它已有几百年的历史，是普度众生的圣洁之地，我不久将到西天极乐世界去了，我不愿意自己走后，梵音庙断了香火，周围的信众没有了烧香拜佛的地方。你明白我的意思吗？全福师傅看着他，眼神坚定而充满期盼。自从全福师傅提出让他出家留在梵音庙当主持后，他几天都在想同一件事，那就是问自己的内心，是否已经可以做到六根清净，与世无争。他发现其实这是自己内心里早就有的一种向往，只不过是尘世的声色犬马、争强好胜像一层薄薄的雾遮住了自己的眼睛和心灵。黄花岗起义的失败及中国大地上各路军阀的混战割据，导致烽火连天，民生凋敝，靠一帮知识分子的满腔热血就能改变中国吗？自己为之奋斗的难道就是这些吗？他感到极度失望和迷茫，不知道用什么来安抚躁动而又失衡的心灵。而全福师傅给他的书和他的一番话，让他看清了自己，也找到了答案和归宿。此刻，他感动于全福师傅的等待，也惊奇于自己的被等待，一切都可归结于佛缘。

他答应下来了，全福师傅起来为他剃度，收他为弟子，并给他赐名释永清。当天晚上，他把永清叫到床前，给了他一个木匣子，让他打开。永清以为是他多年积累下来的金银珠宝类的东西，就推脱不要。全福师傅说，你还是打开看看吧，这里面的东西你以后可能用得着，也可以普度众生，解救许多人的生命。永清打开一看，里面放着一张纸，上面写着几味中药，注明是防瘟疫用的药方。还有一样是梵音庙的起源和历代主持的名字。永清才知道自己误会了全福师傅，很是惭愧。全福师傅深夜十二时正就安详地圆寂了，临终，他交待永清，不要举行任何仪式，把自己的肉身埋在后山那块古老的楠木下，刻上释全福三个字即可。

释永清从此就留在了梵音庙，一待就是二十年。除每天必做的功课外，他还喜欢到山上练歌喉练气功，晚上看看佛经、医书等。那天无意中听到怀梅在小溪边唱歌，他的心一下子被提了起来。都说音乐是相通的，怀梅的歌声像一个幽灵在山野间小溪旁四处飘荡，把他带进了一个纯净唯美的境界，他忘记了时间和空间，只是在尽情地享受着那份甜美和安好。正如多年前他在广州剧院倾听李斯特的作品演奏一样，那份纯真朴实，那种浓郁的忧伤的色彩让他拂开了精神灵魂上的浮尘，进入了无我的状态。那是他一生中最为享受的时刻，就像他后来听到木鱼声和古钟声那样，让整个世界都变得澄明干净。刚听见怀梅唱的山歌，他就惊叹于一个割草的农村妇女娇小的身体内储藏着那么大的能量，那么充沛的气息，轻轻地哼唱就把山歌演绎得那么美妙那么精准。如果稍加训练，也许不比那些正规学院出来的所谓歌唱家差多少。虽然这也只是一种幻想，但怀梅的歌声已经深深地吸引了他，让他对她刮目相看。

在一个阴雨天，一个瘦削的中年和尚来到庙里，他自称释泉明，原来在济南的一个寺庙里，现在周游全国，游到哪里觉得好就留下来不走了。永清师傅问他，你觉得这里有什么好呢？他说，山清水秀幽静怡人，够好了吗？他说话时喜欢眼睛上下看人，像是在审视你身上的每一处地方，让永清师傅觉得有点怪怪的。他说，好，好，你愿意就留下吧。

释泉明住下来了，每天三四点就起来念经坐禅，心无旁骛，把经文念得滚瓜烂熟，木鱼也敲得均匀笃定，节奏感强，一看就知道是有多年修为的人。他很勤劳，不管打扫卫生，种菜，烧火煮饭，都是里外一把手，还抢着给永清师傅洗衣服晾衣服，把它们叠得整整齐齐，让永清师傅不知说什么好。他说，不用谢我，凡事都有个先来后到，你先在这里的，我是后来的，所以什么都是你为主，我们就像师徒一样，你就把我当徒弟好了。其实，他心里明白，自己从小就喜欢成熟健壮的男人，所以到寺庙当和尚和到全国四处游历，无非也就是想找到这样的人，并和他相亲相爱。他不明白自己是怎么啦，也不知道世界上是不是还有自己这样嗜好的人，他知道自己肯定有问题，但不知道问题出在哪里，也不知道怎么控制自己。他有时感到很痛苦，有时甚至想要结束生命，但是又心有不甘。那天，他无意中来到了梵音庙，见到健壮英俊的永清师傅，他惊讶于在这么一个偏僻的小庙里，竟然有这么一个让自己怦然心动的男人，他立即就决定留下来。

在永清师傅看来，释泉明的行为举止有点怪异，经常黏着自己不算，甚至拉尿他都会探过头来看。他倒是没有太在意，觉得你有我也有，看看也无妨。令他不自在的是，有一天他发现在自己睡觉的时候，释泉明在窗口偷看，他以为是什么人，喝了一声，释泉明马上就缩回头去了。他好像干什么都被人窥探着监视着，觉得浑身不自在。

一天，永清师傅洗澡脱了衣服才忘了拿帕子，他叫道，泉明师傅，请你帮我把晾在院子里的帕子拿给我。释泉明拿来帕子后，没有选择递进去，而是直接把浴室的门推开了，永清师傅的全裸体映入他的眼帘，一个成熟男人白皙强健的身体让他觉得目眩和喜悦，他的眼睛不由自主地看下去，看到了让他日思夜想、心跳气促的东西。他眼睛直了，手里的帕子掉到地上。永清师傅没有想到他会推开室门，让自己赤身裸体地暴露在他的面前，他下意识地捂住下体，迅速穿好了衣服。

一切都似乎没有什么两样，释泉明每天照样念经坐禅，干自己该干的事，只是看永清师傅的眼神里又多了一分柔情，简直可以说是柔情似水。永清师傅读过许多书，尤其是外国的文学、心理学、美学、哲学、宗教等方面的书籍，也看过《红楼梦》里那些有关同性之间隐秘晦涩的描写，知道这叫同性恋。他理解同性恋者，其实他们并没有错，除了喜欢同性之外，其他方面和常人并没有什么不同。他看出来释泉明可能是同性恋者，但他装着不知，毕竟这是各人的性取向问题，别人干涉不了，只有自己多防范点，不给他机会，让他知难而退就是了。说是这样说，但是自己的身体完全裸露在别人眼前的感觉总是不那么好，那一整天，他都觉得自己好像没有穿衣服一样，在释泉明面前经过都要下意识地遮住两腿之间。

而释泉明刚好相反，一整天，他都沉浸在幸福当中，脑子里满满都是永清师傅的裸体，躺在床上的时候，他更是肆无忌惮地想象着各种细节，甚至想象着抱住那具充满男人魅力的肉体时的颤栗狂喜，手便不自觉地动作起来，直至得到生理上暂时的满足。从永清师傅的反应来看，他好像并不反感自己这样做，那么就有机会了。他想，一定要把永清师傅俘获到手，了却自己的心愿。每当想到这里，他就会发出笑声来。

怀梅这阵子在忙着做一件事，那就是防止狐狸偷吃家里的鸡。不知道从什么时候开始，附近来了一只狐狸，专门偷吃鸡，下村李屋和下宫坝有好几家人的鸡都给它拖走了，连肠肚都不见，只留下一地鸡毛和一摊血。怀梅家也养了几只鸡，那天晚上，不知狐狸从哪里溜进了小院子，大黄倒是很尽职，汪汪叫起来。怀梅赶紧起来看，狐狸虽然被吓跑了，但还是被它弄死了一只小鸡。白天，她把小院子来回查看，发现做屋时留下来的狗洞，本来堵了一层泥巴和稻秆，想不到被狡猾的狐狸发现了漏洞，把泥巴和稻秆扒开了，钻了进来。她找来一块石头，重新堵住了狗洞。

那些天，下村李屋传来一个坏消息，有几个小孩病了，开始是一个，后来是三四个，症状都一样，咳嗽、流鼻涕，然后是发烧、不吃饭。过了两天，下官坝也有一个小孩得了同样的病，开始大家以为是感冒，没有太在意，但后来，有一个小孩死了，死时抓胸挠脑，像有什么东西在吃他的心和脑子。做母亲的撕心裂肺地号哭，让整个下官坝和下村李屋大为震动，所有做父母的心都被抽紧了，周围笼罩在一片愁云惨雾中。大家这才慌神了，都说这病是那只偷吃鸡的狐狸传染的，专门传给抵抗能力差的小孩和老人，大家出动去打狐狸，说也奇怪，自从小孩染病后，狐狸就再也没有出现过。更有人说是鬼魂附身，请大仙来驱鬼，弄得周围大人小孩人心惶惶。特别是有小孩的家庭，更是如临大敌，整天提心吊胆，生怕大祸临头。怀梅也吓坏了，关上大门，不让兰芳和乐乐出去。其时，天空阴沉沉的像一块灰色的大布块，笼罩着整块梅城及周边，接着天上下起了霏霏细雨，阴霾的天气持续了几天，人们的心情也如天气一样糟糕，大人们停止了乡间的劳作和平时的串门，都守在家里看护照顾孩子，生怕自家的孩子也染上了病，而已经染上了病的家庭则忧心忡忡，度日如年，巴望小孩赶快好起来。不少人遵照风叔的吩咐，到田间地头寻找车前草、屎缸青、半边莲等草药熬给孩子老人喝，但这些草药似乎对已经发病的孩子并没有效果。和顺叔公召集族头们开会，要大家都出点钱，请风叔来下官坝给孩子看病开药，然后派人到梅城药店去买药，用大锅煮好给有孩子的人家送去，然而，情况并没有好转，病情还有扩大的趋势，弄得围龙屋里人心惶惶。

他们不懂得，有些传染病是关也关不住的，也不是吃点草药中药就能控制住甚至治疗好的。病毒甚至可以通过粪便、空气、牲畜传染。

在民国初期，特别是在农村，还没有流行病毒的概念，只知道有些病会传染人，也没有防护服、口罩和必要的医疗设备，更没有隔离病房，发生了病毒流行感染，只好干瞪眼，任其肆虐。如今，不管怀梅多么小心防护，兰芳和乐乐还是不幸被传染上了病。同样是咳嗽、流鼻涕、发烧、没胃口，乐乐的情况看上去更为严重，没过两天，他就上吐下泻，不吃饭说胡话了。风叔来看过两次，拣了几包草药，又给他们刮痧按摩，但病情还是没有好转，他手一摊说，这个病不是一般的病，我从来都没有见过，我也没有办法了，你还是送到大医院去吧。怀梅守着两个孩子心急如焚，痛不欲生，但却没有办法把他们身上的病赶走，也不能自家给他们代替。乐乐一天天地弱下去，到了第四天，已经奄奄一息了。

愁云惨雾笼罩在下宫坝和下村李屋上空，雨还在淅淅沥沥地下着，心情好的时候就像是音乐般的悦耳，心情沉重的时候，它打在屋瓦上，就像催命锣似的声声敲打在怀梅的心里。这次大灾大难让她方寸大乱，她现在倒真的想能马上卖掉小院子和田地，好救两个孩子，但事情来得那么急，谈何容易呀。不管怎样，还是救孩子要紧，她正准备送兰芳和乐乐到梅城外国人办的德济医院去，去了再想办法。这时，永清师傅急匆匆来了。他披着一件蓑衣，头戴一顶尖顶的竹笠，怀里紧紧抱着一个大布包，裤腿上沾满了泥水。他没有问怀梅什么情况，也没有去看两个孩子，立即到厨房里烧火。他把布包里的中药倒进药罐里，熬了有半个钟头，端给怀梅，催促道，快，给两个孩子喂下。怀梅也不知道他带来的是什么药，但她没有多想，也不容她多想，就给乐乐喂药。乐乐的嘴唇已经发黑，嘴咬住了，药喂不进去，永清师傅见状，接过怀梅的碗，嗫了一口，然后附在乐乐的身上，嘴对嘴给他喂药，开始还是喂不进去，永清师傅就用舌头慢慢地给他的嘴唇舔开，一口一口地把药喂了进去。兰芳倒还清醒，怀梅给她喂完药，回过头看见永清师傅给乐乐口对口喂药的情形，感动得哭起来。她没想到一个毫不相干的外人竟然不怕传染，不顾自身的生死，给一个危在旦夕的病人口对口喂药。永清师傅的行为深深地震撼了她，她想，只要把乐乐和兰芳救回来，他就是让她死她都愿意。

喂完药，他们坐在一旁静静地等待着。怀梅叹了一口气，说，这是什么病呀？真是催命鬼一样啊。永清师傅说，《无量寿经》里有一段经文：佛所游历，国邑丘聚，靡不蒙化。天下和顺，日月清明。风雨以时，灾厉不起。放眼这纷纷扰扰的世界，蝗灾、火灾、瘟疫、兵戈……灾厉四起，唉，都是人为惹的祸端呀。怀梅说，这日子样般那么难挨呀。说完眼泪就下来了。永清师傅劝她说，每个人生下来都有八苦，生苦、老苦和死苦是人生的必由之路，而病苦中的四大不调、精神欠和、身心受病、苦痛无安应该是最令人无奈的了。如今兰芳和乐乐病入膏肓令人心痛，但是绝不能沮丧，你先得要坚强面对，才会消除业障，修成正果。怀梅说，我已经很用心去做事情了，但是命运却老是和我作对，我有时都怀疑自家是不是命不好，给周围的人带来了苦难。她说起家娘、用文，说起兰香嫂子和春红的被劫，说起死去的妹子，说起面前这两个病快快的兰芳和乐乐。她感到有些绝望，不晓得以后的路怎么走下去。永清师傅默默地听完她的话，说，无常，才是人生的常态。世上只有享不了的福，没有受不了的苦。我们做每一件事，最重要的不是兴趣和随意，而是意义。越是有意义的事情，困难会越多，这就要靠我们的愿力和智慧去面对，愿力决定始终，而智慧决定成败。怀梅，你是个勤劳善良而又坚强的女人，一个人撑起了一个家，抚育着两个年幼的孩子，这很不容易，也很有意义，我在你身上看到了力量和美，我很欣赏你敬佩你。我希望你在这关键时刻，一定要挺住，要始终相信自己。怀梅安静地听他说着，他的声音属男中音，有一种天生的吸引力和亲和力，说的话也深入浅出。她托着头看着他，觉得他就是上天派来安慰鼓励她的。她的心情平静了好多，心里的希望也随之升腾起来。永清看着她，也深深对她多舛的命运产生了同情以致感动，他想去握住她的手，给她传递温暖和力量，但想了想，还是没有去握。

一个多钟头后，兰芳就能说话了，叫了声阿姆，又对永清师傅笑了笑。这一声阿姆，对怀梅来说不啻于世界上最好听的仙乐。乐乐的脸上有了血色，嘴唇的紫黑慢慢地转淡，呼吸也开始均匀起来。永清师傅松了一口气，把手中的药交给怀梅，交待说，药罐里的药今天要复渣两次，这包药等明天再煲好给他们喂下。我要到别的人家去了，他们的孩子还等着救呢。说完，他戴上竹笠披上蓑衣，抱好布包便匆匆地离开了。

乐乐和兰芳慢慢好转了，第三天，乐乐已经可以喝点粥了，而兰芳也开始在小院子里活动了。永清师傅给的药已经喝完了，还要不要喝呢？怀梅把前天和昨天的药渣再放进药罐里煲第四遍，兰芳说我已经好了，不要吃了，乐乐也不愿意吃，嘴里老说，苦，苦。兰芳问道，咦，永清师傅样般没有来呀？这句话问到了怀梅的心里。她想，是呀，永清师傅样般不来呀？是不是晓得孩子好了，就不来了呢？正想着，永清师傅来了，看见活蹦乱跳的兰芳和大为好转的乐乐，他笑了，说，我就知道他们会好起来的。怀梅赶忙给他端来凳子，他坐下，把手里的两包药递给怀梅，说，再吃两天，孩子的病应该好了。怀梅问他，这是什么药，这么管用？永清师傅说，这药方是原来的老主持全福师傅留下的，我照方到药店里拣的。怀梅又问，药买了多少钱？他说，不用多少。怀梅要把药钱给他，他连连摆手，不用的不用的，我又不是卖药。怀梅心怀感激，眼睛柔柔地看着他，千言万语不晓得怎么说。

怀梅的眼睛明亮而闪烁，波光盈盈，看得永清师傅心慌意乱。他别过头去，说，别的人家的孩子不知道怎么样了，我得看看去。这回是怀梅主动去抓住他的手紧紧地握住了，他的一双又大又多肉的手照样温软而舒服，但是这次怀梅却像触电了似的痉挛了一下，她感到头有点眩晕，连气也喘不匀了。她从来也没有过这样的感觉，奇异于一个人竟然可以让另外一个人如此的慌乱而甜蜜。

永清师傅走了，但是怀梅还沉浸在刚才的情绪中，他的手温仿佛还留在自家的手上，久久没有散去，直到兰芳喊她，她才回过神来。

当然，永清师傅留给外婆的奇妙感受外婆没和妈妈细说过，但是他救了妈妈和舅舅的事情她们可不止一次说起。2020年已经91岁高龄的妈妈还对我们六个子女不停唠叨，说当年下宫坝和下村李屋发人瘟，要不是永清师傅，两个村的人不知要死多少呢。我们一边说着感恩的话，一边问妈妈，永清师傅有没有留下药方，妈妈含混不清地说，什么药方，哪里来的药方？我不吃药。我们知道她的意识已经不太清楚了，也就没有追问下去，只是感到深深的惋惜。

这些天永清师傅经常去药店拣药，又要到下宫坝和李屋村给孩子送药，释泉明要跟他一起去，他说，不用了，你留在庙里吧。

那天，庙里没有人来，释泉明有些无聊，便到梅城逛，吃了些仙人粄、味粄酵、酿豆腐等零食，他发现巷子深处有个隐秘的小店，在不显眼的地方写着"春药"两个字，就走进去看。老板是个猥琐的男人，看见他进来，问他要买什么，他说，你这里都有什么药？老板说，你要什么？什么都有。有春药？有。蒙汗药？有。迷奸药？有。还有什么？除了毒药，你说得出来的都有。怎么就不卖毒药呢？毒药害死了人，我负不起责任，警察会来抓人的。释泉明想想也是，他左看右看，最后买了春药和迷奸药，老板告诉他，吃了春药后，一个多小时就会饥渴难耐，难于控制自己。他满意地回去了。

晚饭的时候，他把春药放到菜汤里，刚吃完饭，永清师傅就说，我要到下宫坝，我突然忘了，熬中药时要多放一些蒜头和姜，药效会更好，身体复原后也不会有后遗症。释全明劝他，天都快黑了，别去了，明天再去吧。永清师傅坚决地说，没有关系，我有手电筒。释泉明眼看着他下了山，干着急直跺脚。

天断黑的时候，永清师傅到了怀梅家，兰芳和乐乐已经睡了，他对怀梅说，你家里有蒜头和姜吗？梅州客家地区几乎家家都常备蒜头和姜，用来备菜用。怀梅拿来蒜头和姜，永清师傅告诉她，全福师傅曾叮嘱过我，药熬到一半时要放点蒜头和姜进去，这样药效会更好。我一急，便把他的叮嘱忘记了。他说，药拿出来，我来熬。两人开始一起熬药。一会，药滚开了，永清师傅把蒜头和姜放进去。他觉得有点热，就脱去了袈裟，只觉得身体内部好像有什么燃烧着，让他浑身燥热，两腿间的东西也不听使唤地膨胀硬挺起来，他感到口渴难耐，想去倒点冷水喝，正巧怀梅探身熄灭柴火，两人撞了个满怀，抱在了一起。

顷刻间，时间仿佛停止了走动，两具火热的身体黏在了一起，这时的春药已经发挥了药效，脱掉了袈裟的永清师傅变成了凡人，他控制不住自己，开始抚摸怀梅的乳房身体，并脱光了她的衣服，他一下子惊呆了，眼前的裸体仿佛是一尊玉雕呈现在自己面前，虽经岁月的摧残，命运的不公，无尽的劳碌，但是那具身体还是那么白玉无瑕，曲线玲珑。他尽情吸吮着舔吻着，像在寻找着神秘迷人的宝藏，不放过任何一块地方。怀梅像一头小羊羔似的听话，身体瘫软在面前这个男人的怀里，任他摆布。永清师傅把她抱到柴草堆里，也脱了衣服压了上去，激情澎湃地进入了她的身体。两人仿佛到了极乐世界，在里面有春花秋月，也有婉转清丽的小溪，更有起伏不断高潮迭起的大风大浪，一泻千里的激越奔腾的瀑布。永清出生以来第一次接触女人，没想到男女身体之间的碰撞有那么巨大的快乐，他完全淹没在欲海中，忘记了自己的身份和使命，甚至忘记了自己。

而此时的怀梅也同样陷入了无边的快乐海洋里，以前和用文圆房，她根本没有感受过快乐，甚至他在那里忙碌进出她都没有多大感觉，所以会连红都没有见着，难怪兰香嫂子笑话她是石女了，当时还有些生气，但是现在想想，用文也确实没有触动她的神经，撬动她的根基。而眼前这个男人显得既充实又饱满，像一把硕大的铁锤，一次次地砸在自家的身体上面和灵魂深处，而她则像一根常青藤紧紧地缠绕在粗壮伟岸的大树上，任其闪展腾挪，始终不离不弃地纠缠在一起。这样的交合让她惊喜连连，从一开始就进入快乐车道，无穷无尽。她愿意就这样永远地堕入黑暗，永远不再醒来。她突然想起兰香嫂子说过的关于男人的鼻子和下面的东西的联系来，她想用手去摸摸，但又不好意思，后来想，其实两个人之间的爱欲好像跟男人的东西大不大也没有多大的关系吧，只要有了感情，大不大都无所谓。

两人的酣畅淋漓直接导致的结果就是大汗淋漓和瘫软如泥。两人相拥着躺在草堆里没有说话，只听见对方砰砰的心跳声。

好戏总有收场的时候，乐曲也会有终了的时候，当永清师傅起身时，怀梅才好像从梦中醒来，整理着头发，穿好了衣服。她发现衣衫凌乱的永清师傅还在怔怔地看着自家，便不好意思起来，跑了出去。

永清师傅回到梵音庙，已经是深夜了，释泉明还没有睡，问他怎么去了那么久？他没有回答，自顾自回到房里。

那天以后，怀梅的脑海里全是永清师傅的音容笑貌，生活在她面前仿佛展开了一幅美丽的画卷，她干什么都充满了干劲。最为奇妙的是，晚上做梦时也能经常梦见他，他总是笑盈盈地走来，和她悄悄说着话，从后面抱住她，不肯翻过身来，让她干着急。梦醒来之后，她回想着梦境里的他，既甜蜜又幸福，慢慢又安然入睡。而白天干活的时候，她有时也会停下手中的活想那晚的事，想到两人紧紧相抱在柴草堆里的一幕，她就会脸红，嘴角绽开一丝微笑，逐渐弥漫开来，像一朵花在整张脸上怒放。她心砰砰乱跳啐了自家一口，骂道，不知羞！不知羞是随口一说，她倒希望这个不知羞最好长期驻扎在心里和身体里。每当想到这样的一个绕口令般的存在，她就又免不了骂了自家一声不知羞。到了晚上，当一切都收拾停当后，最是她安逸期盼的时候，她盼望着入睡，在睡梦里可以展开翅膀任意翱翔，不受现实的任何约束，也可以肆无忌惮地和永清师傅约会，有时纵然看不清他的身体，但能感受到他的呼吸抚摸，这就让她获得了很大的满足。所以，现在的她已经把做梦当成了生活中的一部分，临睡前，很重要的一件事是祈祷他在梦里如约而至，不见不散。

释永清这些天却一直在矛盾中煎熬。我们常常做出一个决定，但很快又后悔了，因为没有一个重心能够做出真正的决定。一个人无法承诺，因为他的内在有很多相互矛盾的东西各自为政。有时无法入睡，就是因为各种矛盾的思想在头脑里不停地撞击。头脑会制造幻觉蒙蔽你，安慰你。如果你过分渴望一个东西，头脑就会制造幻觉欺骗你，给你一个虚假的满足。与怀梅的做爱经历像电影似的老在自己的脑海里飘过，他平生第一次有了男女之爱，那种感觉是那么强烈，让他感受到了做男人的滋味原来是那么诱惑人。晚上做梦，她有时会款款走进梦里来，在他面前宽衣解带，极尽缠绵，让他不能自已，喷薄而出。醒来后，他陷入深深的自责中。

他虽然是半路出家，但是多年研习佛学，礼拜诸佛，做着功课，在他心里早就深深地刻上了佛教的烙印。佛教里有八关斋戒，一不杀生，二不偷盗，三不淫，四不妄语，五不饮酒，六不涂脂粉香水，不穿华丽的衣服，不观玩歌舞妓乐，七不睡卧高大床褥，八不非时食。在此之前，他都严格遵守，不曾违规。尤其是不淫这条，是最难做到的。但他时常告诫自己，《大般涅槃经》上说，当观此身有诸不净，肝胆肠胃心肺脾肾，屎尿脓血充满其中，八万尸虫居在其内，发毛爪齿，薄皮覆肉，九孔常流，无一可乐。女人就是一具皮囊，没有什么能让人获得真正的快乐。所以几十年来，他对女人都是避而远之，无欲无感。但是怀梅却是个例外，她美丽善良，歌声清丽动听，尤其是她的苦难和面对苦难时的豁达坚强深深地吸引了他，让他有种总想帮助她的感觉，以致和她越走越近，不可收拾。那天晚上，他也感到很奇怪，怎么体内燃烧着一种东西一样，让他热血澎湃不能自已。他怀疑自己是不是吃错什么东西了，甚至还怀疑是不是释泉明在他的碗里下了什么药。但是他没有去问释泉明，问不问已经没有多大关系了。释泉明要是想说自然会说，要是不想说你就是逼他也不会承认。人总要在远离的时候，才能更加看清我们自己。他假借自己已经远离了怀梅，不断地强化这种感觉，站在另一个高度，用加倍的时间和精力致力于《金刚经》《法华经》的研习，常念观世音菩萨，常作不净想，让自己慢慢平静下来。

是的，他要给自己穿上厚重的铠甲，武装起来；或者筑起一座牢固的堡垒，把自己禁锢起来；又或者请来一个神灵，把自己修炼成刀枪不入的铁人。他相信凭佛法的力量和自身努力，自己一定能做到。

第八章

死里逃生，
古公太荣归故里

　　兰芳和乐乐已经好了，整个下宫坝和下屋李村的人也都度过了最黑暗的时刻。大家遵照永清师傅的嘱咐，各家各户都放鞭炮，在围龙屋大厅也燃放了一挂巨大的鞭炮，一来鞭炮里有硫磺等物，可以消杀空气中残留的病毒，二来鞭炮可以驱散多日来压在大家心里的阴霾。大家纷纷感谢永清师傅，都说他是活菩萨转世。特别是孩子被传染过现在从鬼门关里逃生的女人，更是想要用什么感谢永清师傅，她们想来想去，也拿不出什么好东西，就商量去给庙里砍柴割草。庙里总要烧火做饭，有善男信女来还要招呼茶水，两个和尚砍柴割草总不是那么方便。

　　那天，怀梅和她们七八个人就约好了上山，忙了半天，一人挑了一担柴草进了庙。永清师傅和泉明师傅不知道怎么回事，女人们七嘴八舌地说开了，都是感谢永清师傅的话。怀梅一个人静静地待在一边，看着永清师傅，他瞥了她一眼，赶忙移开了眼光。怀梅却不管不顾地直视着他，从进庙后眼睛一直没有离开过他。这个细节马上让泉明师傅捕捉到了，他端了杯水给她，问道，大嫂，你是下宫坝古屋的吗？怀梅没有看他，点点头。泉明师傅又问，大嫂叫什么名字呀？怀梅眼睛还是瞪着永清师傅，漫不经心地回答道，我叫古怀梅。她一见这个泉明师傅就不太喜欢他，他的眼睛总是喜欢乜斜着看人，让人感觉好像老在窥探猜测着你似的，让她浑身不舒服。这时，永清师傅来给她倒水，她微微笑着，脸上灿若云霞。永清师傅还是不敢正面看她，倒完水就匆匆招呼别的人去了。泉明师傅明白了是怎么回事，他鼻孔里恨恨地哼了一声。

直到女人们离开梵音庙，永清师傅没有和怀梅说一句话。

龙飞走后，怀梅既要照顾两个孩子，又要干农活，根本就没有时间去梅城买尿，田里的禾苗和地里的菜长期没有肥料滋养，显得长势不良。怀梅干着急也没有办法。那天太阳出来后，她到田里去除草，看见一个人在自家田里倒着什么，走近一看，原来是阿二哥往稻田里倒着粪尿。她问道，阿二哥，你哪来的粪尿呢？是不是到梅城买的？阿二哥点点头，没有看她。

兰芳和乐乐得了传染病之后，阿二哥只来过一次，他溜进门送了几个鸡蛋以后就匆匆离开了，像做了什么见不得人的事情一样。怀梅知道他是怕人说闲话，让她面子难堪，所以偷偷地来又偷偷地走。

读者诸君也许不会理解，这是正常交往怕什么，面子有那么重要吗？但是我要告诉大家的是，在某个特定的时候，在某个人心里，面子可能比生命还重要。民国时期，虽然经过整代人的努力，新思想、新观念、新的生活方式已深入人心，但是在农村，春风还只是在表面上轻轻拂过，没有留下多少痕迹，更没有动摇它的根基。怀梅还算是能接受新思想的人，但阿二哥却固守在自家的碉堡里一成不变。这样就构成了他和怀梅之间的那种僵硬而又不乏温情的关系，村里的风言风语使他却步不前，加上他长得丑、自卑不自信，所以，他只能远远地看着她，帮着她，不敢靠近她。

其实，他到梅城买尿已经是第四天了，只不过怀梅没有注意到罢了。

当怀梅发现田丘里有好多处倒了粪尿的时候，她颇为意外和感动。她以前还会偶尔想起阿二哥来，但自从永清师傅走进了她的心里后，阿二哥在她心里就没有一点位置了。她有点为他觉得不公平，他在默默地帮她守护她，只管对她好，不问结果如何，而自家却对他没有半点表示。她为他感到不值和难过。

阿二哥，你不要再去买尿了。

嗯。

我家的事是个无底洞，以后你还是少帮吧，帮也帮不到什么，我自家会慢慢来做。

嗯。

我看你还是赶紧找个老婆吧，要不我给你留意下，看哪里有合适的？

这回阿二哥没有应她，倒完粪尿，挑上桶走了。

过了两天，怀梅发现自家的菜地里又倒了两桶粪尿，番薯叶子上也被泼了一些，她晓得阿二哥并没有把自家的话当一回事，还在一如既往地帮她，她又一次为辜负了他而感到内疚。

她开始留意附近有没有合适的人选，找来找去找不到，不是条件太高就是条件太低。等到凤招回到下宫坝休息的时候，怀梅和她说了这事，凤招答应说，我留意下。第二天，凤招果然回话了，说，我有个远房亲戚，三十岁了，虽然腿脚不太好，但也不妨碍走路，做家务，只是干农活却碍事。怀梅说，不碍事，不用她干农活，阿二哥像一头牛，什么活都包了。她兴冲冲地准备给阿二哥相亲，还托凤招在梅城买了一件新衣服，打算给他在相亲的时候穿。

不料阿二哥却一脸不高兴，说，我不讨老婆。然后任凭怀梅说好说歪，他都一声不吭。怀梅也有点不高兴了，说，阿二哥，你要样般呀？阿二哥深深地看她一眼，走了。

那天，怀梅从地里干活回来，小院子里来了一个人，那人五十多岁，衣着讲究，不胖不瘦，头发花白，地上放着两只大箱子。大黄紧紧守在他身旁，汪汪叫着，不让他进房间。怀梅喝退了大黄，对那人点点头。

看见怀梅，那人问道，你是这个院子的主人吗？

怀梅说，是呀，你找谁？

珍娘和用文在吗？

不在了，我家娘死了，用文不见了。你找他们有什么事吗？

都不在了？

那人惊诧不已，继而很是沮丧，这时，乐乐和兰芳在外面玩耍回来了。乐乐走路已经很稳了，也会说话了，虽然有点结巴，但小嘴嘎嘎的，一点也不像用文那么沉默寡言。那人看见两个孩子，眼睛放光，蹲下身去抱乐乐，乐乐倒不认生，伸出小手去摸他的胡子，格格地笑。那人在他的小脸上亲了一口，放下她，问怀梅，这两个小孩是你的？怀梅点点头。他又问，是用文的赖子妹子？怀梅狐疑地看着他，他这才想起了什么，自我介绍说，我叫古平祥，是用文的阿爸。怀梅听珍娘说过，古公太在一场海难中死了，连尸身都没有找到。难道这个人又是来骗人的？她下意识地把乐乐和兰芳拉到面前，说，我不认识你，我家倌已经死了。那人说，我没有死，我不是已经回来了吗？

这时，小院子外面已经围了一些人，那人一眼就认出了人群中的和顺叔公，大声打着招呼，和顺叔公，我是平祥，我回来了。和顺叔公拨开众人，说，真的是平祥回来了呀！你没有死呀，谢天谢地！

怀梅惊讶地看着突然出现的家翁，像做梦一样。和顺叔公转身对怀梅说，怀梅，你还不快叫阿爸？怀梅迟迟疑疑地叫了声阿爸，揽过乐乐和兰芳让他们叫阿公。那人大声答应着，很是开心。大家好一番唏嘘感慨，既惊奇于世界的奇妙诡异，又为怀梅终于苦尽甘来而感到高兴。

晚上，等客人走了后，家翁把怀梅叫到跟前坐下，和她说起自家的经历来。

原来，那年船翻以后，他并没有淹死，幸运地找到一个救生圈，在海上漂浮了几天，终于被一只商船救了。商船老板是个女的，叫叶小曼，她早年从中国大陆嫁到马来西亚，丈夫死后，她就接过生意，自家经营。救下古公太的那天正是她的生日，她觉得这是上帝给自家的生日礼物，再看看梳洗一新的他，仪表堂堂，谈吐间，他对人情世故、人生百态、生意商场都颇有见地，便慢慢地喜欢上了他。她问他愿不愿意娶她，他支支吾吾，说，我在中国大陆有老婆孩子呢。女老板说，我不管你有没有老婆孩子，我只问你愿不愿意？女老板长得很漂亮，又救了自己的命，他没有办法拒绝。结婚前，女老板和他约法三章，其中一条是在她死之前或者夫妻存续期间，不能和大陆的老婆孩子联系，否则他就将被视作放弃一切财产。二十年来，他虽然经常想起珍娘和用文，但一来在温柔之乡不胜绻缱，难以割舍，二来不愿自动放弃财产，三来过惯了养尊处优的生活，已不愿意过以前漂泊艰辛的日子。今年初，女老板看中了一个年轻帅气的小伙子，给了他一些补偿，两人便分手了。他几经波折，回到家乡来找珍娘、用文，不料没有见到他们，却看到了怀梅和两个孩子。

怀梅也大略和家翁说了家里这些年的事情，听得家翁一会儿微笑，一会儿叹气，一会儿眉头紧锁，一会儿笑逐颜开。怀梅说完了这些，舒畅地吐出一口气，许多年来，她把这些事窝在心里，现在突然出现在家翁面前一吐为快，她真是感到前所未有的轻松和痛快酣畅。家翁说，怀梅，真是苦了你，我代表我们家深深地感谢你，是你撑起了这个家，也让我这个漂泊了半生的人回来还有个温暖的家。说着，他站起来给怀梅深深地鞠了一躬，弄得她连忙去扶，连声说，阿爸，男人在家做事，女人在家耕田、孝顺爸妈，养育赖子妹子，大家不都是这样的吗？你这样客气，我可不敢当呀。家翁说，你当得起，完全当得起！

古平祥回到家乡，看到什么都新鲜亲切。他带着乐乐、兰芳到田里竹林里到处跑，看见甲虫在爬树，就抓下来用线拴着，抓住两只后就用树枝挑动它们打架，嘴里还像孩子似的大声嚷嚷，打打打！一只螳螂伪装成树叶，随着树叶的晃动而晃动起来，以此麻痹敌人和猎物。乐乐伸手去抓，被它那像砍刀又像锯子的大腿钩住了，痛得叫起来。古平祥赶忙帮他把螳螂腿掰开了，教乐乐要从上面抓住螳螂的脖子，才不会被它抓伤。兰芳则喜欢摘一些花，在鼻子上闻，一不小心，她把一只小飞虫吸进鼻孔里了，辣得她哇哇大叫，古平祥把那些花扔掉，叫兰芳捏着鼻子使劲往外喷，终于把小虫子弄出来了。古平祥告诉她，不能什么都往鼻子上闻，有些花有虫子，有些花有毒，吸了有毒的花粉就会昏倒生病。兰芳和乐乐问他，你被花毒过吗？他说，我没有，我是男孩子，不喜欢花，只喜欢虫子、野兽。乐乐，你说是吧。乐乐冲兰芳吐舌头，说，女人都是花痴！兰芳骂道，你才是花痴！两人打闹在一起，古平祥在旁边嘿嘿笑。

回来的第三天，古平祥给乐乐、兰芳和怀梅都买了新衣服，又给家里买了一些新家具和农具。他带他们到梅城看了场电影，兰芳和乐乐从来都没有看过电影，看见人和动物在布幕上走动，男人和女人在上面说话，新奇得叫了起来，惹得邻座的人埋怨。古平祥只好不断道歉，说，请原谅，孩子们没有看过电影呢。他叫他们安静下来，给他们说着电影上的故事。看完电影，他把他们带到自己住的旅馆住了一晚。乐乐和兰芳乐开了花，看见什么都新奇，尤其是乐乐，缠着爷爷问个不停，古平祥也乐于回答，其乐融融。白天，怀梅忙着照顾家翁和孩子，只有到了晚上，她才有自家的空间，进入长满鲜花的路上尽情驰骋，在想象里和睡梦中与心上人约会，完成各种交集。

那天，古平祥把和顺叔公和族头们叫到家里，商量在围龙屋办一场大型的宴会，不但下宫坝的人都要参加，还要请在外面的乡贤都回来，如果可能，把附近村里的人也请来。总而言之，越热闹越好。大家说，搞那么排场不是太破费了吗，还是省点吧。古平祥哈哈大笑说，省什么呀，我在外面赚钱就像用粪箕物（装）金子一般容易。所以，不用给我省，想样般花就样般花！搞得越热闹，越排场，我就越高兴！对了，我带回一大箱子洋酒，酒桌上大家尽量喝，给大家开开洋荤！怀梅对家翁说，县政府的肖大兴长官和警察局胖胖的警长帮过我们家的忙，我一直没有好好谢谢人家，还有我的亲娘，可以把他们请来吗？家翁连连点头，要请的要请的。她本来还想说，帮自家最大忙的，两个孩子的救命恩人永清师傅也该请来上座，但话到嘴边，还是没有说出来，一来她觉得永清师傅不会喜欢这样大鱼大肉的场合，二来在众目睽睽之下不知道怎么控制自家，万一让人看出来就坏事了。怀梅倒是想起一件重要的事，就是打电话给阿明叔姆和同辉。阿明叔姆听到这个消息，很为怀梅高兴，答应一定会回来。她也很想利用这个机会把兰香嫂子和龙飞请回来，但是没有电话，也不晓得他们的住址，不晓得样般告诉他们，只好作罢。

经过几天的筹备，大宴会如期举行。

下宫坝古屋从来就没有摆过这么大的酒席，围龙屋的上中下厅，两旁的侧屋走廊都摆满了桌，族里的人无论大人小孩都人人有份，按辈分尊卑排位坐定。和顺叔公、县政府官员肖大兴、古平祥、阿明叔姆和几个头面人物坐在头桌，本来留了位子给同辉和胖警察的，但是他们因为公事来不了。大门口的门坪上则用二十多张桌子一字儿摆开，组成了一条长龙阵，这是流水席，是招待外村外姓人的。为安全和扩大场地起见，还在水塘上面搭建了临时的木板。古老的围龙屋正门和堂屋里，像做大好事似的披上了大红绸缎，请来的乐队演奏着喜庆的乐曲和一些当时非常流行的歌曲，有时还演奏一两首西洋音乐。十二时正，随着鞭炮声响起，锣鼓敲起来了，狮头打起来了，和顺叔公大声宣布宴会开始。他首先代表下宫坝古屋理事会感谢乡贤古平祥先生慷慨解囊举办了这场盛会，接着话锋一转，又宣布县政府官员肖大兴莅临本场盛会，代表本族理事会和全体下宫坝古屋人致以热烈欢迎。古平祥也作了同样的感谢，但他特别强调，要感谢自家的新臼（儿媳妇），感谢她为家里做的一切，他端起酒杯来到怀梅面前一饮而尽。大家的眼光都投向怀梅，怀梅不好意思地点头向大家致意。接着和顺叔公和古平祥要请肖大兴讲话，他连连摆手说，这样的场合就算了。随着和顺叔公一声"干杯"，大家举杯同贺，一片欢腾，场面热烈。

酒过三巡，古平祥有些醉意，站起来说，我们客家男人出南洋拼死拼活是为了什么，就是为了阿爸阿姆老婆子女有好生活过，为了整个家族改变命运。今下我古平祥做到了！不是我吹牛，我可以大声响气地说回到南洋后，我会寄一大把钱回来修祖屋，把我们的老围龙屋修得又新又靓。钱？钱算什么？钱就是狗屎，倒掉了可以再捡回来！我还说，以后谁家要是有什么困难，或者想出南洋赚钱就来找我。我，古平祥包了！大厅里响起热烈的掌声和叫好声。古平祥一高兴，又咕咚咚喝下了一杯洋酒。

宴会一直持续到傍晚，厨房里不停地炒着菜，帮忙的人不停地上着菜，直到七点钟才算结束。接着，几个后生临时搭起了一个不大的戏台，请张玉郎和刘四娘上台说唱。

张玉郎是个瞎子，有一副带点沙哑但是很好听的男中音，弹一手客家地区流行的二弦。刘四娘是个跛子，一只腿长一只腿短，别看她已经四十多岁了，歌声还那么甜美娇嫩，像个十八岁的姑娘。二十年前，媒婆撺掇他们见面，对刘四娘说，张玉郎是百里挑一的好男人，不但二弦弹得好，而且弹的时候不用眼睛看都溜溜的，刘四娘一听满心欢喜，同意见面。媒婆又对张玉郎说，刘四娘那可是千里挑一的好姑娘，不但歌声像仙女一样甜，走路干活更溜，放单只脚别人都赶不上她，说得张玉郎心痒痒的，恨不能马上把好姑娘娶回家。待见了面他们才知道彼此的真实情况，心里都埋怨媒婆巧舌如簧，树上的雕子（鸟）都会给她拐（骗）下来。张玉郎转身要走，由于眼睛看不见差点摔倒，刘四娘见状，忙上前去扶他。他开口说了声多谢妹子，沙哑的男中音让她一听全身都起鸡皮疙瘩。不料就是这一扶一谢之间，他们都彼此对对方产生了好感，经过几次接触，他们结婚了，琴瑟和谐，并开始到处弹唱，以此为生。

往往会有这样一个画面：在乡村坑坑洼洼的泥路上，在大街小巷的青石板上，人们经常可以看见刘四娘手牵着或者用红绳子牵引着背着二弦琴的张玉郎，亦步亦趋地往前走。他们走路的样子虽然不怎么好看，但画面却显得很唯美，有一个外地的画家来梅县采风，把他们的背影和乡村景色画了下来，命名为琴瑟和谐，结果获得了国际大奖。他们在哪里停下来不走了，就代表那里在办喜事或者丧事，好热闹的人便趋之若鹜前往蹭听说唱。而讨饭的乞丐也会三三两两来到现场，向主家讨碗饭吃，主家在这个时候也是特别的慷慨大方，尽量满足他们的要求。大家都说他们一个是瞎子，一个是拐子，一个是秤，一个是砣，是天作之合，半认真半开玩笑地称他们为神仙眷侣，他们也半认真半糊涂地接受了这一雅号。由于他们说唱得特别好听，所以远近闻名，比较难约请，因此主家不敢像对待别的流浪乞讨艺人那样对待他们，也尊重地叫他们的真名字，有时还加上"先生"两字。

他们说唱的一般都是客家五句板，又叫竹板歌、五句落板等，因说唱者用竹板击节伴奏而得名。竹板二弦配上说唱艺人边唱边说，曲子单调重复，歌词压一二四五韵，其重点并不是音乐本身，而是说唱的内容。五句板除部分主家要求现编现唱外，主要内容为一唱一叹的长书，如《梁四珍与赵玉麟》《上夜三斤狗，下夜三伯公》《高文举》等，这类长书大都由本地文化人所创作或改编，情节曲折，扣人心弦，在以前极度缺少娱乐的年代，特别是在偏僻的农村，广受欢迎，人们百听不厌，津津乐道。

张玉郎先调了下二弦和竹板，两人清了清嗓子，开始了说唱。

竹板一打闹洋洋，

五句歌子就开场。

吾（你）话今暗晡唱个脉个（什么）歌，涯兜（我们）就来唱《梁四珍与赵玉麟》，好唔好呀？

人群中一片叫好声。张玉郎先卖了个关子，打起了花式竹板。竹板一般分为大板和小板两个打法，大板又分为呱音、台音、马蹄点儿，而小板打法又叫基本点儿。然而张玉郎却没有完全按规矩打板，只见他左手高举竹板，滴答一声脆响，右手从后脑勺斜插过去，吱的一声长音，然后是有节奏地开始滴答滴答打开了，里外前后，上下左右，运用自如，竹板在他手上就像一只小玩具。他打的竹板节奏准确，富有韵律感，难得的是，他把竹板和说唱配合得天衣无缝，说唱到高潮处，他戛然而止，手仍做出打竹板的姿势，却没有发出任何声音，全场听众鸦雀无声，都在看他那拿着竹板的手和那张欲说还休的嘴，突然一声轻啸，呀……嗨！接着往下说唱。全场听众回过神来，大呼过瘾。每当此时，刘四娘也盯着他看，眼里满含爱意。打了一阵调动起了气氛后，他把竹板交给刘四娘，自己则抱起二弦琴弹奏起来，边弹边和刘四娘对唱对说开了。

这是个人间悲欢离合的故事。一场变故，让原本富庶的赵玉麟一贫如洗，富家之女梁四珍顶住父亲和家庭的压力嫁给了赵玉麟，她割草卖柴度日供丈夫读书。为筹集丈夫上京赶考费用，她贱卖金钗，十里相送情意绵绵。后来赵玉麟不负妻子所望高中状元，而远在家乡苦苦等待的梁四珍并不知情，恰逢娘家梁府举办隆重的寿宴，梁四珍赴宴时因贫穷受到父亲的冷落和二姐、三姐的奚落戏弄，衣锦还乡的赵玉麟装扮成落魄书生赶往梁府卖唱，被辱骂驱赶，赵玉麟夫妻相见，场面甚是凄凉。但梁四珍并没有埋怨丈夫，还是鼓励他准备再次赴考。后来赵玉麟告诉她真相，夫妻喜极而泣，而知道真相后的父亲和二姐、三姐惊诧尴尬异常，故事结局大快人心。

故事跌宕起伏，说唱者声情并茂，听者则随着故事起伏和人物命运变化时而悲哀，时而高兴，时而愤慨，时而同情流泪，人们沉浸在故事里面，丝毫不怀疑故事中的人物和情节的真实性，甚至于把自家和长书中的人物比较起来，幻想自家也会像书中的人物似的历经磨难时来运转，有个大团圆的结局。怀梅揽着乐乐和兰芳，和阿明叔姆坐在一起听。乐乐还听不懂，早早就睡在怀梅的怀里。兰芳已经有些可以听懂了，所以还津津有味地听。《梁四珍与赵玉麟》怀梅已经听了好几遍了，但还是为他们的故事而唏嘘流泪，再联想到自己多舛的命运，心头一阵悲凉。阿明叔姆给了她一块手帕，说，怀梅，莫惊怕莫冤枉，全部都会过去的。怀梅点点头，心里很是感激。

九点多钟，说唱结束了，一帮细哥细妹还意犹未尽，缠着张玉郎和刘四娘问长书中未尽的细节，阿明叔婆驱赶着他们，好了好了，都散了吧，张玉郎刘四娘他们还要赶路呢。大家这才不情愿地离去。怀梅一手抱着乐乐，一手牵着兰芳回到了小院子。

安排好孩子睡觉，怀梅才突然想起一件事，她匆匆来到围龙屋大门门坪，人群已经散去，只有几个人还在收拾东西，她问道，张玉郎和刘四娘呢？他们说，戏都散了，人也走了呀。她问道，去哪里了？其中一个人指指到梅城的路，那条路。怀梅急忙去追赶，好在还没有走远。她拉住刘四娘的手问道，这么晚了，你们去哪里住呀？

到三角镇一个亲戚家住一暗晡。

那怎么行，十二点都可能到不了呢。

那样般好？

别走了，到我家里住吧。

不好吧，我们这……

虽然他们比那些乞丐艺人情况要好一些，但骨子里，好多人还是看不起这些说唱艺人的，觉得他们身份低贱，而他们自家也有自知之明，轻易不敢劳烦别人，更别说去别人家里住了。怀梅的话一说出口，他们既意外又感动，说唱二十年来，还没有哪个人愿意留他们住一晚，所以不论再晚再累，他们都得赶回去住。怀梅不管他们还在犹豫，把他们的包拿上，不由分说就带他们回到了家。

她烧了热水让他们洗了脚，安排他们住在珍娘的屋里。在她心里，他们的爱情故事让她感动，特别是有了永清师傅后，她更体会到爱一个人的不容易，不说别的，就单说两个人的互相喜欢爱慕，就已经够难的了，何况他们还是有身体残疾的人。由彼及己，一下子就触碰到她心中最柔软的部分，她既羡慕又深深同情他们，所以留他们在家过夜就理所当然了。

第二天，怀梅听到珍娘房间里有了响动，猜想他们是想悄悄地离开，不打扰自家。她赶忙起来，在厨房里煎了两个鸡蛋煮了米粉，送到他们面前。在旧时的客家地区农村，食物奇缺，鸡蛋是主要的营养品，米粉也是很少见的稀罕东西，而荷包蛋煮米粉则是招待客人中的最高的礼仪了。张玉郎和刘四娘此时已经收拾好东西准备出门，见怀梅端了蛋煮米粉进来，连连摇手，不用了，不用了，我们不饿。怀梅说，昨晡日唱了一暗晡，肯定累坏了，这么早又要走，哪能不吃点东西呢。她不由分说把他们拉到桌子边，看着他们把米粉吃完。他们临走，嘴里千恩万谢的，说得怀梅都不好意思了。

回来这些天，古平祥只在小院子里住了一个晚上，其他都在梅城旅馆里住。怀梅问他怎么不住在家里，他说家里有狗虱，床边还放个尿缸，晚上睡觉都臭烘烘的，不习惯。怀梅也不好说什么，毕竟在海外生活了大半辈子，过惯了有钱人的生活。

举办完大宴席的第二天，他郑重其事找怀梅谈话。

怀梅，我晓得你为我们家吃了很多苦，贡献也很大，你要什么补偿，讲讲。

我不要什么补偿，只想以后有钱送乐乐和兰芳去读书。

好好，我会留一些钱给你，让你生活有保障。

谢谢阿爸。你留下来不走了是吗？

不，我多几天就要回马来西亚去，那边我还有生意要做。

嗯。

和你商量一件事好吗？

你讲吧。

我想把乐乐带到马来西亚去，他可以接受很好的教育，以后也可以继承我的产业，他一定会有很好的发展的。

怀梅沉默了，想了许久，她坚决地说，不，我不能让乐乐离开我！

古平祥表示不理解，找了许多理由试图说服怀梅，但怀梅还是没有松口。虽然家翁信誓旦旦地说，会经常带乐乐回来，长大后也可能回国发展，但是她知道，如果放乐乐走了，可能就再也见不到他了。古平祥见她态度坚决，又说，可以把她也带出国去，但是兰芳就不能带了，因为没有血缘关系。怀梅摇头。别说是不能带上兰芳，就是真的可以带上，自家也不会考虑，老古言语，金窝银窝不如自己的狗窝，她已经习惯了下宫坝的生活，呼吸惯了下宫坝的空气，喝惯了老井里清甜的水，再说还有永清师傅……

见一切劝说都没有作用，古平祥唯有摇头叹气。

他给怀梅和孩子留了一笔钱，存在银行里。离别的日子到了，他有些伤感，不知道这次出国后还能不能回来。他要怀梅和两个孩子到松口送自家，怀梅答应了，除了挑了一次盐担，她从来都没有出过门，也确实想到松口去看看，顺便也带孩子去见见世面。

在船上坐了有三四个钟头，终于到了千年古镇松口。

松口镇是位于闽粤赣交界的重镇，素有文化之乡、山歌之乡、华侨之乡美誉，街道上随处可见有异国风情的建筑，各类店铺林立，船埠众多，热闹非凡，有"松口自古不认州"的盛名。松口港是当年广东省第二大港，是明末以后客家人出南洋的第一站，每天有上百条船只停泊在此，河堤上大街中央有一个大码头，出南洋的船一般都停靠在此，码头上面就是有名的松江大酒店，它静静地伫立在江边，见证了一代代华侨漂洋过海的生死离别，悲欢离愁。

上了码头，古平祥带怀梅他们住进了松江大酒店，然后又带他们上街逛，吃当地出名的大肉丸、娘酒鸡、炖狗肉、企炉饼。乐乐和兰芳像快乐的小鸟，高兴得嘎嘎乱叫，小嘴吃得油汪汪的。午饭后，古平祥叫了辆人力车，全家到元魁塔旅游。元魁塔是一座九层高的砖石建筑，始建于1619年。登临塔上，远处是青山白云，近处是翠竹绿树，宽阔的河面上，泛黄的河流绕镇东去，汇入韩江而出海，滋润养育着这里的人们。登临高处，最有"念天地之悠悠，独怆然而涕下"的感觉。特别是对有了不少人生阅历的古平祥来说，更是有深切的感受。这一去，不说是生死离别，也是难得再见，尤其是对自家的血脉乐乐，他更是放心不下。他再次劝说怀梅，怀梅也不说话，只是使劲摇头。再劝，她就哭了。古平祥只好作罢，说你要耐心地等用文回来，他只是暂时迷失了，我相信他会回来的。怀梅使劲点头，其实她心里清楚，要他回来恐怕是很难了，人海茫茫哪个才是用文呢？他又在哪里呢？

回来时，大街上的人都往一个方向涌去，好像有什么大事发生了一样。怀梅问一个路人，样般么那么多人去那边呀？那人说，馒头庵的尼姑在老菜市那边买东西，大家都去看。怀梅觉得奇怪，一个尼姑在菜市买东西有什么稀奇的，为什么大家都去看呢？那人有点惊诧的看着她，你不是本地人吧？怀梅摇头。那人笑道，那就不奇怪了，馒头庵的尼姑那是全松口最美丽的女人。古平祥一听来劲了，拉着乐乐他们就往人头涌动的地方走，嘴里还一边说，走走，去看看美丽的尼姑长什么样。到了老菜市，果然看见一个尼姑在买新鲜莲子淮山之类的，尼姑虽然穿着袈裟，全身素净，但却掩不住她俏丽的容颜和窈窕的身段，那分端庄、素雅、笃定，更非一般美女可比，给人惊为天人的感觉。古平祥看了眉飞色舞，啧啧称赞，说了句让怀梅听了都脸红的话：给我睡一晚，死都值得！当然他是小声说的，但还是让她听得很清楚。她心里一怔，家翁都是老头一个了，还这么好色，说明了那句古话是很对的：世间的男人都是色鬼。她突然想到，永清师傅会不会好色呢？他如果见了眼前的这个尼姑会不会也起色心，幻想和她做爱呢？想到这里，她脸一红，不由又骂了自家一声，不要脸！

晚上住在松江大酒店里，乐乐和兰芳照样处处好奇新鲜，而怀梅和古平祥却各怀心思，难以入眠。大清早，店员就来催起床了，接着就听到各种船只的汽笛声，开机的轰轰声，人的嘈杂声。匆匆吃了早点，怀梅和孩子送古平祥到了码头，古平祥抱过乐乐，亲了又亲，三步一回头地上了船。

码头上挤满了送行的人，小孩不谙世事，吃着零食，嬉嬉闹闹。大人们可就不同了，大都心事重重、脸色凝重，有不少女人拉着男人的衣袖揩着眼泪，而男人则在不停地叮咛着什么。一个大概是新婚的女子忍不住哭出声来，小丈夫安慰着她，想抱她一下，大庭广众面前又不敢，手足无措，脸憋得通红。一个老人则把一包油腻腻的东西塞到儿子怀里，儿子嫌脏，不停地往外推，老人发火了，威严地咳嗽了两声，儿子只好收起来放在包袱里。

当船渐渐远去时，怀梅心里才真正感受到了离别的滋味，虽说只相处了几天，但毕竟是亲人，想想家翁此番漂洋过海又不晓得会有什么风险，他还能不能有机会回来？她心里就不好受。她双手合十，默默地祈祷家翁顺风顺水，一路平安。

事情败露，
和顺叔公要将怀梅沉塘

  1937年7月7日，卢沟桥事件爆发，日本帝国主义开始了全面侵华战争，在中国大地上烧杀掳掠，肆意横行，制造了宗宗骇人听闻的血案，欠下了中国人民一笔笔血债。下宫坝作为一个小山村，虽然没有直接卷入战争，但是也有消息不时传来，今天是日本人攻下了上海，明天是日本人在山东屠村，惨无人道。12月13日，日本在南京大屠杀的消息传来，全村人都陷入了极大的悲愤和恐惧中，村里的气氛也很紧张，连往年很热闹的过年和元宵节也都静悄悄的。大家纷纷议论，凶残的日本人会不会打到梅城，梅城有没有军队保护我们，堂堂大中国为什么打不过哈卵大的日本等等。过年后，围龙屋里福叔姆家来了亲戚，是从东北逃难来的一对夫妻，一时间，福叔姆家像市场一样热闹，大家都去她那里探听有关日本人的消息。据那一对逃难的夫妻说，别的地方他们不知道，但是日本人在东北犯下的滔天罪行他们是亲眼所见，日本鬼子简直不把中国人当人，到处烧房子，比赛谁杀人多，见到女人就花姑娘花姑娘地叫，当着家里人的面轮奸。逃难夫妻说，他们家也被鬼子烧了，还杀死了他们唯一的孩子，他们好不容易才逃到这里。说的人悲愤流泪，听的人群情激奋，继而又担心梅城也不能幸免。怀梅在一旁听，虽然也很悲愤很紧张，但是觉得上海东北离梅城太远。她唯一的做法就是看好孩子，不让他们乱跑。

  日子过得飞快，转眼快到冬至了，田里的谷子收割完后，一直就空闲在那里。这段时间也是农民们比较闲的日子，但他们一般都闲不住，一是正好可以利用土地这段空闲的时间种一些蔬菜等农作物，二是到山上割草砍柴，储备一年烧火用的。

怀梅到梅城买了一些芥菜秧，带上兰芳、乐乐来到田里，大黄也屁颠屁颠地跟在后面。稻田已经请阿二哥翻转过来了。初冬的天气很好，经太阳一晒，泥土消毒后散发出淡淡的味道，既干爽而又不失润泽。乐乐跟大黄翻找着土里的虫子玩耍，而怀梅则带着兰芳，开始打穴种菜，怀梅打一个穴，兰芳就把芥菜秧放进去，把土填上，再用手稍稍压紧了，浇上一瓢水，就算完成了全部工序。只用了一个多钟头，一大块田就种上了整整齐齐的芥菜，菜秧也用完了。这时，乐乐在用来接雨水的蓄水池里抓鱼，并大声喊着姐姐来帮忙。兰芳答应着，也脱掉草鞋，挽起裤腿下了蓄水池。由于天旱，蓄水池里只有浅浅的水，其实里面根本就没有鱼，但乐乐和兰芳还是津津有味地在抓鱼，而大黄也推波助澜地跳下去扑腾，好一番热闹的场面。怀梅没有阻止他们，她完全理解，这个年龄段的孩子，只要一看见水池或者水洼，就以为里面有鱼，就想下去抓。自家在这么大的时候，也是这种想法，看见树上有洞就以为那里一定有鸟，就想去掏，用文笑话她傻，她还不服气，和他赌气上了。她想起了用文，想他这个人其实也不坏，但为什么就那么狠心呢？唉，人如果永远都那么小那么天真就好了，也不用有那么多烦恼。她真想也跳进蓄水池里去痛快玩耍，但想想还是作罢。

过年前，芥菜长得绿油油的，又壮又肥，她割下来挑回小院子里。阳光正好，她要用这些芥菜做成咸菜。客家人做咸菜有两种，一种是水咸菜，一种是干咸菜。晒得半干后，她把肥的芥菜和瘦的芥菜分成两堆。她决定先做水咸菜，把肥芥菜一叠叠地放在专用的瓮子里，放一层芥菜就洒一遍海盐，再放一层芥菜，再洒一遍海盐，如此叠加上来，直到瓮子里塞满了芥菜，即用软和的布或帕子包好，用绳子扎紧。浸半个多月后，里面逐渐发酵的芥菜和盐互相作用，已经化出咸咸的水来，芥菜在盐水的浸泡下，变成微酸爽脆、美味可口的咸菜。打开封盖的一刹那，咸菜特有的酸甜味飘进你的鼻子里，刺激着你的味蕾和食欲。梅州客家人做菜很喜欢配上水咸菜，如咸菜焖猪肉、咸菜炒蕨菜、咸菜煲竹笋骨头汤、咸菜焖苦瓜豆角等等，很普通的菜一旦配上水咸菜，就鲜美可口，百吃不厌。所以，水咸菜有"百搭"菜的美誉。而干咸菜又是另外的一种做法，相对于做水咸菜来说复杂多了。把晒得微干的芥菜放进锅里烧煮一段时间，半熟不熟的时候拿起来，放些海盐拌匀，洒些茶水或者白酒，第二天串在竹篙上，放在太阳下晒，待晒干后又放在锅里蒸，然后再洒些茶水或者白酒，拿到太阳下晒干，如此反复。至于要蒸晒多少次，那就得看做咸菜的人了，如果要做成最好最香的干咸菜，就得要"九蒸九晒"，做出来的干咸菜又黑又亮，人称"极品干咸菜"，隔几米远就可以闻到香味了。这种干咸菜，一般是拿来做较为上档次的菜，如梅菜扣肉、咸菜肉饼、菜干猪蹄等，做出来的菜，肉汁渗进菜干里，肉有菜香，菜因为肉而烂，肥而不腻，香气扑鼻，让人食欲大开。往往还没有端上桌子，客人就知道是干咸菜上来了。好的干咸菜也比较常用作送人的佳品，接受礼品的人也很是欢喜，知道这是经过千辛万苦才做出来的，心里很是感激，所谓吃在嘴里香甜在心里。

这时，全国的抗战已经如火如荼，只是梅城还比较平静。虽然日本人的部队没有开到过，但却不时有飞机来轰炸。近一段时间，不时有飞机在天上飞来飞去，发出巨大的轰鸣声，不时传出这里炸死人、那里炸毁了房屋的消息。那天，围龙屋里围了许多人，经常在外面走动做点小生意的阿君古绘声绘色地说，他亲眼看见古塘坪有一个老妇人被炸弹炸掉了头颅，头皮挂在竹枝上鲜血淋漓，惨不忍睹。怀梅听后吓坏了，回到家就把大门关了，不让兰芳和乐乐出门，怕万一出了事哭都来不及。

离下宫坝不远的古塘坪，建有一个小飞机场，日本人先后来了几次轰炸。那天，阿君古又发布新闻，说两架来轰炸古塘坪飞机场的日本飞机在本地军民的全力抗击下坠毁，两名日本飞行员逃入深山，最后被警察和百姓抓获。阿君古形容道，你们晓得日本人长什么样吗？又矮又小，尖嘴猴腮，有一张血盆大口，据说专门挖细哥细妹的心烤着吃。吓得听的人全都脸色发白，骂他胡说八道，哪有这样的人？阿君古说，真是的，我一个丰顺的朋友就见过他们。大家也不晓得他说的是真是假，都说不管真假还是小心点，在家不要出门才好。那一段时间，到处人心惶惶，一到夜里，各家各户就闭门不出，白天也是这样，听到防空警报声，大家都东躲西藏的，也不太敢到田里地里干活了。

怀梅闲下来，又开始想永清师傅了。一年多了，他怎么不再来了？是没有什么事情了就不用来了呢？还是不想见我而不来了呢？她又突然想起了松口街上见到的那位漂亮的尼姑，将自家和她比起来，但马上就啐了自家一口，我哪敢和她相比呀，她那么好看，我是一个农村里的普通妇女，粗手粗脚，每天日晒雨淋的，就算脸上还没有皱纹裂痕，但也好不到哪里去，哪比得上尼姑细皮嫩肉呀。她有些自卑起来。是呀，我这样的一个女人，永清师傅怎么能看得上呢？那暗晡他也许就是昏了头吧，或者是什么别的原因让他失去控制，才……事后，他肯定后悔了，毕竟他是个和尚，和平常人是不一样的。她也借割草去过几次梵音庙，但有时能见着他，有时又见不着他。见着他的时候，他不是在念经，就是在忙庙里的事，也不放下手中的活，纵然和她说一两句话，也是敷衍式的，加上旁边总有泉明师傅在看着，她也找不到机会问他。可一年多了，真是想他呀，她要当面问个清楚，他是不是后悔了，不想要她了。

很奇怪，连续两个晚上，怀梅都做着同一个梦：自家和永清师傅走在大街上，大街上人头攒动，极为热闹。起初两人拉着手走，后来被人流分开了。最初她还看得见他那浑圆的后脑勺在人流中晃动，挤着挤着就分辨不出来了，只看见无数个后脑勺。她急得跑也跑不动，喊也喊不出来，不由哭了起来。醒过来，她发现泪水打湿了被角，而自家还抽搐个不停，痛苦不已。她心里一阵惆怅难过，难道自家和永清师傅的结局就是这样的吗？

这段时间较为平静，听不到飞机声，也听不到防空警报声了，怀梅决定再去下梵音庙，这次无论如何要和他说上话。她让兰芳带好乐乐，不要走出去玩，兰芳已经懂事了，也会做一些简单的农活家务。她的嘴巴甜甜的，说，阿姆你去吧，我会好好看着乐乐的。大黄见她带了扁担、镰刀等，知道她要进山，又想跟来，怀梅把它赶回家，关上大门，说，大黄，乖，你在家守屋守兰芳乐乐。大黄呜咽了两声，乖乖待在家里。

远远听到梵音庙的钟声，这是永清师傅敲的，他每天都要擦拭几遍这座几百年的老物件，按时敲响钟声。怀梅有时到山上割草砍柴，就坐在石板上静静地听，仿佛就看见了永清师傅，感受到了他的呼吸和关切，心理上得到了极大的满足。到了梵音庙，庙里很安静，只有永清师傅在整理着书本。看来泉明师傅不在庙里，怀梅心里一阵狂喜，她上前去拉永清师傅的手。永清师傅一看见怀梅，就停了手中的活，其实她在自己的心中从来也没有消失过，只是自己不时地拒绝她的出现，用惊人的毅力控制着不去想她找她，但梦是不受人控制的，在梦里，自己多次与她相会相交，如今她就站在面前，那么真实，那么似水柔情地看着自己，让他一下子又热血沸腾起来。起初，他只让她拉着手，不敢动，后来，他忍不住地握着她的手，把她的小手捏在手心里揉搓。怀梅任他揉搓着手。现在她和他已经很熟悉了，不会像在自家厨房里那么慌乱了。她感到他很亲切，亲切得就像自家的亲人，不由像小女孩似的在他手心里挠痒痒。手心上的痒一直通到了永清师傅的心里，让他那颗坚硬的心渐渐地被软化，圆融了。他们彼此用手和眼神传递着情感，身体内蹭蹭升腾起一股热流，让他们迷醉激奋。永清师傅享受着这种奇妙的感觉，在这个宁静而没有杂念的时刻他一看见怀梅，自己苦心建起的自以为坚强的堡垒一下子就崩塌了，这让他很是沮丧而又满怀喜悦。当怀梅拉着他要进他的房间时，他犹豫了片刻，摇摇头，拉着她的手出了庙门，来到后面的山上，那里有一个隐秘的山洞，是他早就发现的好去处，他有时到这里练太极拳，看看书，练练歌喉，所以洞里被他收拾得干干净净，还铺上了一块布，放有几本书。

一进洞，他就迫不及待地把她抱到布上面，开始暴风骤雨般的攻击。此刻，他忘记了自己，忘记了清规戒律，他要把一年多的压抑想望尽可能地排出体外，让饥渴的肉体融化在面前这个女人的肉体里面。怀梅尽情地享受着，上次那一晚，她只是被动地接受，但这次不同，是自家主动要的。当永清师傅揉搓她的手的时候，她就知道他是爱着自家的，知道他并不是不想她，只是佛教的戒律让他约束着自家。她甚至知道永清师傅所以不在庙里和自家做爱，而把她带到这里来，是怕他自家的行为亵渎了佛和梵音庙。在这个自然纯净的大自然里，他才能放得开，才能不受羁绊，和她云雨相伴，情爱相随。她让自家尽量放松，配合着他，看着他充满爱意的眼神，感受到他快慢分明的节奏，左右奔突的激情，这是一生中最销魂的时刻。当他像猪一样嘴里发出哼哼声的时候，她也达到了最高潮。此刻，仿佛世界就是为他们的再次相遇相爱而准备的，一切都是那么完美无缺，令人迷醉。

两人起身穿好衣服，虽然是冬天，但两人都没有感觉到一点冷，还出了一身大汗。怀梅拿出帕子，给永清师傅擦拭额头上的汗水。他捉住她的手，把头埋在她丰满的胸脯上，嗅着她身上的体香乳香味。两人相偎着坐在布上，永清师傅抚摸着怀梅的头发，感叹开了。

你的头发真香，而且很黑很光滑，你洗的是什么？

茶殼。是茶籽打油以后剩下的渣做的。

哦，你们客家人好多东西都很好。

是吗？

当然了，要不我也不会选择留在这里。

为什么一年多都不来看我？

我，我忙。

谁信，就是不想我。

不是，我想，有时候真想，但是我怕……

怕什么？怕我会吃了你，或者缠着你？

不是，我是怕自己陷得太深。

那样般现在又不怕了？

刚才庙里没有人，一看见你，就没有抵抗力了。

哦，我晓得了。我问下，你什么时候开始喜欢我的？

就是听见你唱歌的时候呀。

不对，肯定是你偷看我擦身子的时候。

不，我说的是真话，你的歌声特别好听，我是被吸引过去的。

那就是说，你不喜欢我的身子了？

喜欢，不喜欢还和你……

我听说，男人都是一只猫，看见女人就像看见肉一样的。

是，是，我是猫，你是肉。

永清忍不住又要去解她的衣服，她打了下他的手，无限爱怜地说，贪心！他还想继续，她推开他，说，不行，家里孩子还等着我呢。以后好吗？以后有空的时候你要几次就几次。永清师傅很奇怪，在这个女人面前，他会变成两个人，一个是和尚永清，一个是俗人永清，就连思想和说话的腔调方式都截然不同。他不明白自己怎么会这样，而此刻的他也不想弄明白，只是尽情地享受。他想了想，说，那你得给我唱几首山歌。哦，对了，我一直想问你，你的山歌是怎么学来的。怀梅说，跟人家学的呀，她们唱过后，我就记住了。永清师傅又问，你唱得那么好，有没有学过怎么发声呀？怀梅一脸懵懂，什么发声？永清师傅说，好了，我知道了。你还是给我哼唱几首客家山歌好吗？怀梅问，就在这里唱吗？永清师傅说，是呀，我想听。怀梅说，好，但我唱得不好，你不要笑话我。永清师傅点点头。怀梅开始唱起来。

榄树打花花榄花，

郎在榄上我榄下，

擎起衫帕等郎榄，

等郎一榄转屋下（回家里）。

斜风斜雨落斜河，

斜竹斜篾织斜箩，

斜针斜线安斜纽，

斜妹斜眼割（斜看）斜哥。

山顶有花山脚香，

桥下有水桥面凉，

有情千里来相会，

无情对面无商量。

永清师傅一把揽过怀梅亲了一口，说，客家山歌把爱情唱得真是美妙绝伦，令人百听不厌。以后见了面，你要多给我唱，好不好？怀梅一脸娇羞，点头答应了。她问道，你也会唱客家山歌吗？唱给我听好吗？永清师傅说，我不会唱，我只会唱一些美声歌曲。好吧，那我就给你唱首外国歌曲《伏尔加船夫曲》吧。他小声唱起来：

哎哟嗬，哎哟嗬，

齐心合力把纤拉！

哎哟嗬，哎哟嗬，

拉完一把又一把……

他的歌声浑厚圆润，声线纯正，虽然是轻声哼唱，但仍磁性十足，穿透力依然很强，配上旋律优美的歌曲，一唱三叹的感情处理，让怀梅听得如醉如痴，她没有想到还有这样的歌，更没有想到永清师傅竟然会唱外国歌曲。她央求道，真好听，以后你也经常唱给我听好吗？他说，你要听当然可以。以为你不喜欢呢，想不到你也那么喜欢啊。我喜欢，只要是你唱的我都喜欢听！

他们静静地依偎在一起，聊起最近日本人侵略中国杀害中国人的事情。永清师傅说，天欲其亡，必令其狂。日本人这么丧尽天良，忘乎所以，很快就会灭亡的。怀梅有点不解，问道，你不是出家了吗？样般对国家的事情还那么关心？永清师傅说，那些日本人干出的恶行，世人得而诛之。不管出没出家，也不管你是干什么的，爱国之心人皆有之，只是各人的爱法不同罢了。国家和个人的命运是连在一起的，生灵涂炭，如果国家需要我上前线杀敌，我也可以脱下袈裟上前线去，你相信我吗？怀梅说，我相信的。她笑道，你去上前线了我也去。永清师傅说，打仗是男人的事情，你是女人，带好孩子照顾好家是你最应该做好的事情。怀梅说，你看衰我们妇人家，你坏！永清师傅说，这不存在看衰不看衰的问题，性别的差异永远是无法拉近的，古代如此，现在也是如此。

经过这番交流，两人都觉得彼此的心更加靠近了。

回到梵音庙，泉明师傅已经回来了，见了他们双双走进来，他奇怪地瞪着他们，眼神阴沉沉的。怀梅没有理他，拿上扁担、绳子、镰刀上山割鲁草去了。

临走的时候，古平祥给家族留了一笔钱，要把围龙屋修整一番。和顺叔公和族里的头面人物最近正在忙着这件事，他请了一些泥水师傅，把塌了一角的桁角换掉，围龙屋的全部屋瓦都检修了一遍，该换的换，该补的补，又把上中下厅子和外墙都粉刷了，水塘做起了木栏杆，化胎上缺失的鹅卵石也全部补齐了，还添置了一些桌凳碗筷，族里有什么婚丧嫁娶的大事，就不用到外村去借了。工程足足做了一个多月，完工后，要举行一次祖公转火活动。修整围龙屋的钱全部是古平祥出的，在修屋前，和顺叔公托水客给他送信，希望他在祖公转火的时候回来一趟，但一直等不到他的回信，他留的电话也打不通，寄的信也退了回来。究竟是怎么回事，大家都不知道。去问怀梅，怀梅也是一脸茫然，说，家翁走后，就一直没有联系。没有办法，只好不等他了，先举行祖屋重建竣工和祖公转火庆典仪式了。

梅州客家地区通常在祠堂修缮完工后进行盛大的祭奠仪式，一是重新安放祖宗牌位，二是通过盛大的仪式把气场搞起来，使家族红红旺旺，千年不衰。祖公转火仪式感很强，所有的宗亲（包括旅居海内外的裔孙）都要到场参加。祖公转火仪式分三个部分，即请龙神、祖牌升位和祭祀祖先。清晨四点一刻，请龙神的队伍就到了屋后的竹林里进行敬天仪式，祭拜完后，从祭坛上拔出一根最粗的香，由和顺叔公擎着，一对雌雄龙神在喧天的锣鼓声中走出竹林，绕围龙屋一圈，接龙的队伍也敲锣打鼓舞动瑞狮，吉时一到，聚集在厅里的裔孙恭恭敬敬地为祖牌"升座"。祖坛前放着全猪全羊，梵香点烛，簇拥在祖祠里前来祭拜的裔孙按先后顺序给祖先上香三拜。祖祠外面又想起热烈的锣鼓声和鞭炮声，裔孙们把祭拜祖先的"金山银山"——供奉，将祖公转火活动推向高潮。

同辉也回来了，但是他显得很低调，和顺叔公要他坐在头桌，他不愿意，说这么多前辈呢，我怎么敢坐头桌。和顺叔公说，你是在政府当官的人，自然不能按辈分来排，谁也不敢说什么的。同辉还是不愿意，找了张中间的桌子坐下来。

吃完饭后，同辉来到怀梅的小院子，大黄看见陌生人进了院子，汪汪叫了起来。怀梅喝退了大黄，把同辉让到桌子前坐下，拿出清凉山茶来泡。乐乐也不认生，钻到同辉的怀里。兰芳拿了龙飞留下的看图说话，要同辉讲给他们听。同辉也乐于这样，教他们认字，他发现乐乐和兰芳都能认好多字了，特别是兰芳，一半以上的都能认得出来，有不认识的字，他教她读了两回，她就会了。他夸赞道，你们真聪明。他对怀梅说，兰芳已经到了读书的年纪了，你不送她去读书吗？怀梅说，还顾不上这个呀，再说下宫坝有几个人送细妹子去读书的呀？同辉说，他们是他们，你是你，一定要送兰芳去读书，子女唔读书，当过无眼珠，你难道没有尝到不识字的苦头吗？怀梅想起被哥哥骗得叮叮转的事情，就是因为自家不识字，同辉肯定是听说了这件事。她点点头，说，好的，以后我会送她去读书的。

同辉告诉怀梅，这次回来一是参加祖公转火，二是带阿姆到外面居住，毕竟她老了，一个人在村子里居住他不放心。怀梅说，那是。

他问道，用文有消息没有？

没有啊。

他会回来的，你看鹞婆再会飞，最后还不是要回窝里。你好好照顾家，把孩子带大，他要是回来了，不晓得有多高兴，多感激你呢。

我没有多想呢，做自家该做的事就是了。

我们客家女人都很伟大，很多都是独自顾家持家，一切都坚强面对，贡献特别大，牺牲也特别大。怀梅，你就是个典范，我很敬佩你呢。

同辉，你当官了，说话也一套一套的呢。

我说的不是官话，是真心话。说真的，我以后要找老婆就找你这样的。

同辉哥，我哪有这么好，你笑话我吧？

不是笑话，我真是这样想的。你看啊，一块金子，打造成金戒指，放在高档的柜台上，再配上鲜花，就会引起很多人的贪慕。把它做成尿壶，每天盛屎尿，人就会厌恶它。如果用它来造枪，那它就是杀人的武器。但是如果把它安放在一个人的心里，这个人他就有了金子般的心，就变得伟大起来，而你，就是这样的一个人，不过是你自己不晓得而已。好了，我明天就要带阿姆到外面了，你以后有事就打我的电话。

同辉说着就要起身，怀梅按他坐下，我过年前做了干咸菜，你带到外面吃。她拿了个布袋，装了一些咸菜，这是她特意做的，虽然没有"九蒸九晒"，但也有五蒸五晒了，今天就是同辉不来，她也要送到他家去的。

同辉接过来，用鼻子使劲闻了下，赞叹道，呀，真香！又补了一句，我阿姆说，好女人才能做出好咸菜。此言不虚呀！

上次看见永清师傅和怀梅双双回到庙里后，泉明心里就明白了怎么回事。来到梵音庙近两年了，他始终没有得手过，永清师傅好像并不讨厌他，但也不亲近他，好像不在意，但却让他觉得他是处处防着自己，连拉尿洗澡也都躲着他，不让他有偷窥的机会。有一次他偷偷溜进他的房间里，看见他在睡觉，便用手去摸那日思夜想的东西，慢慢地那东西就硬了，他又进一步把手伸进他的内裤里，这时永清师傅翻过身去，并用被子紧紧地裹住了两腿之间。从此以后，永清师傅睡觉时就把房门栓得紧紧的。永清师傅不喜欢男人，这他完全能理解，如果他是品格高尚、清心寡欲的人，自己还会敬重他，偏偏他却控制不住自己，多次和那个叫怀梅的女人互通款曲。他不由妒火中烧，吃饭不香，睡觉不稳。他决定和永清师傅摊牌，作最后一搏。

　　他又到梅城那家回春药行买了些春药，到了吃晚饭的时候，他和上次一样把春药放到汤里。到了晚上，他来到释永清的房间里。永清正在喝水，看见他来了，就给他让座。释泉明问他有什么感觉，他说口渴，老想喝水。他讪笑，你下面会膨胀吗？硬了吗？说完就去摸，释永清隔开他的手，说，你别这样，我不喜欢。释泉明直视着他，说，你不喜欢是吗？你早说呀，我来到梵音庙已经快两年了，你知道吗？我来这里的目的就是为了接近你最终得到你。你觉得我不正常是吗？没有关系，我也知道自己有毛病，但我一出生就这样，我也没有办法，我也想改，但一看见你，我就管不住自己。对，你是没有鼓励过我，但也没有明确表态过讨厌我呀，我每天陪你念经，给你做饭洗衣服，你以为我是贱的呀，我是喜欢你才心甘情愿这样做的。我没有要求你要和我脱光衣服和我做爱，你只要给我摸摸我就心满意足了，这很过分吗？给我摸摸对你来说，也没有损失什么呀，你也还能得到快感，不是吗？他话锋一转，哀求道，哥哥，出家人不是讲慈悲为怀吗，你就算是发发慈悲，可怜可怜我好吗？为了你，我吃饭饭不香，睡觉觉不稳……说到这里他开始哭了起来，眼泪吧嗒吧嗒滴在地上。他说话的时候，释永清的眼睛看着别处，看不清他的表情，他跪下去把头埋进释永清的两腿之间，用手去摸那东西。释永清又一次隔开了他的手，并起身要走出去。释泉明彻底绝望了，他的感情由沸点到了冰点，站起来发狠地说，我这样求你，你都不给我一点点机会和同情，枉费了我这两年的付出。好，算你狠，你别后悔就是了！

　　第二天，释泉明照样早早起来念经，又做好饭菜叫释永清吃，像从来就没有发生过什么一样。释永清也做着平常该做的事情，只是看释泉明的时候有点不自在。

事情发生在几天以后。

吃了晚饭后，释永清把自己关在浴室里洗了许久，然后对释泉明说要出去办点事，就匆匆出了门。一般情况，他晚上是不出门的，洗澡也从来没有洗那么久，释泉明见他今天有点反常，一出门就朝下宫坝方向走去，他心中有数了，心里一阵窃喜又一阵悲凉。

上次在山洞里和怀梅云雨一番后，又过去了一段时间了，释永清压抑不住想念和欲望，决定去下宫坝和她幽会。叩开大门，怀梅一看见是永清师傅，极为惊喜，孩子已经睡了，两人紧紧抱在一起，倾诉着相思之苦，想望之情，所谓干柴遇烈火，一下子就入了戏，不免又是云雨一番。大黄也许听到了什么响动，汪汪叫了起来，在小院子里走来走去。两人完全沉浸在爱河里，快乐无边，对大黄的躁动不安没有理睬。完事以后，两人没有穿衣服依偎在一起说话，他们的手又很自然地握在了一起，怀梅在他手心里挠着痒痒，永清师傅手心痒痒的，嗔笑着打了她的手背，佯装生气的样子，然后又迫不及待地握住她的手轻轻揉搓。这是最柔情宁静的时刻，他们充分享受着。看看时间不早了，怀梅说，路上不好走，你还是早点回去吧。永清师傅说，那好吧，我过几天再来看你。

永清师傅刚走不久，大门突然砰砰响了起来。怀梅打开大门，和顺叔公带着几个人气冲冲地进来了。他厉声喝道，古怀梅，你是不是在家偷男人了？怀梅吓懵了，嗫嚅道，没有，我没有啊。和顺叔公不由分说，带着几个人就到各个房间搜查，没有发现什么，他又到小院子周围到处查看，发现大门角头有一串佛珠，和顺叔公像捡到宝似的大声说，看看，这是什么？是佛珠吧？好哇，古怀梅，用文是生是死还不晓得，你就干这丑事，不但偷男人，还偷一个和尚。你好大的胆子，我，我定要为用文做主！几个人在和顺叔公的指使下用绳子把怀梅绑了。怀梅慌神了，哀求道，和顺叔公，你就放了我吧，我是做错了事，但请你看在我的赖子妹子还小的分上，放过我吧。和顺叔公气哼哼地说，不行，国有国法，族有族规，你败坏了我们古屋的名声，岂能轻易放过！他不由分说，让几个人把怀梅押到族里一个专门关押违反族规者的房子里。

当晚，和顺叔公就开始逼问怀梅，那个和尚是谁？你说出来我派人去把他抓来，就可以减轻你的罪。怀梅说，不是什么和尚。和顺叔公冷笑道，不是和尚？谁信，佛珠就能说明一切。不管怎么问，怀梅都坚持不说。和顺叔公说，你这么顽，可就怪不得我了。第二天早上，和顺叔公就放出风声，说怀梅偷了男人，败坏了门风，如果是普通的男人还轻一点，偏偏她重口味，偷了个和尚，这就犯了大忌，一定不能放过，按以前的族规要把她沉塘。族里不少人都给怀梅说情，说她的孩子还小，就饶了她一次吧。和顺叔公说，不行，饶了她事小，坏了祖宗规矩事可就大了。良叔提出质疑，虽然怀梅坏了规矩，但是也不至于要沉塘吧。祖宗的规矩是清朝时订的，现在都已经是民国了，也没有听说把人沉塘的事呀。和顺叔公说，样般会没有，你们没有听过吗？前些时候西阳镇就有一个女人因为偷男人被家族沉塘的事。这么正常的事我们为什么就做不到呢？良叔说，反正我是不同意将怀梅沉塘，这是条人命案，官府查下来，谁负责得了？大家众说纷纭，没有结果。阿二哥着急上火了，他拿了把斧头就去砸和顺叔公的门，一边砸一边骂，老烂斋，我看你敢！和顺叔公躲在别人家里，浑身直打哆嗦，嘴巴还是很硬，我就敢了！看你能样般？真是丑人多作怪。

深夜，阿二哥带着斧子，摸到关押怀梅的房间，对着锁头乱砸一气，旁边房间看管怀梅的人听到响动声跑出来，大声喝道，什么人！阿二哥没有想到有人，吓了一跳，趁着夜色的掩护跑了。和顺叔公来了，你们好好看管怀梅，不准人靠近，我有奖赏。看护的人诺诺应道，好的，请叔公放心！

由于大家的意见不一致，尤其是族里的头面人物怕这事找来麻烦，自家被牵连上，都不敢明确表态。而良叔则建议把怀梅先放了，但和顺叔公坚决不同意。这事一时没有定论。阿二哥又要去找和顺叔公大闹，良叔把他拉回来，劝他说，你先别去闹，我看和顺叔公就是想吓吓怀梅的，你放心，如果他执意要将怀梅沉塘，我第一个会出面阻止的。见阿二哥火气落了些，他说，你有空就到怀梅家里去照看下两个孩子，我刚才去了，煮了点粥给他们吃，他们家已经没有油了，你去她家的时候最好带点油过去。阿二哥点点头答应了。

在黑暗潮湿的屋子里，怀梅想了很多，她想自家的命真苦，还那么小就被阿姆嫌弃，卖到了下宫坝，长大了嫁给不爱自家的老公，生了第一个孩子又给自家压死了，兰芳和乐乐也是多病多灾的，相依为命的家娘又早早离开了，让她一个妇道人家独自支撑着这么一个家。好在遇到了永清师傅，给自家的生活增添了许多快乐，感受到了什么叫女人，什么叫幸福，但是现在却遇到了大灾，她不后悔和永清师傅的私情，如果人生就此结束，再翻来一次，她也不会闪一下眼睛的。看样子，和顺叔公似乎晓得具体的时间，而且算得那么准。那么，是谁告的密呢？想来想去，她想到了泉明师傅，对了，一定是他，这个眼光阴沉、随时都像在窥探的小人。她不明白，自家哪里得罪他了？为什么他要这样做？也许，并不是自家得罪了他，而是永清师傅得罪了他吧。她又想，和顺叔公这么坚决地把她抓进来，还说要把她沉塘，是不是先前自家得罪过他，他怀恨在心，这次正好有机会报复，所以就迫不及待了。自家倒没有什么，沉塘就沉塘吧，除死无大灾，生活艰辛，活在世上也是受苦，只是苦了两个还小的赖子妹子了，要是自家真的被沉塘了，他们那么小的年纪怎么活呀？她越想越伤心无助，不由得幽幽地哭起来。

怀梅被关的第二天上午，张玉郎和刘四娘正好去下村李屋给一个想听说唱的老人唱完《高文举》，经过下宫坝时听说了怀梅的事情，便特意绕到怀梅家里看看有什么可以帮帮的。兰芳和乐乐正在那里哭，阿姆被关起来了，他们都觉得天要塌了，但也只能在家里哭泣。张玉郎和刘四娘心疼地抱起乐乐，心里恨下宫坝的人怎么那么心狠，为了一件在他们看来并不是很严重的事情，就把两个孩子的阿姆关了起来，还说要把她沉塘，这让两个孩子怎么活？他们替兰芳和乐乐擦干了眼泪，说，别怕，我带你们去见你们的亲阿婆。他们和怀梅聊天的时候听她说过，她的亲娘在下市角，姓陈。如今遇上事了，他们自家也束手无策，只好带孩子去陈婆太那里，看看她有什么办法。张玉郎抱起乐乐，刘四娘牵着兰芳的手出了门，带他们去梅城下市角找陈婆太。

陈婆太听说事情的经过后，也着急了，当即褪下中指上戴着的金戒指拿给兰芳，说，阿婆身体不好，你拿去给和顺叔公，救你阿姆。又对张玉郎和刘四娘说，我身体不好，走一步都要喘半日，就劳烦你们带孩子回下宫坝救救我这苦命的妹子吧，有劳后谢。说完，她忍不住哭了起来，张玉郎和刘四娘劝了一会，说，那我们就先带孩子回去了，迟了怕出事呢。

回到下宫坝，已经是下午五点钟了，张玉郎和刘四娘不便出面，便教兰芳和乐乐去向和顺叔公求饶救母，还拿出两个大洋，让兰芳把金戒指和大洋一块送给和顺叔公。兰芳牵着乐乐的手来到和顺叔公家，一进门就跪下了，把手里紧紧捏着的金戒指和两块大洋递给和顺叔公，哭着说，叔公太，你就放了我阿姆吧。看见两个小孩跪在自家面前，和顺叔公心有些软了，他扶起兰芳和乐乐，说，你们先回去，我和几位叔公商量下再说。

傍晚，听说了怀梅出事的凤招匆匆赶回了下宫坝，她到怀梅的小院子里，看见张玉郎和刘四娘正在给兰芳和乐乐弄吃的，她问了些情况，知道他们住得远，就让他们先回家去，自家会照顾两个小孩。张玉郎和刘四娘说，那好，我们就先回去了，有什么事情说一声，我们一定会帮忙的。

凤招送他们出了村，回去安慰了好一阵子，才把兰芳和乐乐哄睡了。她正想回家去，阿二哥来了，凤招晓得他是来照顾乐乐和兰芳的。她和他点点头，算是打了招呼，回家打扮一番，悄悄来到和顺叔公的房间里，一进去，她也不管和顺叔公惊诧的样子，就脱了衣服，说，来吧。凤招人长得不错，要身段有身段，要相貌有相貌，老公死后，她为了生存而卖笑卖身，也是迫不得已。下宫坝的人都晓得她是干皮肉生意的，在和顺叔公面前说要把她赶出古屋，和顺叔公去她家劝说她搬到城里别再回来了，待了半个多小时，出来时就改了口风，说她自家的身体由她自家做主，只要她不在下宫坝招男人，不把外面的男人带回来，别人也管不了那么多。旧时的人，往往对良家女子比较苛刻，对奸情被暴露者动不动就沉塘吊打等，反而对风尘女子比较宽宥，此事便过去了。如今凤招因为怀梅的事又一次找上了和顺叔公，和顺叔公自然是乐于享受了。他剥光了凤招身上最后一件内衣，放倒凤招，老迈干瘦的身躯就像蛤蟆似的趴在凤招的身上。凤招把他推开，问道，你把怀梅放了吧？和顺叔公欲火烧身，嘴里答应道，好好。凤招又追问道，什么时候放？明天明天。和顺叔公说着又趴上了凤招的身体。凤招让他舒服了一阵子，又用力推他，说，你不准反悔。他急了，说，乖，我不反悔不反悔。

一个钟头后，凤招回到家里，把身子认真地擦洗了一番，周身擦了香油，然后安心地睡了。

第二天，她又去找和顺叔公，问他，你什么时候才把怀梅放出来？和顺叔公支支吾吾不作明确表态。凤招也不发火，说，你要是今天不放，我就把我们两人的事情告诉大家。反正我是烂出名的了，名声再烂一次也无所谓，倒是你这个万人敬仰的族长……和顺叔公忙说，我放我放，但是要经过理事会的人开会同意呀。凤招说，好，我等着。

中午时分，和顺叔公把怀梅放了。其实，就是兰芳不送金戒指，凤招不送上门来给他玩，他也不敢把怀梅沉塘，毕竟现在是民国了，以前的族规已经不能完全照套了，而且族里人意见并不统一，就是要处罚，也只能随便找个理由，万不敢真的沉塘。人命关天，他也怕惹毛警察摊上官司。这次抓住怀梅，关了她两天，吓她个半死，算是报了上次她拒绝自家还害自家被阿二哥打的仇了。他训斥了怀梅一顿，要她今后做个守妇道的人，就吩咐手下人放了她，也算是给自家找了个台阶下了。

怀梅回到家里，抱着孩子就哭。凤招安慰她说，好了，没有事就好。兰芳把张玉郎和刘四娘带她和弟弟去阿婆家里，以及教他们去和顺叔公家求救阿姆的事情告诉了阿姆，怀梅很是感激。她明白凤招也肯定出了力救自家的，但至于出了什么力也不晓得，问她，她也不肯说，也就算了。

永清师傅知道怀梅被关的事情已经是怀梅放出来后的那天中午了。释泉明对他说，告诉你吧，你们的事情已经败露了，你的相好出事了，差点被沉塘。不过现在已经放出来了，你又可以和她约会了。但是我告诉你，请你在和她约会前考虑下后果，是你害了她，让她差点死了，你这样做事是对的吗？对得起自己的良心吗？对得起自己身上穿着的袈裟吗？佛说慈悲为怀，你慈悲了吗？你别这样看我，是的，我实话告诉你，就是我告的密，当你和心爱的女人在一起翻云覆雨的时候，我就潜伏在她窗口下偷听，听到你们说的话和喘气的声。你前脚出门，我就把和顺叔公他们叫来了，大门角头的那串佛珠也是我故意丢在那里的，我要让大家都知道和古怀梅通奸的是一个和尚，但我还是留了点面子给你，没有在你们做爱的时候去报告，当场捉奸在床。我虽然恨你，但我也不想你被他们乱棍打死，算是我爱你一场的报答。但是，你知道那句话吗？爱得越深就恨得越切。你那么和女人玩，却不愿意哪怕分一点点爱给我，我恨你，谁让你那样对我的，不这样不能解我心头之恨。如今，你恨也好怨也罢，都不关我的事了，我今天就要离开梵音庙了，我要离开这让我伤心的地方，周游世界去，你以后的生老病死都和我无关了。再见，我亲爱的、无情的永清师傅！释泉明也不等释永清反应过来，背起行囊走出了梵音庙，沿着那条小路连头也不回地走了。

释永清没有想到自己的一时贪欲差点害死了怀梅，他很是愧疚，有极强的负罪感，但他没有马上到下宫坝去看望怀梅。这些天，他一直作不净观，大师说过，时常不净观的人，自性会越发清晰明亮，会让你的心变得更清净自在。他在礼拜诸佛的时候，默默祈求阿弥陀佛加持，善神护佑。他需要静静地想一些事情，想清楚了才能决定自己人生的大事。

可怀梅却没有等他完全想清楚，就来到了梵音庙，一见永清师傅，抱着他就哭。永清师傅让她抱着哭了一阵子，问了下她的情况，安慰说，这是一种劫难，经历一次人就会成长一次。怀梅问道，和顺叔公样般就晓得你来我家了呢？时间还算得那么准，是不是泉明师傅告的密？永清师傅没有回答，但她已经明白了，恨恨地说，这种人就该天打雷劈！永清师傅说，仇恨是一条蛇，咬伤的不是别人而是自己。蜜蜂蛰了别人，却也把自己的命搭上了。尘世间一切都会过去，一切皆有因果，我们不必太过于执着，所以，我们还是选择放下吧。

事已至此，他觉得应该和怀梅好好谈谈，给她个交代，如果现在不谈，以后可能就没有机会了。他扶怀梅坐在凳子上，缓慢而坚定地说了起来。

怀梅，你好好听我说，我是一个有罪的人，自己作为一个佛门弟子，不但违反了清规戒律，还害得你差点送了命。更为严重的是，你丢了命，你那两个年幼的孩子也会没命的。我会被所有人唾弃，也会因自己让佛陀蒙尘，我不能在梵音庙待下去了。

你要离开梵音庙吗？

是的。

你救下宫坝和下村李屋那么多孩子老人，大家不会怪罪你的。

救人一命胜造七级浮屠，那是我应该做的，而我违反了清规戒律是我自己本来可以不犯的罪孽，这是两回事，不能等同。

你不是喜欢我吗？为什么要离开我？不，我不让你离开！

《楞严经》里说，人，乃至所有生命体的肉身，不过是阿赖耶识的一种化现。

见怀梅一脸懵懂的样子，他方才意识到她是听不懂这些的，他换了一种语气说，怀梅，碰到你是我一生的幸事，你是我第一个女人，也是我最后一个女人，我至今也不后悔。但是我想这只是我暂时的化现和迷失，我是佛家弟子，既然意识到自己走了一条布满荆棘而且非常危险的道路，就不能在这条路上走下去。这样不但害了你，还害了我自己。

怀梅激动地又一次抱紧了他，说，我不怕，和你在一起，我死都不怕！

永清师傅掰开她的手，说，一个人犯了一次错误，就要用十次功德来改正。人不要产生执念，一旦有了执念就会将错就错，越来越错，万劫不复。怀梅，你有两个孩子，你有责任把他们抚养大，教育他们成为对国家对社会对家庭有用的人，这才是最重要的。如今，我们的缘分已尽，也就此分手吧。

怀梅还要说什么，他双手合十，说，好了，事已至此，一切随缘吧。如果我伤害了你，也请求你宽恕，希望你学会放下一切，也祝你以后的人生之路一路顺畅吧。阿弥陀佛。

说完这些，他回到经堂，敲起了木鱼，开始念佛。怀梅和他说话，但是他没有再回应，一切都淹没在木鱼声和诵经声中。她眼含泪水，满怀惆怅地离开了梵音庙。

晚上，她想了很多，她觉得永清师傅说的有道理，他是出家人，不能要求他为了自家而一错再错。她要告诉他，以后不会再和他做那种事了，但求他不要走，让她有时能看看他，感受到他的真实存在，听听他敲的木鱼声和诵经声，也就足够了。

她原以为永清师傅只是说说而已，最起码没有那么快就离开，不料第二天当她去梵音庙找他，准备和他说自家的想法时，已经人去庙空，只留下几炷尚未燃尽的香烛，滴滴香烛犹如一滴滴清泪，散落在烛台上，香烟弥漫在整个梵音庙，经久不散。

这个打击对怀梅是致命的，先前和顺叔公将她关在暗屋里，她还没有觉得样般痛苦，那时候她心里有永清师傅，为他被关虽然也有气，但也有甜蜜，毕竟自家是为喜欢的人被关的。而今永清师傅走了，再也见不着他了，她的天塌了。她不后悔和永清师傅的结识相爱，一个女人一生有过这么一个全心全意去爱的人，尝试过入心入骨的男女之欢，一生也就不遗憾了。但是，她不晓得没有永清师傅要样般生活下去，她在梵音庙后面的山上摘了一些大茶药（一种毒性很强的草药，旧时客家妇女自杀时常用的药），回家熬好，倒掉了，又熬一次，还是倒掉了。她实在不敢喝呀，喝下去自家不过是痛苦一阵子，便什么都不晓得了，但一想到兰芳和乐乐还那么小，要是没有了她，他们以后样般生活呀，她就没有再喝下去的决心了。

唉，熬着吧！

第十章

鸿运当头，
阿二哥和凤招的风花雪月

永清师傅离开的两三年间，怀梅都不敢去梵音庙。虽然现在庙里已经没有了和尚，也听不到念经的声音和敲钟的声音，只是有一些善男信女还会到庙里烧香拜佛，但是她还是不敢去梵音庙后面的山上割草砍柴了，怕引起太多的回忆而痛苦难受。

乐乐已经到了读书的年龄，怀梅决定让兰芳和他一起去私塾念书。一般情况下，客家的女孩是很少有人读书的，特别是像怀梅这样的家庭，所以怀梅也犹豫了一阵子，但自家吃过没有文化的苦头，还有同辉临走说的那番话，让她下了最后的决心。兰芳虽然不是亲生的，但她是在自家最沮丧的时候来到身边的，与自家也算是亲母女一样的。前两年，兰芳就到了读书的年龄，但是自家要干活，要让她看着乐乐，就没有让她去，现在正好让她和乐乐一块去，也好互相有个照应。两个孩子一听说要去读书，高兴得一蹦三尺高。去上学的那天，她让两个孩子都背上自家缝制的布包，拍着大黄的头说，大黄，你就负责接送他们去读书吧，要好好保护他们，听见了吗？大黄像能听懂她说的话似的，紧紧跟在兰芳和乐乐后面，每天尽责尽守地接送他们。

白天忙碌还好说，到了晚上闲暇的时候，怀梅就想永清师傅想得心里难受。很奇怪，和用文生活了十几年，也和他有过肌肤之亲，但他在自家的心里已经没有了位置，偶尔想起他来，也就是晓得有他这么一个人罢了。可与永清师傅接触也不是很多时间，总共做爱也就那么数得过来的几次，但他却几乎占据了她的全部，梦里只会出现永清师傅不会出现用文。如今，她更是把晚上做梦当成了一种期盼和向往。睡觉前，她洗得干干净净了，并且打扮一番，好像要见情人似的。她安安静静地躺在床上，想着和永清师傅之前的点点滴滴，想着他的音容笑貌，祈求他出现在梦里，安然入眠。这是完全属于自家的一块领地，也是她给自家的一份额外的享受。有了它，她才觉得生活并不是那么难熬，觉得为这个家和这两个赖子妹子的坚守有些意义。

村里也有人对怀梅指指点点，说她合了个和尚契哥，伤风败俗，过年过节在围龙屋祭拜祖公的时候，也有人躲着她，不愿意和她一起祭拜。她装作不知道，自家做自家的事情。过了段时间，也就慢慢淡下来，很少人提起这事了。

和顺叔公已经七十多岁了，这在当时来说，已经是高寿了。最近，他越来越瘦。瘦得只剩下皮包骨头了，正像本地儿歌上唱的"猴哥精，十八斤，劂呀净，无两斤"。他白天黑夜都老想喝水，说水像放了糖一样，又甜又好喝。他全身无力，饭吃得越来越少，老吵吵要吃甜的东西，买来黄糖当零食吃。不久，他腿上长出许多脓包，痒得难受，后来脓包溃烂了，又肿又黑，又痒又痛，还开始流脓流血。风叔来看后说，要锯断膝头以下的腿，才能保命，吓得他半死。还没有等他锯腿，他就真的死了。风叔也说不明白是患什么病死的。古时候是有关于消渴症的描述和草药方子，但对一般人来说，并不知道这病是很严重和伤害五脏六腑的，平常好像没有什么特别的症状，但一旦并发，人就离死期不远了，尤其是当时并不重视这个病，也没有什么特效药的情况下，患上这个病也就等于是等死。

都说人老精鬼老灵，和顺叔公一生精明，尤其是到了老年后，更是攻于算计，处处为自己着想，但他在当族长期间，也为大家做了不少事情，所以大家还是会念他的好，纷纷前来参加他的丧礼。家族为他办理了丧事，请了和尚来给他做佛事，为他超度。他的一个儿子在外地工作，要十几天才能回来，家人为了等他见最后一面，叫殡葬公司的人给尸体进行保鲜，他们买来麻布，把尸体来回缠了一重又一重，又用桐油在上面浇了个遍。十多天后，他儿子回来了，殡葬公司的人把麻布拆了，尸体还是新鲜如初，像刚死时那样。

把和顺叔公埋了后，当晚又照例请张玉郎、刘四娘来说唱，除了应主家要求说唱了一首现编的怀念父母的《都话父母恩情长》外，他们又说唱了竹板长歌《高文举》。说唱完时间已经不早了，怀梅把他们请到了家里，煮了两碗米粉鸡蛋给他们吃，对他们在自家被关的时候所做的事情表示感谢。他们一个劲地摆手，说，不用多谢，人心换人心，你对我们那么好，那么看得起我们，遇到了事情，我们样般能不管？如果那样，那我们成了什么人了！怀梅心怀感激，要留他们在家里过夜，他们说，刚做完丧事，我们身上不干净，千万不敢留下来过夜。怀梅也没有强留，把两个大洋还给他们，他们不肯要，怀梅说，这你们一定要收下，要不我就不高兴了，你们那么辛苦，我样般敢要你们的大洋呢？你们能在我受难的时候帮我，我已经很感谢了。再说，我家信出南洋的时候给我留了些钱，我暂时还不缺钱。好说歹说，张玉郎总算是收下了两块大洋。又喝了一杯茶后，他们起身回家了，怀梅把家里仅有的一把手电筒送给了他们，说夜里走路方便。他们从来都没有见过手电筒，刘四娘见了更是爱不释手，便没有再推让。怀梅一拍大黄，说，大黄，你去送送他们，到大榕树那里才可以回来，大黄接到指令，跑到前面带路，送他们出了村子。

怀梅好长时间没有去梅城买尿了。以前到梅城没有桥，都要搭渡船过对面去，要花钱还不方便，1931年，由海内外乡贤发起并热心资助，开始建梅江桥，至1934年秋基本建成并开始通车通人，江南片的人要到梅城就方便了许多，再也不用搭渡船了。怀梅从梅江桥上过到江北后，先到下市角亲娘那里，见到亲娘，她把买来的金戒指还给了她，说了些感谢话。亲娘身体已经很差了，连买东西都要托人。怀梅给了她一些钱，让她请个医生看看，她叹口气说，人老都这样的，也请过医生，都说没有什么大病，就是小毛小病的。怀梅又问，我哥呢，有没有什么消息呀？亲娘说，没有，这个无用的赖子，生了当过无，靠不上他了，也不管他了。怀梅又提出让她到下宫坝住，说现在孩子都大了，兰芳已经能帮忙干很多活了，来住的话也不会很辛苦。她摇摇头，说，我不习惯在乡下住，再说也会拖累你呢，还是算了吧。怀梅也没有再坚持，给她煮了早饭，又叮嘱几句就去买尿了。

买了尿，又带了点油盐酱菜和菜种等，赶早就往家走。过了梅江桥，天已大亮，阿二哥来等她了，他接过担子，两人照例不说什么话，只听到担子咿咿呀呀的有节奏的声音。自从上次怀梅交待村里人多嘴杂，让他不要老来帮自家后，他就不太敢走近她。现在和顺叔公死了，接任族长的良叔生性纯良，为人正派，而村里人虽然对他们的交往稍有微词，但是也没有人出头说什么。所以最近阿二哥又开始帮怀梅做些农活，怀梅给他付工钱，他也不要。怀梅和永清师傅的事情败露后，他一门心思就是要保护她，不让她受到伤害。他当时下了狠心，准备好了锋利的刀，只要和顺叔公敢把怀梅沉塘，他就和他拼命，幸好最后并没有什么事，他才松了口气。其实，他早就知道怀梅和永清师傅的事情，他心里除了有点不自在以外，没有觉得什么不好。怀梅在他心里就是美好的象征，只要她过得好，过得快乐，他就高兴。他自知配不上怀梅，也不敢有什么奢望，只想远远地看着她，守护着她，就心满意足了。

到了水田里，怀梅把尿倒进田里，不小心崴了一下脚，阿二哥急忙来扶她，她笑笑说，没事，只是我的脚不晓得样般的，最近有点酸软，可能是下田干活泡多了水吧，会不会是风湿呢？老一辈的人说，正月冻死牛，二月冻死马，三月冻死耕田侪（人）。现在快四月了，水还是这么冷。她说着，上了田，阿二哥把一把稻秆铺到她脚下，让她擦拭干脚上的泥水。说，你以后少下田干活。怀梅说，是呀，尽量吧。

兰芳和乐乐每天去私塾读书，回来兰芳就帮着做家务，晚上两人坐在昏黄的煤油灯下读书，边读还边讨论，有时还为了一个字的读音争吵开了。怀梅静静地坐在一旁，有时和他们说一两句话，问下私塾里发生的事情。他们告诉她，老师是个很古板的人，有的同学喜欢捉弄他，比如在他坐的凳子上涂上石灰，在他的书里夹条虫子，有一次还在他后背上贴了个乌龟，大家哄堂大笑，他自家还不知道是怎么回事。怀梅也笑，但笑后就严肃地对他们说，你们要尊敬先生，不能去捉弄他。他们点头，我们不会的，都是那些唔想读书的人做的。

一天下午，他们回家的时候带回来一个小女孩，浑身上下穿得破破烂烂，头发像鸡窝一样乱糟糟的，脚上什么也没有穿。怀梅拉过乐乐和兰芳，问道，她是谁？为什么跟你们回来了？他们说不知道，她是半路跟来的，说了不要她跟，她也不理，一路还哼哼唧唧地不知道嘟囔些什么。怀梅给她盛了碗粥，夹了点咸菜给她。她稀里哗啦一下子就吃完了，把碗伸到怀梅面前，怀梅又给她盛了些，她吃完没有再要，但站在那里不走。大黄汪汪叫着，对她龇牙咧嘴。怀梅喝住了大黄，问她，细妹，你是哪里人？叫什么名字？你的阿爸阿姆呢？她摇头不说话。怀梅又问，你样般要跟来我家？她看着兰芳和乐乐，突然"哇"的一声哭了。怀梅给她擦着眼泪，安慰了她几句，没有再理她。小女孩从来到以后，一句话也没有说，怀梅怀疑她是个哑巴，给父母遗弃了。天色渐渐暗了下来，小女孩还是不肯走，怀梅也不忍心赶她走，只好烧了热水，给她全身洗干净了，又找来兰芳的旧衣服和旧鞋子给她换上，让她睡在铺了柴草的厨房里。

吃过早饭，当兰芳、乐乐去读书的时候，怀梅牵着小女孩的手，把她送到私塾附近，告诉她去找阿爸阿姆，不要到她家来了。可是到了中午，她还是跟兰芳、乐乐屁股后面来了，赶也赶不走。样般赶不走呀？难道自家就被她赖上了？她心里真是犯了愁，我一个妇道人家，养两个孩子都养不起养不好，如果再添上她，生活会更苦更累。不行，得想个办法把她送走。而且不能送到附近，她认得路，又会找上门来的。第二天，她拿定了主意，把小女孩的脚用绳子绑住，放在尿桶里，一头是她，另外一头是石头，想着把她送到梅城去，随便哪条巷子放下了，随她去，万一碰到好人家领去养，岂不是比在自家家里受苦受难强？小女孩随她怎么摆布，也不乱动。挑到梅江桥的时候，一路没吭一声的小女孩看见一个穿着制服的警察，突然就大声嚷嚷起来，引来警察和路人的围观。警察问道，尿桶里的小女孩是谁？怀梅摇摇头说，也不晓得她是谁，昨天跑到我家里就不走了。警察说，哪有那么奇怪的事？是不是你自家的妹子要挑到梅城卖钱？或者是想抛弃她？怀梅不知怎么解释好，只好乱摇头。见怀梅问不出什么来，警察转而问小女孩，小阿妹，你叫什么？是哪里人？小女孩嘴巴嘟着没有回答。警察又指着怀梅问道，她是你什么人？小女孩马上大声喊道，阿姆！警察把她从尿桶里抱出来，大家发现她脚上竟然还绑着绳子，人群中起了一阵骚乱，纷纷指责怀梅心肠狠毒。怀梅百口莫辩，脸胀得通红。警察把小女孩放回尿桶里，说，你不知道不能卖孩子，也不能遗弃孩子吗？你赶紧把小孩带回去，要不我可要把你带到警察局了！怀梅在众人的一片指责声中不得不又把小女孩挑回了家。

放下尿桶，怀梅气不打一处来，朝小女孩的屁股上使劲扭了一把，小女孩不哭不闹，爬出尿桶，在墙角蹲下，眼泪顺着两颊流了下来。吃饭的时候，她不敢近前，眼巴巴的看着，怀梅不忍心，装了一碗饭，夹了点青菜给她，她低头吃起来。

虽然怀梅一百个不乐意，但小女孩还是就这样住下来了，她比兰芳小点，比乐乐大点，怀梅给她起了个名字叫菊芳。

直到几天后，怀梅才从菊芳口中撬出一些情况，她姓黄，是被父母遗弃的，来这里之前，已经在外面流浪半年多了，问她家在哪里？叫什么名字？家里有什么人？一问三不知，看她可怜兮兮的样子，怀梅没有再逼她，说，你还是姓黄吧，就这样吧，唉，真是前世欠了你的。怀梅叹了口气，不再说什么。

可是，让她万万没有想到的是，自家好心收留的小女孩长大后会恩将仇报，给她惹下祸端。她说，早知道如此，当年就应该狠狠心把这个小女孩在晚上丢到荒野里去，等她自生自灭。当然，此是后话。

那天，怀梅去田里干活，三个孩子在家，兰芳烧火煮饭，把一大把鲁草塞进炉灶里，不料拖出火钳的时候心一慌连带燃着的草拖到了炉灶前面的柴草堆里，引起了火灾。三个孩子拿了脸盆勺子装水救火，火势越烧越旺，连窗子都着火了。三个孩子吓坏了，大叫大嚷。这时，阿二哥冲进门来，用尿桶装了水往柴草堆里泼，一刻钟后，大火终于扑灭了，阿二哥也弄得脸上身上到处木灰，黑不溜秋的。大黄跑到田里给怀梅报信，扯着她的裤脚往家走。她不晓得发生了什么事，到家时火已经被扑灭，阿二哥也回去了。幸好孩子没有事，厨房也只是烧黑了，倒是木窗子被烧成了黑炭。她收拾着烧坏的东西，没有骂兰芳，问道，阿二叔烧伤没有，三个孩子说没有，她这才松了口气。

下午，阿二哥过来了，拿着灰刀开始刮墙，把黑黑的灰刮掉，刮得稍为干净后，又不晓得从哪里拿来石灰，用自家做的长柄刷子刷墙。两天后，墙被粉刷一新，他拿来几截杉树条，叮叮当当了好一阵子，就做成了简易的木窗子，安了上去。这一切，他都做得那么理所当然，好像是做自家的事情一样。怀梅看着他忙来忙去，心里很是感激。到了晚上，一切都弄好了，孩子也睡了，怀梅炒了几个菜，叫他坐下来，倒了点客家娘酒，两人喝了起来。阿二哥照例没有说话，连眼睛都不敢看怀梅。怀梅心想，这个男人为自家做了太多太多的事，却从来都没有提过要求，也不要什么报答。自家也从来没有把心放在他身上，这样是不是太没有良心了？永清师傅已经不见了踪影，用文看来也已经不会回来了，家里没有个男人日子真是不好过，虽然自家不喜欢阿二哥，但他绝对是过日子的好男人。至于长相，她是不喜欢，但不是说了吗，火熄灭了男人全都一个样。她突然又想起了永清师傅，假如永清师傅相貌丑陋，自家会喜欢他吗？肯定不会，没有感觉怎么会和他有那种关系呢？但是，阿二哥不同，他是无条件地喜欢她，处处照顾她保护她，在她心里，虽然没有喜欢更没有爱，但他已经像自家的亲人似的了，要不就试试看吧？看自家能不能接受他吧？样般试？嫁给他？但是他从来就没有提过想要娶她，甚至连喜欢她也没有说过，从小到大，两人连手都没有拉过，也不晓得他心里是样般想的？他这个人连打屁都要人揿的，自家不主动点，他只是会像木头人一样永远不会开口了。她想着心事，起身去给他倒酒，身子故意蹭他一下，见他没有反应，又把他的手抓起来放在手心里揉搓。阿二哥吃了一惊，身体痉挛了一下，很快把手缩了回去，脸臊得通红。他奇怪地看了怀梅一眼，连酒也不喝，就回家去了，留下怀梅一个人傻呆在那里。

阿二哥躺在床上，回想起刚才一幕，他心里还是很紧张。一直以来，怀梅在他眼里就像是神一样，仰望她，护着她，就是他最大的愿望了。有一句话最能描述他的心态了，叫作只可远观不可亵玩焉。他以前曾经有过想要得到她的念头，但是很快就被怀梅看他的眼神扑灭了。他晓得她不喜欢自家，甚至于讨厌自家的丑陋，他只要一想到要在她面前脱光衣服，让自家丑陋粗鄙的肉体展示在她的面前，就浑身哆嗦，平时雄壮伟岸的男性器官也立即萎靡不振，连屙尿都不顺畅了。今天晚上怀梅主动向他发出了信息，但他还是畏惧不前。他觉得她只属于像永清师傅那样才貌出众的人，而不属于自家。他自卑，更没有自信。一句话，自家配不上她。他怕一旦和她走得近了，就会玷污了她，甚至让她产生反感，最后弄得连在远远的地方看她保护她的机会都没有了，这是他最不能忍受的。他要把心里最干净的地方留给怀梅，也留给自家，不让人也包括怀梅破坏了这种平衡。

正好梅城有人叫他帮忙拣瓦，他收拾了工具就到梅城去了。

客家围龙屋的房顶都是用瓦盖的，这瓦不但可以为主人遮风挡雨，还有护住桁角墙体不受风雨侵蚀的作用，因为墙体一般都是用泥土加上石灰和少量的糯米红糖糅合砌成的，如果保护得好可以千年不倒，但是一旦被雨淋了，就会很快土崩瓦解，所以一直以来客家人都很重视拣瓦，几乎每年都要整修瓦面，换掉碎瓦和腐朽的桁角。这就衍生出了一种行业，叫拣瓦，拣瓦的人都被尊称为拣瓦师傅。拣瓦既是个技术活，又是相当辛苦危险的职业。你想想，人在高高的屋顶上工作，夏天被烈日炙烤，冬天受寒风摧残，碰到下雨，干了一半的活也不能停下来，只好任雨淋了。拣瓦时要查看整座屋的情况，哪里毁坏比较严重，要重点检修，哪里的瓦比较单薄，要补上，并且摊得细密均匀，才能不让雨水从瓦缝里渗入造成漏雨。在高空作业，而且不知道脚下是什么情况，必须胆大心细，不然随时会掉下来，像"潘拐子（摔青蛙）"一样，非死即伤。

阿二哥业余拣瓦也有一段时间了，正因为拣瓦辛苦危险，技术含量高，所以工钱也会比较高。他一早就来到主家那里，上了瓦面。他干活像头牛一样，一天可以连续干不休息，连午饭都自家带了饭菜在屋顶上吃。到了傍晚，已经把正厅的瓦拣了一大半。他正想收工，这时，隔壁一个房子门前发生了争吵打斗，两个男人扯着一个女人在骂着什么。他在屋顶上看得真切，那女的是下宫坝的凤招。他干脆收了工，和主家告别后就到了凤招住的门前。一胖一瘦两个男人还在骂骂咧咧的，较胖的男人还扇了凤招一巴掌。

他走上前去，拉开他们，责问道，为什么打人？

胖男人气呼呼地说，她不让我们玩！

凤招辩解说，他们，他们要两个人一起，我不干，他们就打我。

瘦男人说，你收了我们的钱不让我们玩，天下岂有这样的事情。

凤招说，谁收了你们的钱了？你们这些烂斋头！

两个男人又要去打凤招，阿二哥铁塔般的身体挡在他们面前，他们想去打他，他一伸手，把两个人都打倒在地，瘦男人的嘴唇磕破了，哎呦哎呦地直叫。他们爬起来，问道，你是谁，为什么帮她？阿二哥也不晓得哪来的急智，说，我是她老公，以后你们要是再敢欺负她，我要了你们的狗命！两人吓得赶紧逃跑了。

凤招把阿二哥请进房间，房间布置得干净整洁，有种淡淡的香味。阿二哥使劲吸着鼻子。凤招请他坐，他指指脏兮兮的衣服不肯坐，凤招倒了杯水给他喝，他一口气喝完，又要了第二杯。凤招要留他吃饭，他一摆手，走了。

连续几天，他都在拣瓦，能清晰地看见凤招房子里不时有人出入。他在家里就听说过，凤招是干皮肉生意的，他没有想到其实干这行也不容易，还得受人欺负。他心里升腾起一股英雄气概，心想，要是有人再敢欺负她，就去帮她，好在没有再发生这样的事情。活干完了，领到了两个大洋的工钱，他到店铺里买了几个包子给怀梅吃，凤招也在买包子，问他，阿二哥，你干完了活吗？他点点头。凤招又问，那你是不是要回下宫坝了？依然是点头。凤招高兴地说，我也今天回去的，我们一起走好吗？他也不说话，买了包子就走，凤招跟在他身后，不停地说着话。说那天的两个人以前经常吃白食，还经常骂她打她，但自从那天阿二哥出面帮她后，那两个烂斋头就不敢来了。她真心感谢他，要请他下馆子。阿二哥摆摆手，她又说回到下宫坝后要在家里炒菜给他吃，阿二哥不置可否。她高兴了，说，那你是答应了是吧？我炒菜很好吃的，我学过炒菜，有时候客人要在我那里吃饭，我不得不要炒菜给他们吃。走到河堤上，竹叶被风吹得沙沙作响，不时有竹壳掉落下来。凤招说，阿二哥，我走得有点累了，不如在竹头下坐下，也捡点竹壳回去好吗？

两人找了一块阴凉的地方坐下，凤招挨着他，阿二哥有点不自在，但看看四周没有人，也就没有拒绝。一丝阳光从竹子缝隙里漏下来，正好射在凤招俏丽的脸上，生动活泼地跳动着，她和阳光捉着迷藏，格格直笑，笑得很好看。阿二哥看着她，觉得她其实也不像人们说的那么下贱风骚，倒有点像个女孩子似的。一片竹叶掉落在她的脖子上，她吓了一跳，要阿二哥帮她看看是不是掉下来有虫子，他帮她看了下，说没有。她说你不能光看脖子，要掀开领口看看里面，他就掀开她的领口看里面，没有虫子，只看见她那白皙细嫩的脖子和脖子下面的背。他又说，没有，什么也没有，凤招才松了口气。坐了一会后，凤招开始捡竹壳和竹枝。下宫坝的人一般都去梵音庙后面的山上割草砍柴，老人小孩偶尔也去捡点竹壳竹枝帮补下。凤招不会割草砍柴，就只好去捡点竹壳竹枝，或者到田里捡点稻秆烧火煮饭。她在下宫坝一个月就那么几天，也用不了多少，所以每次回去，她都会顺手捡些竹壳竹枝。不一会，她就捡了一堆了，阿二哥起身把两根已经死了的竹子拔出来，弄成几截，帮她用绳子捆成两捆，又折了一根半截的竹子当扁担。凤招有些惊慌说，这是人家的竹头，你不怕主家来了骂你吗？阿二哥说，一点烂竹子，怕什么！凤招点点头，说，那我来挑吧。阿二哥瞅瞅她的小身板，嘴角露出一丝不屑的笑容，挑起就走。

到了凤招家，阿二哥把担子放下就要走，凤招拉着他，说要给他煮饭吃，说，反正你也一个人，在我这里随便吃点吧。他摇摇头，回家去了。

第二天，阿二哥刚起床，凤招就来找他了，进了他的房间，见里面乱糟糟的，就开始收拾起来，一个钟头后，房间里整洁多了，空间也大了。她把收拾好的衣服鞋子拿到水塘里去洗，洗好也不送回去，就带回自己家去晾晒，干了后还给衣服洒了点花露水，过了两天，她把衣服还给阿二哥，阿二哥又使劲吸了下鼻子，说，真香！凤招说，阿二哥，我明天就要去梅城了，你今暗晡无论如何都要到我家吃饭。见阿二哥没有反应，她的嘴噘了起来，说，你要是不来，我就不高兴了。你是看不起我是吗？看不起就别来了！阿二哥连连摇手，说，好，我去。

傍晚，阿二哥来到凤招的屋里，凤招正在做饭，见他来了，高兴极了，倒了杯水给他喝，说，你先坐着，一会就好。

阿二哥知道，那天凤招到自己家里收拾房间，还给他洗衣服，村里有人看见了，在那里议论。但他不怕，自家一个人，议论就议论吧，怕什么。来凤招家吃饭前，路上遇到忠义叔，问他去哪里，他说，去凤招家，她请我吃饭。忠义叔奇怪地看着他，说，古阿二，你样般能和凤招这样的女人走那么近？不怕伤风败俗吗？阿二哥笑笑，没有回答，径直去了凤招家。

凤招炒好了菜，番茄炒鸡蛋、蒸腊肉、炸花生，还有一瓶外国酒，她说，这是一个客人送的，自家也不会喝，正好给你喝。阿二哥只喝过客家娘酒和小锅米酒，哪里喝过那么高档的外国洋酒，没有想到这种黄澄澄的酒喝起来竟然那么上头，他有点晕乎乎的，凤招却老给他夹菜加酒，半瓶酒下肚，他就喝醉了，凤招把他扶到床上，给他脱了衣服，自家也穿着一件单衣睡下了。早晨，阿二哥醒来了，下面鼓鼓的，他起来厕尿，才发觉和凤招躺在一起。下面硬得难受，他不管三七二十一，就去剥凤招的衣服，凤招也给他弄醒了，任他剥光了衣服，压在自家身上。阿二哥激情澎湃地完成了人生中的第一次性爱，完事后，他瘫软在床上，凤招依偎在他怀里，问他，爽不爽？他没有回答。凤招又问，你是第一次和女人玩吗？他点点头。凤招说，那我以后回来，等最后一天来红干净了，就给你玩要不要。他愣住了，不晓得样般回答她。和她在一起，他很舒服很放松，他觉得凤招是个做皮肉生意的，而自家生得丑陋，正好半斤对八两，只要自家花钱就可以，为什么要到最后一天呢？凤招见他一脸疑惑，说，我在外面被别的男人玩了，不干净，来红时回来休息，最后一天来红也净了，你来玩才安全干净呀。阿二哥听她这么说，才明白是怎么回事，他一阵感动，下面又硬起来了，在凤招眼神的鼓励下，他趴上她的身体又开始动作起来。说来奇怪，他在怀梅面前是那么拘谨，话也说不顺溜，连下面的东西都不会硬，而在凤招面前，却觉得很轻松自在，他不晓得是什么原因，但却有个想法让自家很放松，那就是两个人是平等的，不像和怀梅，老觉得配不上她，在怀梅面前就显得自卑不自在。

天已蒙蒙亮了，他说要回去了，让人看见不好。凤招也没有留他，他在裤兜里拿出一块大洋，说，这个给你。凤招愣住了，连连摆手说不要。阿二哥急了，你嫌少吗？我身上就这么多！凤招背过身去，一会就哭了起来，说，你以为我是卖给你的吗？我有那么下贱吗？你帮了我，你对我有恩，我那是感谢你，你说有恩不懂得报的人那成什么人了。我虽然被生活所逼，不得不做那些事，但我也有自尊，也有自家的原则，不是你花钱就可以玩的。你要是想花钱玩，你就找大街上的鸡婆玩去！阿二哥被她说得傻傻的，伸出去的手不知道该不该缩回来。凤招也不管他，把他轰了出去。

阿二哥回到家里，左思右想，觉得凤招这个人真是让人另眼相看，他暗暗发誓以后要好好对她。

对于阿二哥和凤招的相交，围龙屋的人一开始是风言风语，说他们一个是蟾蜍罗，一个是喇拐，两个蛤蟆的远亲凑一块去了。几个人跑到良叔那里去告状，要族长阻止他们再做伤风败俗的事情。良叔问道，他们一个没有讨老婆，一个老公死了，要凑一堆谁管得着？那几个人说，和顺叔公不是说凤招不能在下宫坝招人吗？良叔说，那是从前，现在你们谁愿意去管就去管吧，反正我不管！几个人面面相觑，没有族长的支持，又怕阿二哥发蛮把他们打了，也就不想出面去管闲事了。

怀梅听说了他们的事，简直太高兴了，她找到凤招说，你们什么时候开始好上的，也不告诉我。凤招说，没有多久呢。怀梅又说，阿二哥是个好男人，你要好好对他呀。凤招说，是的，是的。怀梅说，那你……还要，还要……去干那事吗？你不考虑嫁给阿二哥吗？凤招说，嫁什么呀，我都不晓得他样般想呢。怀梅说，那好，我去问问他。

阿二哥听怀梅说凤招愿意嫁给自家，反倒不乐意了，说，我不。怀梅问道，凤招样般唔好呀？阿二哥说，她卖。怀梅说，她做皮肉生意是不得已的，但是她人很好啊，又好看，又有情有义，你讨了她，她生活有了依靠就不会去卖了呀。阿二哥不置可否，没有再说什么。

第十一章

皆大欢喜，
两个人的结合，三个人的解脱

兰芳和乐乐已经读书三年了，简单的字和算术都会了，那本看图说话在他们眼里已经不在话下。闲暇之余，他们也会教菊芳认字，但菊芳的脑子好像有些笨，一个字教她认识了好多遍都读不出来，好不容易教她认识了，第二天问她又忘了，气得他们直跺脚。她也不生气，等他们去读书了，就待在家里做做简单的家务。一天，她怯怯地对怀梅说，阿姆，我想跟兰芳姐和乐乐去读书。怀梅说，那就去私塾看看先生收不收你。她兴高采烈地去读了一个月，被先生打发了回来，她哭了。怀梅又送她去私塾，老先生说，她脑子笨，根本就不是读书的料。怀梅求他，他没有答应，说，她要是来读书，先生都会被他读死。他奇怪地问道，这三个都是你的孩子吧，怎么兰芳和乐乐那么聪明，这菊芳却那么笨呢？怀梅摇摇头，不好说什么，领着菊芳回家了。

那天，怀梅把收上来的黄豆拿到祖屋门坪去晒，上午还好好的，中午就乌云密布，大风刮得灰尘竹叶漫天飞，怀梅正在田里干活，兰芳和乐乐叫上菊芳，快跑到门坪，拿扫把扫拢着黄豆，菊芳答应着，却慢吞吞地走，边走还边看天上的乌云。到了门坪，雨开始下了，她躲在屋檐下，兰芳、乐乐叫她快来帮忙，她指着天不知道嘟哝些什么。好不容易才把黄豆收好，兰芳和乐乐扛到祖屋里。雨越下越大，水塘里让雨淋得泛起了许多泡泡，一会儿门坪上的水就齐脚眼深了。怀梅满身泥水地扛着锄头来到祖屋，看见孩子们把黄豆收起来了，舒了口气，兰芳说，阿姆，黄豆淋了点雨呢，样般办呀？怀梅说，没有办法，只好等雨停了拿回去家里晾干，有日头的时候再拿出来晒了。菊芳说，就是，这都不晓得。乐乐说，就你晓得，下雨都不快来帮忙。菊芳说，我帮了。兰芳和乐乐还想说什么，怀梅阻止了他们，说，以后你们都要帮着阿姆，晓得吗？三人都点头，菊芳的头更是点得像鸡啄米似的。

1943年，全国抗日战争进入最艰难的时期。日本鬼子虽然没有到过梅县（即现在的梅州市），但他们的劣行早已在全县人民心中种下了仇恨的种子，而梅县人民的好儿女，在著名的淞沪会战中骁勇善战的十五集团军总司令罗卓英，冲锋陷阵、视死如归的抗战以来第一位牺牲的将领黄梅兴，率领五百壮士战死宝山的姚子青，率领八百壮士死守四行仓库的谢晋元以及数以万计的客家人血洒疆场的事迹，也在全县人民中广为传颂。兰芳和乐乐每天读书回家都会举个彩色的小旗子，上面写着"全民抗战"几个字，两人还哼着当时流行的抗战歌：大刀向鬼子们的头上砍去……晚上，他们就给怀梅和菊芳说一些私塾先生讲的抗战故事。乐乐说，他们有个叫李抗抗的同学，他阿爸在战场上杀了好多日本鬼子，还拿出一把剑说，那是他阿爸杀鬼子用过的剑。大家都很羡慕。乐乐说，我是男人，长大后也要上战场杀鬼子。兰芳和菊芳也抢着说，我也要去杀鬼子。乐乐骄傲地说，战场上都是男人，没有女人，你们就在家里种粮食给我们男人吃吧，气得兰芳和菊芳直骂他。怀梅说，好好好，你们都上战场杀鬼子，我在家做饭给你们吃。

不时有消息传来，说日本鬼子在广州、潮汕到处烧杀抢掠，胡作非为，大家都很担心也很焦心，不知道什么时候会打到梅城呢，不少人已经开始收拾东西了，准备鬼子一打进梅城就去逃难。可他们不晓得，日本鬼子的铁蹄已经践踏着全国绝大部分土地；梅县才是目前最安全的地方了。

近一段时间，县政府号召全县人民有钱出钱、有力出力的时候，大家都很踊跃，有报名参军的，有捐钱捐物的。下宫坝的族长良叔也拿了一面铜锣，在围龙屋正厅摆了张桌子，一边敲锣一边大声喊道：大家有钱出钱，没钱出力，全民抗战打日本鬼子啰！大厅里围了不少人，这个捐钱，那个捐粮食，怀梅也带着三个孩子去大厅捐了两块大洋。良叔说，怀梅，你带着三个孩子生活不容易啊，少捐点吧。怀梅说，他们在前方卖命呢，我们在家的辛苦点捐点钱不算什么。阿二哥和凤招也来了，阿二哥捐了一袋米，凤招把客人送的一个银戒子也捐了。捐得正热闹，捐赠最多的阿君古敲了下铜锣，说，大家静一静，听我说个事情。大家不知道他要说什么，都停止了喧闹。他说，你们晓得为什么日本鬼子不敢到我们梅县来吗？据路透社消息，第一，他们本来是打算要来打梅县的，但是到梅县轰炸的日本飞机远远看见外面的井架，高高竖起像一门门大炮指向天空，吓坏了，就回去向鬼子头说，梅县下宫坝周围好像是中国军队的高射炮基地，好几百条大炮呢。鬼子头吓得尿裤子，直摇头说，那就不去了吧，别把我的哈卵都炸飞了！大家都大笑开了。秀英嫂子笑骂道，阿君古，你就编吧。小心把舌头拗断了！阿君古说，大家别吵，想不想听第二个传说呀？大家嚷道，你快说呀！阿君古清了清喉咙说，这第二个嘛，是说梅县和丰顺县中间有一座很高的山，人称猴子岽。日本鬼子到了丰顺后准备入侵梅县，但是到了猴子岽就走不动了，心想，梅县样般那么高那么险呀，走了一天还没有见到山顶在哪里。算了，不去了，还是回家吃老米摁老婆去吧。人群里又爆发出一阵笑声，一时间，现场气氛达到了高潮。趁大家热情高涨，良叔作开了动员，有没有人要去参军打鬼子，这是光宗耀祖的事情，请青年后生，踊跃报名。有人问，良叔，你家有人报名吗？他说，我没有儿子，我自家也年纪大了，要不我一定报名。见没有人响应，他说，大家回去好好考虑下，有想去的，来我这里报名。几个人应道，好。有人说，我们下宫坝的古越青和古胜坤不是在国军那吗，听说还打死过鬼子呢，有他做代表就可以了。古越青的母亲正好也在现场捐钱，说，你们说的么错，我赖子确实打死了两个鬼子，有一个还是当官的呢。大家啧啧称赞，投去佩服的眼光，纷纷说，以后古越青回来一定要给他开庆功宴。

捐赠仪式进行了两天，良叔一一作了登记，说，大家捐赠非常踊跃，我代表县政府和在前线作战的将士们向你们表示感谢了。他鞠了一躬，吩咐几个后生把钱物送到县政府。

捐赠仪式过后，下宫坝又恢复了平静。

整个夏天秋天都没有下雨，田里地里都干旱得厉害，水田里已经裂开了一条条缝，泥巴表层卷了起来，像是一张张等待喂食的大口，看着就心焦，禾苗干涩涩的，蔫蔫地抬不起头来。族里照例安排大家轮流打水，轮到怀梅家打水时，正好她头痛发烧了，就吩咐兰芳和菊芳去打水。下夜两点多钟，怀梅叫醒还在睡梦里的兰芳和菊芳，两人打着哈欠去井边。她们以前都跟怀梅去打过水，也都学会了打水的诀窍。到后菊芳蹲在地上不愿意干，兰芳只好自己来，她使劲把井架拖下去，打好水后又提上来。她很少在半夜起来干活，打了十多桶水后，目睡虫爬上了她的眼睛，让她睁不开眼，但是动作还是机械地在进行，一不小心，她拖了个空，身子便顺着井绳溜了下去，井底下没有多少水，只齐到她的小腿上，正好让她有个缓冲，她微微感觉发生了什么事情，但是因为太困了，就站在井底抱着井绳继续她的瞌睡。菊芳一直蹲在地上打瞌睡，根本不晓得发生了什么事，直到轮到下一个人来打水时，才发现有人掉到井里，把兰芳救了上来送回家里。怀梅听说事情经过后，既心疼又生气，心疼的是兰芳困得掉到井里还在打瞌睡，生气的是菊芳偷懒，以致兰芳掉到井里都不晓得。她拿起扫把朝菊芳就打，边打边骂，我打死你这个懒尸嫲！我打死你这个懒尸嫲！菊芳哇哇大哭，满院子躲避。怀梅还不解恨，说，你要再偷懒和奸神奸鬼的，我就把你卖了！菊芳吓坏了，求饶道，阿姆，我再也不敢了。

早上，兰芳起来要吃饭，怀梅说，你不能吃饭，必须要去讨"百家饭"吃。梅州客家地区有个风俗，如果小孩不小心掉到屎窖里、井里、水塘里或河里，就要让孩子挨家挨户去讨"百家饭"吃，以图逢凶化吉。怀梅领着兰芳敲着脸盆到围龙屋各家各户去讨饭，嘴里还不停地念着"天伯公，地伯公，伢个赖子（妹子）系窿铳，围龙屋里行一转，时来运转兴冲冲"。大家都晓得这样的风俗，就象征性地装了点饭放到兰芳端着的碗里。一个围龙屋走下来，碗里已经满得装不下了，怀梅把兰芳带回家，要她把饭都吃了，兰芳吃不下，怀梅说，这"百家饭"一定要吃完的，要不你下次还是要掉井里，或者掉到屎窖里去。掉到井里倒还没有什么可怕的，但兰芳听说要掉到屎窖里，一想到要泡到屎尿里，虽然肚子胀得难受，还是吓得赶紧把饭都吃了。

　　天旱收成不好，物价也就上涨了，想吃点肉成了很难的事情。那天，怀梅对三个孩子说，拿上畚箕、灶箩、桶子，我们去河里捞蚬子。蚬子生长在河里、水塘里和沟渠里，可以炒，煮汤，放一种叫作金不换的植物，有种特殊的香味，还可以用盐浸数天后生吃，既美味又有营养，是客家人很喜欢的一种水产品。怀梅带着孩子们来到梅江河，只见河水已经很浅了，平时能走大货轮的河道现在大人挽起裤腿就能走过去了。怀梅找了一个浅水的地方，把畚箕插到沙子里，边用手摇晃着畚箕边提出水面，这时，沙子已经漏掉了，剩下的就是砂砾和一些蚬子了。三个孩子也学着怀梅的样子，用灶箩或者用手打捞，一会儿，就装了小半桶蚬子了，还抓了一些小鱼小虾用水养着。看看渐渐热了起来，怀梅收了东西，带他们到河堤上竹林里休息。三个孩子在沙丘上捉沙猪子玩。这是一种只有在沙滩里才有的小动物，身体圆圆的，像米粒大小，米黄色，有一个小脑袋和许多条脚。它们喜欢在细嫩的沙堆里挖一个漏斗，自己躲在沙里，等小动物掉进漏斗，它就从沙里爬出来，把它们拖进沙里享用大餐。乐乐捉到一只小蚂蚁，把它放进漏斗里，蚂蚁使劲想爬出漏斗。听到了动静，不一会儿，沙猪子就探出小脑袋，然后露出许多条腿和大半个身子，一把抓住蚂蚁就往沙里拖。蚂蚁拼命挣扎也没有用，被沙猪子拖进了沙里。兰芳另外找了一个漏斗，拔下一根头发，一头用手攥着，另一头放进漏斗里，故意动来动去诱惑着沙猪子，当沙猪子咬住头发时，兰芳"嗨"的一声提起来，一只沙猪子就被钓出来了，嘴里还紧紧咬着头发丝不放。快到中午了，怀梅说要回去做饭吃了，乐乐要把捉到的几只沙猪子带回家。怀梅说，带回去它们就会死了，不要带。乐乐只好把它们都放回漏斗里去了，嘴里还千交待万交待，沙猪子，你们在这里好好捉虫子吃啊，我下次再来和你们玩。

也是合该有事，不晓得阿二哥在哪里听说毒蜂泡酒可以治风湿，而且是越毒的蜂越好，他就动了心思，正好去年老榕树上有个油罗蜂的蜂窝，快一年了，没有人敢去动它，越结越大，现在都已经有脸盆那么大了。这油罗蜂是远近闻名的毒蜂，个头有成人尾指大，头和身子都是黑色间点黄色的，只要给它蜇一下马上就会肿起一个大包，好多天都不会散去，要是给几只蜂一块蜇了，生命就会有危险。他准备了一个斗篷一个简易的脸罩，又挑了一根细而结实的竹子在尾部扎上一个铁钩子，用来捅蜂窝。趁中午人们在家休息的时候，他爬上了树，慢慢爬到离蜂窝两米近的地方，找好位置蹲下来，开始用竹钩子去捅钩蜂窝。油罗蜂见有人来偷袭，都做好了战斗准备，几个老蜂先是示威般的绕着阿二哥飞来飞去，嗡嗡叫着，像是在警告他别侵犯它们，它们是不好惹的。阿二哥没有理睬，继续用钩子去钩蜂窝的底部，试图把它连锅端了。蜂窝被他又捅又钩，不一会就摇摇欲坠了，一群蜂见不妙，嗡的一声围住了侵略者，飞到他身上裸露的部分开始进攻，一些有经验的老蜂则飞进并不严实的面罩里面一阵猛蜇，阿二哥没有想到会是这样，只感到一阵钻心的痛，他松开钩子，本想跳下来逃避油罗蜂的进攻，但脑子一激灵，想到跳下去就残废了，只好强忍着疼痛，慢慢从树上爬下来。到了地面，进攻的油罗蜂也逐渐散去，他瘫倒在地上，痛得浑身痉挛冒汗，肿得连眼睛都睁不开了，哎呦哎呦地直叫。第一个发现他的是良叔，他赶忙叫了几个人把他抬到自家的房间里，见他满面肿胀面色发暗，一摸他的额头，烫烫的，良叔连忙叫人去请风叔来。风叔赶到后，先给他打了消炎止痛针，又拿净茶油给他脸上和手脚上被蜇的地方摸了个遍，喂他喝了蜂蜜，说，阿二哥也真是蛮，别说是被许多油罗蜂蜇了，就是一只都会输命的。被毒蜂蜇了也没有什么特效药，以后就看他自家的造化了。

怀梅听到消息后急急来了，见阿二哥被蛰得不成人样了，当场就哭了。良叔说，怀梅你别哭啊，我看你还是到梅城去把凤招叫回来吧。怀梅说，是，我样般给忘了。

凤招一听说阿二哥被蜂蛰了，锁上门就回来了。她来到阿二哥的房间里，良叔和几个人还在那里商量要不要把阿二哥送到大医院去。凤招说，不用，以前我的表弟也被油罗蜂蛰过，也没有送医院，过几天等毒性消退后就好了。她让良叔和其他的人回去，说这里就交给她了。凤招每天细心服侍，给他熬表弟用过的树叶子擦身擦脸，给他按摩被蜂蛰过的地方，细心的用小镊子把那些蜂刺拔出来。怀梅看在眼里，心里想，阿二哥和凤招真是很般配呀，他好以后一定要帮他们把亲事定了。

十多天后，阿二哥脸上的肿消退了，也不发烧了，凤招给他每天煲猪肉粥喝，照样每天给他擦洗身体。他还有点不好意思，不让她擦，她装作生气，说，你还不让擦呢，一个大男人，做都做过了，还装害羞，哼！他傻笑着，不说话。凤招想起一件事，问他上老榕树捅蜂窝是不是要捉油罗蜂拿来浸酒，阿二哥被她说穿了，不好意思地笑了。她又问，我好像没有和你说过我的腰有点酸软吧，你是怎么晓得的？阿二哥愣住了，他所以去捅蜂窝浸酒，是听说怀梅有点风湿才去的，他哪里晓得凤招的腰酸软呢。他不晓得样般回答好，干脆就不作声了。那天晚上，他感觉特别好，不由分说把凤招压在身下。

凤招说，你真坏，好了还装病，要我服侍。

他求她，你就别干那行了好吗？

她扳过他的脸认真地看着，我不干那行，那你养我吗？

是的，我养你！

我的身子可不干净呀！

不怕，你不要再去做了就好。

可我什么都不会干呀。

我什么都会干。

你不怕别人说三道四吗？

怕什么，你是我老婆！

凤招的眼泪夺眶而出，阿二哥又补了一句，你不嫌弃我长得丑吗？凤招说，你一点也不丑，我喜欢就好。

当凤招把要和阿二哥结婚的事告诉怀梅时，怀梅高兴极了，说，好事，好事呀！她说，家翁存在银行里的钱还有一些，一定要帮你和阿二哥办一场热热闹闹的酒席。凤招直摆手，说，不要了，不要了，这事没有人晓得最好，你还说要办酒席呢，我丢不起人呀！怀梅说，男婚女嫁，有什么丢人的，就偏偏让大家都晓得呢。凤招说，这，这，好吗？怀梅坚定地说，好，好，没什么不好的！凤招说，那我听你的，我这些年也有点积蓄，只是要请全下宫坝的人恐怕还差好多。怀梅说，我银行里的钱也不多了，那就凑起来吧。凤招说，那怎么好意思要你破费呀？凤招说，你们是我最要好的人，而且帮过我很大的忙，这都是应该的。凤招还想说什么，怀梅说，就这样了，别再说了。

怀梅去梅城的银行里支取了一笔家翁存在那里的钱，准备给阿二哥和凤招办酒席用。家翁自从出南洋后，就没有信息了，也不知道是不是出事了。怀梅心里牵挂，也托水客打听过他，但是都没有任何消息。

那天，下村李屋的光头华说，他们那里来了一个懂"关仙"的神婆，能掐会算，还可以通下界的先人。问他怎么通法，他神秘地一笑，说，你自家去问了才晓得。那天，怀梅找到了在下村李屋租住的神婆。神婆门外已经排了一串人，大家议论纷纷，都说，这个神婆真的很神很准。说某某在神婆的指引下，见到了下界的父亲，父亲告诉他自家睡的床底下埋有一瓮金银珠宝，他回去赶紧挖开了，果真是有一瓮子的宝贝。又说一个梅城的女人特地来这里问神，神婆通过自家的声音告诉她下界的父母在受苦，每天生活在泥潭里，比活着的时候还难受。回去后她就到父母的坟墓上去看看，发现坟墓前都是积水，她赶忙疏通了堵塞的地方，又请人整修了父母的坟墓。说的人天上地下神乎其神，听的人晕晕乎乎不知所以。怀梅也不晓得是不是真的，她想反正来了，就问下也无妨。说是这么说，但是终于轮到她时，她还是有点心慌。房间里黑黑的，窗子用布帘遮着，只有一盏煤油灯亮着，昏黄的灯火微微跳动着，好像随时会熄灭似的。窗台上和桌子上摆着几个神像和佛像，有些慈眉善目，有些凶神恶煞，案前烧着几炷香，只见烟雾缭绕，给小屋更增添了神秘色彩。怀梅按先前那人的吩咐交了些钱到旁边的箱子里，然后坐在神婆的对面。神婆问她想问什么事，她说想问下死去的家娘，神婆说，好的，我给你引路，你自家问她吧。只听神婆打了个颤，嘴里发出奇怪的类似于某种动物的声音，一会后，她就开始说话了，刚听到她怀梅说的话吃了一惊，真的有点像家娘说话的声音和腔调。再一听她第一句话就叫她的小名"细梅欸"，心就像给提到了嗓子眼，全身马上紧张起来，也随即进入了角色。她叫了声阿姆，神婆应了声，说你来了，我等你很久了。此情此景，让怀梅一下子像回到了从前，又和家娘在一起说话聊天了，她的眼泪一下子就出来了。

阿姆，你在下面好吗？

好，就是有点发闷。

样般哪？

我一个人在这里，也没有人和我嬲（玩）。

哦，我正想问下，用文和我家倌是不是在下界呀？

没有，我没有见到他们。

那他们在哪里呀？

你们上面的事情我哪里晓得，你最好去问下算命先生。

好的。乐乐、兰芳都很好，你不用记挂。

有你理家，我放心。

他们读书识字了，他们都想你。

晓得了。你不是捡了一个妹子吗？叫什么？

叫菊芳。

你辛苦点啊。

好。阿姆，你还有什么事情交待吗？

细梅欸，你要带好三个赖子妹子，我在下面会多谢你保佑你。

哎。我会的，你放心。

还有一件事，有空闲时到我和阿公的坟墓前拔干净草，我有点发闷呢。

好的，阿姆，我明天就去拔草。

整个过程，怀梅都沉浸在真实情感中，眼里流着泪，一脸虔诚，仿佛真的在和下面的家娘对话。

第二天，怀梅便带着三个孩子去坟墓前祭拜，清理干净杂草杂物。至于家倌和用文还在不在人世间，她也不晓得，只能是以后有机会再找算命先生问下了。

阿二哥和凤招的喜酒是在围龙屋里摆的，虽然有些人不太愿意参加，但良叔一个个地去说，最终除阿明叔姆回不来外，基本上都到了。

阿二哥穿着怀梅特地到梅城为他做的唐装，凤招则穿着乡下少见的旗袍，显得光彩照人。

良叔先给新人敬酒，然后一饮而尽，说，在酒席开始之前，我要和大家说一段话，这段话既是我的意思，也是族里理事会的意思。大家见族长那么郑重其事，也都放下酒杯，认真聆听。良叔说，今天的喜宴有点特殊，是为两个我们族里的人设的，之所以说它特殊，是这两个人的身份与众不同。阿二哥，大家都认识，三十多岁还没有讨老婆，不是他人品不好，好吃懒做，相反，他是整个下宫坝里最能干的人，犁耙辘轴，拣瓦泥水，什么都是好手，但因为生得不怎么靓，就错过了许多细妹和婚姻。今天，他终于和凤招完婚了。凤招是什么人，大家也都清楚，但是我要说的是，她对阿二哥那是情深义重，在他被油罗蜂蛰得浑身肿胀的时候，是她每天都在他身边陪伴服侍，试想，这有几个人能做到？她虽然曾经误入歧途，但是她遇到阿二哥以后，迷途知返，重新变成了良家妇女，我们不但要乐于接受，还要敞开怀抱欢迎她。就是这两个人，今天结婚了，我们大家应该祝福他们。

大家举起了酒杯，在一片百年好合、早生贵子、幸福美满的祝福声中干杯。

此时，怀梅的心情很激动，阿二哥和凤招都是自家的恩人，尤其是阿二哥，像哥哥似的处处都照顾保护着她，她心里清楚这次阿二哥去捅油罗蜂完全是因为上次在水田里，自家说了一句脚有点酸软，他就放在了心上，所以才受了那么大的伤。他对她那么好也给了自家极大的压力，她晓得自家心里除了永清师傅就再也容不下别人了，但是面对阿二哥，她还是觉得自家没有人情，甚至很坏，是在利用他，虽然不是故意的，但也间接造成了这样的局面。所以她也曾考虑要嫁给他，好在他和凤招好上了并最终结了婚，让她好像卸下了千斤重担，得到了解脱。她想，其实凤招和阿二哥又样般不是解脱呢？她本来不会喝酒，但今天她是太高兴了，也就把酒全干完了。

良叔是见过世面的人，说出来的话也有些文绉绉的，但是大家都爱听。其中的一个原因是他不像和顺叔公那般，而是为人正派，充满了正能量，大家都服他。他又举起了酒杯，说，这第二杯酒就要敬在座的各位了。从我们的祖先在下宫坝开基到现在，我们在这里已经住了三百多年了，我们是那么的团结，那么的善良，今天我又高兴地看到，我们其实也很厚道，对凤招和阿二哥两个人喜结连理送上了真诚的祝福。我想，我们下宫坝不分尊卑贵贱，都是同宗同族人，都是叔婆伯母、兄弟姐妹，今后我们要更加团结，更加繁荣昌盛！大家拿起酒杯，为我们的繁荣昌盛干杯！大家一阵欢呼，一时间，什么妓女，什么丑八怪，统统都被抛到九霄云外了。这时，良叔又举起了酒杯，说，大家静一静，还有第三杯酒，是敬怀梅的。这次酒席，是怀梅帮忙出部分钱办起来的，来参加的人也都免礼。大家晓得，怀梅一个人妇道人家，带着三个赖子妹子，确实不容易，前一阵子，她出了点事，犯了点错，大家都有议论，但是，大家都看到，她这些年安分守己、勤俭持家，不管有多难，都一个人撑起了一大家子，在这里，我替古家人感谢她。他举起脖子一干而尽，大家也都把赞许的眼光投向怀梅，连那些平日对她有看法的人也都举起了酒杯。怀梅心怀感激，为良叔对自家的肯定，也为下宫坝人的善良厚道。宴会在热烈进行中，凤招领着阿二哥到每张桌子敬酒，满面春风，阿二哥脸上更是掩不住的幸福。

第十二章

风起云涌，
龙飞为革命抛头颅洒热血

1945年8月，抗战终于胜利了，全国一片欢腾，怀梅带着三个孩子到梅城看热闹，从梅江桥开始，就到处都挤满了人，他们好不容易到了东教场，锣鼓喧天，彩旗飘扬。怀梅说不出什么大道理，但是觉得中国人那么辛苦打赢了仗，把日本鬼子赶回了老家，以后中国人就不用受他们欺负了，心情大为舒畅。这种舒畅是一种大的快乐，是和千千万万的人一起同乐的喜悦。她想，永清师傅此时肯定也很快乐舒畅，他是那么热爱国家和人民。假如他没有走的话，也一定会和她一块庆祝抗战胜利的。但是，他现在在哪里呢？眼前人头攒动，里面是不是有他呢？不，他可能早就不在梅城了。她不由得又有些伤感起来。乐乐扯住了她的衣袖，把她带回到现实中来。阿姆，你看那里有舞船灯、踩高跷，还有打狮头。不一会，临时搭起的戏台上响起了热烈的鞭炮声，持续了很久，鞭炮声响彻云霄，把压在人们心里的阴霾一扫而光。中午，怀梅找了个小饭馆，炒了些小菜，又点了一只盐焗鸡。她从来没有带孩子们上过馆子，现在借抗战胜利到饭馆吃一顿，在她看来，也算是很奢侈了。

那天是星期天，私塾里放假，天亮了，怀梅在田里干活，三个孩子还赖在床上不想起来。这时，刮风下雨了，大风把竹子吹得左右晃动，发出呵呵猎猎的声音。菊芳最先跳了起来，对兰芳和乐乐说，和顺叔公家的拔子（芭乐）、杨桃熟了，肯定被风吹落了好多，我们去捡好不好？兰芳乐乐说，好。三人来到和顺叔公的小果园里，地上果然散落着几个被大风吹下来的拔子、杨桃，他们捡起来在衣袖上擦擦就往嘴里塞，一边好吃好吃地砸吧着嘴。地上和草丛里的捡完了，菊芳先伸手摘了两个树上的杨桃，兰芳和乐乐也摘了两个拔子、杨桃，说是要给阿姆吃。三人用衣服包着果子跑回家中，怀梅已经在家煮饭了，三个孩子把果子倒出来，乐乐兴冲冲地说，阿姆，我们捡到的，你吃吧，很好吃。怀梅看看他们又看看果子，有些还青青的不太成熟，有一个还带着叶子，她的脸沉了下来，问道，你们是不是偷的？三个孩子争辩说是地上捡的。怀梅说，骗鬼，这么青的果子样般会被风吹下来？三个孩子还想说什么，怀梅也不理，叫他们一个个伸出手来，用竹枝挨个打他们的巴掌心，边打边骂，叫你们还敢去偷！叫你们还敢去偷！直到把他们的巴掌心打得通红，她还不罢手，一个个问，还敢去偷吗？三孩子都讨饶说，不敢了，莫打了！怀梅说，那好，你们跟我到和顺叔婆家里去认错。她不管他们乐不乐意，就带着他们拿着果子去和顺叔婆家里。和顺叔婆听了怀梅叙说了经过，说，小孩摘点青果吃不算什么呀。怀梅说，不行，我不能让他们学坏了！她让三个孩子一个一个地认错，并表示以后不会再做了。

回到家里，怀梅烧了水给他们烫手，一边给他们讲"从小偷针，长大偷金"的故事。古时候有一个寡妇带着一个孩子生活，由于生活艰辛，这孩子从小就会偷点水果米谷回家，做母亲的不但没有制止，反而觉得儿子很精，有时还表扬几句。孩子受到鼓励，便经常偷盗，小的时候是小偷小摸，长大了便变成了江洋大盗，抢劫了一个大户人家，还杀死了人，被官府捉拿归案。被砍头的那天，他让母亲走近点，求她说，妈妈，我就要死了，你能不能让我再吃一次奶，这样我在阴曹地府都还记得你。母亲哭着掀起了衣服，不料儿子却一口咬下了她的乳头，恨恨地说，我所以会杀人抢劫，现在要被砍头了，都是因为我小的时候你没有教好我，我恨你！

赖子妹子逐渐长大了，怀梅觉得应该让他们分床睡了，家里有两张床，兰芳和菊芳睡一张，怀梅和乐乐睡一张。一早起来，兰芳就跑到怀梅的房间，贴着怀梅的耳朵说，阿姆，我，我不晓得得了什么病？怀梅吓坏了，急忙问道，你哪里不舒服了？兰芳说，我也不晓得，我……怀梅急了，你这细妹样般说话那么啊啊腻腻的，你哪里不舒服？兰芳只好说出实情，我，我下面出血了。怀梅跳了起来，把她带到房间外面，给她看了下，松了口气，怪自家粗心，没有提前告诉兰芳细妹子长大了都会来红的。她突然意识到，兰芳已经十五岁了，再看看她的身板，长得和自己差不多高了，乳房隆起了小包包，屁股上的肉也多了些，脸圆圆的，笑眉笑眼，皮肤白皙而有光泽，想不到一转眼就成了大姑娘了。她安慰了兰芳一阵子，和她说了些细妹子长大后应该懂的一些事情，晚上把一叠草纸和一条自家缝好没有用过的月经带给她，叫她自家垫好戴上，说，你先用着，等有空上梅城的时候再到店里给你买。又嘱咐她，你已经是大人了，做什么事情都要有大人样，也不能和乐乐打打杀杀，搂搂抱抱了。兰芳睁大眼睛听着，一副似懂非懂的样子。

　　一晃兰芳和乐乐已经读了五年书了。学期一过，怀梅对兰芳说，阿姆想和你商量一件事，兰芳说，什么事呀，阿姆。怀梅说，下半年你和乐乐就要去公学初中了，家里负担重，活又多，你能不能不去读书，在家帮阿姆干活？兰芳说，阿公不是在银行里存了钱吗？怀梅说，我前两天去银行支钱，经理说钱已经没有多少了，这些钱要留给乐乐读书用，你就委屈点好吗？兰芳晓得，阿姆对自家像亲生女儿一样的亲，但是现在碰到这样的情况也是没有办法，还是保乐乐读书要紧。再说，阿姆每天干活那么辛苦，自家长大了也要帮她分担下才对。她点头同意了。乐乐知道后，为兰芳求情，说情愿少读点书，也要一起去，不能让姐姐停学。兰芳反过来劝乐乐。乐乐赌气地说，别劝我了，反正你停学了我也停学！兰芳刮了下他的鼻子，笑他：蟾蜍啰，咯咯咯，唔（不）读书，无老婆。乐乐一脸不高兴，说，我又不讨老婆！兰芳认真起来，细声细气地说，乐乐，你是家里的主力，以后阿姆、阿姐还要靠你呢，你就当是替姐姐读好吗？回来有空就教教我。说了许久，乐乐总算是同意了。

乐乐考上了初中，也长成了英俊少年，身体一天天长高长结实，像一棵正在拔节的竹子一样挺拔修长。他的性格不像用文那样稳重腼腆，走路也一阵风似的，那天，他吃完早饭忙着去上学，不小心踩到了一只拳头般大小的鸡，自己摔了一跤，还把小鸡踩掉了头皮，小鸡挣扎了一会儿后最终还是死了。怀梅骂他隆铳鬼（冒失鬼），然后把他拖到床后的尿缸里，叫他脱了鞋子，挽起裤脚，把脚放进尿缸里去泡，乐乐不乐意地喊道，为什么要用尿泡脚呀？怀梅说，你踩死了小鸡，在尿水里泡了，才能平平安安。乐乐嘬起了嘴，阿姆，你这是封建思想！怀梅不管他说什么，硬按着他的脚在尿缸里泡了会，才放了他。

正在此时，大黄叫了起来，怀梅刚出去喝住大黄，一个高大英俊的青年一把抱住了她。她吓了一跳，挣脱了那人的怀抱。那人也不说话，只看着她笑。眼前的这个人很年轻，略显瘦削，粗眉大眼，脸庞端正，眼神刚毅，英气逼人。怀梅认真端详着他，发觉眉眼间似曾相识，但又不晓得在哪里见过。那人又一把抱着他，亲热地叫道，怀梅叔姆，我是龙飞！怀梅呆呆地看着他，瞬间泪水就装满了眼眶。

三个年轻人都跑出来了，兰芳跑在最前面，冲上前去就想去抱龙飞，两臂张开了却最终没有抱上去，她想起阿姆说过的话，你已经是个大人了，做什么事情都要有大人样。她两臂收回来，改为一只手向龙飞伸出去，握住了那双大而有力的手。龙飞随兰香嫂子上江西的时候十一岁，兰芳才不到五岁，都还是少不更事的小孩，如今见面，龙飞已经是个英俊青年，而兰芳也长成亭亭玉立的少女了。龙飞握住兰芳的手，说，兰芳，你长大了，我印象中，你才这么点大，他比了个小凳子的样。兰芳不乐意了，说，十多年前，你不也是只比我大一点点吗？两人哈哈大笑，乐乐却不拘束，一把抱住龙飞的腰，嚷嚷道，你是龙飞哥哥，我认得你，看见你就长这个样子的。兰芳笑话他，车什么大炮，龙飞哥走的时候，你才只会在地上捡鸡屎吃。乐乐不服气，说，我就是见过嘛！兰芳说，是梦中见的吧！乐乐只好承认了，是的，梦中见了不就是见了吗？这时，龙飞看到旁边有个陌生的少女，问道，这个小女孩是谁呀？怀梅说，是菊芳，几年前跟来的。龙飞点点头，摸了下她的脑袋。

坐定了后，怀梅就迫不及待地问起兰香嫂子和他们上江西后的情况来。龙飞告诉她，他跟阿姆到江西后，小店开起来了，一开始是收些盐米布匹等，平时也到县里和别的地方买些西药中药，不定期会有人来把这些东西运走。一到店里，继父就送他在镇上的一间学校读书。继父和阿婆对他很好，小弟弟和他也很亲，经常跟在他屁股后面要他抱。他很快就适应了那里的生活，当然他经常想起怀梅叔姆和兰芳、乐乐，想起在下宫坝温馨的生活，想起怀梅叔姆的歌声。乐乐天真地问道，龙飞哥，你最想的是谁？龙飞抱起他转了个圈，最想的是你，哈哈。兰芳跑到屋里，拿出了那本看图说话，说，龙飞哥，这本书我们一直保护着，经常翻看，看见它就想起了你。你看，还没有烂呢。龙飞接过来，眼睛湿润了，说，那段往事真是难忘啊！他问怀梅，用文叔有没有消息呀？乐乐抢着说，没有，阿姆说他死了。看怀梅不想说，龙飞也不便再问，把话题扯开了。怀梅问龙飞回来住多久，龙飞说，看看情况再说吧。怀梅说，你今暗晡就住在家里，你和乐乐睡，我带两个细妹睡。龙飞说，好的，都听你的。

晚上，等孩子们都睡了，怀梅把龙飞叫到院子里，问他回来办什么事情，龙飞犹豫了一下，说，怀梅叔姆，你是自家人，我就不瞒你了。其实我们开的小店是共产党的红色交通站，刚开不久，红军第五次反围剿失败，离开井冈山长征去了，我们就自己做些小生意，有时有陌生人来，继父和阿姆很神秘地把他们带到后面去说话，我就在店子前面放哨。我这次回来，是被派来做地下工作的。怀梅问，什么叫地下工作？龙飞说，就是联络梅城的游击队，发展地下党员，推翻国民党的反动统治。怀梅说，我也不懂你们说的国民党、共产党，反正我觉得，我的龙飞参加的党就是好党。龙飞感动地说，怀梅叔姆，你那么相信我？怀梅说，我不相信你相信谁？龙飞说，好的，大道理我也不和你说了，你只记着一点就可以了，共产党是这个世界上唯一为我们穷人说话办事的党，是为老百姓打江山谋幸福的党。怀梅郑重地点点头。龙飞说，怀梅叔姆，我阿姆经常念叨你，说一定要回来看你。这次我来，她嘱咐我一定要来你家住几天，帮你干干活。对了，我好久没有听你唱客家山歌和客家童谣了，在江西，我常常梦见你唱呢，可不可以再给我唱唱？怀梅说，好久没有唱了，但你要听，我就唱。自从永清师傅离开后，她就没有再唱过山歌，如今是龙飞提出要听，她当然要满足他，因为除了自己的孩子外，永清师傅和龙飞就是她在世上最亲近、最在乎的人了。她喝了口水唱了起来。

桂花开放满园香，

菊花开在桂花旁，

哥系桂花妹系菊，

任人去讲也清香。

深山肚里一株梅，

经霜捱雪红花开，

明知深山有老虎，

因为寻梅舍命来。

龙飞喝彩道，好，好个明知深山有老虎，因为寻梅舍命来！怀梅叔姆，你唱的山歌真好听，寓意还很深，我会记住这首山歌，唱给我们的同志们听，鼓舞他们的斗志。怀梅不懂他说的什么寓意，因为太晚了，也没有再问，便各自回房间睡了。

第二天醒来，一早龙飞开始收拾小院子，把一些杂物都归置好，又把床前的尿缸挪到杂物间里。怀梅不晓得他为什么要这样，他说，把尿缸放在床边很不卫生，怀梅说，祖上就是这样的，习惯了。龙飞说，这是不好的习惯，要改改了。怀梅想起家翁回来的时候说过家里不卫生住不习惯，肯定是说的这个。家翁客气没有直接说出来，而龙飞和自己亲近，回来就像在自己家里一样，所以就不客套直接说了。想想也是，不晓得样般大家都要把尿缸放在床前，一打开尿缸盖，满间都是尿臭味，好久才能散去，以前也没有觉得有什么不好，现在被龙飞说出来，真的就觉得一定不能放在床前了。三个年轻人大声欢呼，说，早就该这样的，为什么我们就没有想到呢。

吃过早饭后，龙飞就上了屋顶，开始为怀梅拣瓦，怀梅叫他下来，说，你刚回来也不好好休息，就去拣瓦干嘛，阿二哥会帮我拣的。龙飞说，昨天我就发现小阁楼那里漏下光线来，如果下雨的话，肯定会漏雨，这不就顺手的事吗。拣到一半，他问道，这里的瓦比较薄，哪里还有存瓦？怀梅说，屋栋上还有点，你先用着吧。龙飞把屋栋的瓦拿来铺上，说，怀梅叔姆，没有多余的瓦了，下次记得去瓦厂买点。怀梅答应着，心里暖暖的，龙飞还是那么贴心呢。吃过午饭，龙飞说，我要去良叔家里坐坐。怀梅问，要我带你去吗？龙飞说，不用了，我晓得他住在哪里。晚上怀梅在没有人的时候问龙飞，良叔也是你们的人？龙飞不置可否，说怀梅叔姆，不是我不相信你，有些事情你还是少晓得的好，这对你没有好处。还有，我和你说的话不要告诉任何人，你做得到吗？怀梅说，好，我做得到。

三个年轻人每天都纠缠着龙飞，要他讲各种故事，讲中国人打鬼子的事情。他也乐在其中，讲了许多古代和现代的英雄故事，教他们许多做人的道理。他说，你们都是青春年少，正是长身体长知识的时候，要多读书多思考，关心国家大事。少年强则国强，少年进步则国进步，以后中国还要靠你们去建设。你们记住，人要成为自己的主人，而不要成为他人的奴隶，在任何时候，都不要畏缩不前，要向光明的顶点努力前行，人生才会有意义，才不会活得浑浑噩噩。三个年轻人似懂非懂，但都一下子觉得自己的情感升华了，人生有了更多更深的意义。他们都非常崇拜龙飞，哥哥长哥哥短的。尤其是兰芳，觉得这个从天而降的龙飞哥简直就是无所不知、无所不能的大英雄，她托着腮帮看着他，认真听他讲的每一句话，眼神里满是敬佩和崇拜。她想，龙飞哥肯定经历过很多事情，才懂得这么多，我长大后也要做一个像他那样的人。

当得知兰芳停了学，菊芳没有上过学时，龙飞对怀梅说，女孩子也要去读书，有了文化以后才能在社会上立足，要不就成了文盲，永远站不起来。他当即拿出一些钱，要怀梅送她们去读书，怀梅说，不是自家不想让她们读书，菊芳是脑子笨，先生不收，兰芳已经读了五年书了，要帮家里干活呢。龙飞说，干活可以在下课以后干呢。怀梅说，现在说什么都没有用了，学期已经过了，等以后再看看吧。龙飞说，你要记在心上啊。怀梅笑笑，好的，我记得了。

龙飞在家里住了两天就走了，怀梅问他去哪里，他说没有定着，总之是出去办事情。怀梅晓得他是办大事的人，也没有再多问，只嘱咐他保护好自家，有空就要回来。龙飞点头说，好，我会回来的。

1946年，广东大旱灾，梅城更是多月没有下雨了，米价飞涨，到处闹饥荒。据当时在国民党广东省党部官员朱浩怀的日记中记载，其"薪金一十二万云，数额不为不巨，但此间米百余元一斤"。至四月，米价再涨，"米贵至百元三两，旱荒为八十年来无所"。作为省党部的官员都称米贵，要借粮度日，可以想象普通百姓的日子有多艰难了。家里的米已经吃完了，稻谷还不到收割的时候，三个孩子正是发育长身体的时候，却老也填不饱肚子。怀梅把龙飞给的钱拿上，又到银行取了点钱，到米店里买了几斤米，又带着几个孩子到田里摘些马齿苋、艾草、红背子，到山上挖了点硬饭头、葛薯等，放在锅里熬粥，再在粥里放些米糠，好凑个数，吃起来又涩又没有油水，但总算是可以填填饥肠辘辘的肚子。乐乐要去读书，家里的两只母鸡下的几个蛋给他每天煮一个，菊芳看着弟弟吃，眼馋得很，但也不敢吱声。一天，怀梅照例早上去鸡窝里抓住母鸡，手指伸进它们屁股上，摸到两只母鸡屁股门口有硬硬的东西，她很高兴，到田里干活去了。可到了中午，鸡窝里只生了一个鸡蛋，摸摸鸡屁股，两个都空了。她问兰芳和菊芳谁见了另外一个蛋，两个人都摇头说没有见过。她以为是鸡生到哪里了，在院子里、厨房间到处寻找，最后发现一个被丢进灶里面的鸡蛋壳。她找来兰芳和菊芳，举起竹枝打她们的手心。一边打一边骂，你们谁偷吃了鸡卵，快说，不说没有饭吃。两个人都不承认，怀梅说，你们难道不晓得，读书是很辛苦的事，乐乐吃了鸡卵，才有精神去读书，你们却那么不听话，偷吃鸡卵，想气死我吗？骂着骂着就哭起来了。菊芳晓得再也瞒不住了，只好承认，阿姆，是我偷吃的，我真的很饿呀！怀梅丢了竹枝，说，谁不饿呀，饿也不能吃鸡卵呀，乐乐可是我们家的希望，他没有鸡卵吃就读不了书，叫我们以后有什么依靠。菊芳说，阿姆我晓得了，以后再也不敢了。怀梅摸着她的脑袋说，老古言语说，学好三年，学坏三日。你承认了这事就好，以后不要这样了。

良叔到家里来了，背来了半袋番薯，说，怀梅，你家赖子妹子多，这点番薯你放到粥里一起熬，也算有点硬东西撑下。自从龙飞说过去拜见良叔，怀梅就猜想八九不离十良叔也是共产党的人，心里就觉得他很亲近。加上他以前处处维护自家，所以自然很是感激他。见他在这大饥荒的时候还给自家送番薯来，她真不晓得说什么好，只会连声道谢。

终于熬到收割稻谷的时候了，乐乐要读书，怀梅带着兰芳、菊芳忙着收割谷子。阿二哥也来帮忙，帮她割了会谷子，又挑回去几担。怀梅不让他挑了，说，不用了，你现在是最忙的时候，好多人请你的，你还是去帮别家割吧，他没有说什么，确实，现在已经不是一个人了，多了一口人吃饭，他必须比以前更多地揽活干。他关切地说，你脚不好，少干重活。怀梅说，我晓得，重活让赖子妹子干了。

天气很热，收割谷子又是个体力活，整天要弯腰割谷子，半天下来，腰就直不起来了，衣服也被汗水浸得跟水洗过的一样，稻秆屑不时飞进衣领里，一贴人的肉，就浑身痒得难受，手还不敢去挠，越挠越痒。菊芳说，阿姆，等日头落山我们再割不好吗？这么辣的日头，晒得喉咙冒烟，头都昏。怀梅说，要抓紧割完，赶日头辣好晒干，要突然下雨了，就晒不干谷子了。菊芳说，好愁唔愁，愁六月天光无日头！怀梅说什么都要做在前面。菊芳还想说什么，兰芳劝她，好了好了，阿姆年纪大了，都和我们一起做，你就不要说了。菊芳才不再说什么了。

谷子收割完毕。因为大旱，谷子长得不好，有许多没有灌浆的胖谷（空壳或不饱满的谷粒），还不及丰收年的一半。但总算是有米吃了，大家还是很高兴。收割结束后，客家人都喜欢在家做酵粄，享受收成的喜悦，也是辛苦了一季自家慰劳自家。

客家人几乎家家都有石磨，用来磨豆腐、米浆等。怀梅把泡软了的米兑上水，放进石磨里。三个孩子抢着推磨，一会儿，石槽子里就出来了白白的米浆。磨好后，怀梅把食用碱放在米浆里搅拌均匀，然后把事先煮好的滚水从高处倒进米浆里，迅速用勺子搅拌米浆，将蒸笼放进大锅里，把米浆倒进各种碗和饭钵里，盖上锅盖，蒸大约半个钟头，一锅酵粄就蒸出来了。怀梅让兰芳去把阿二哥、凤招和良叔、良叔姆请来尝鲜。自家就在小锅里煎红味。这是客家人吃酵粄是必须放的佐料。锅里放点油，把蒜头在油里炸成焦黄，待发出香味后，放入适量的黄糖和酱油，小火慢慢熬煮，煮至很稠以后，剔除蒜头，红味就算做成了，放进味酵粄里，又甜又香，还有一种特殊的淡淡的烧焦味。良叔他们都到齐了，大家就站在大锅前，用竹篾子把酵粄切割成四块六块或者八块，蘸着红味，津津有味地吃了起来。等大家吃得差不多饱的时候，一锅酵粄也吃完了，怀梅又开始蒸第二锅。大家说吃饱了，都和她告辞，她说，还有呢，吃了这锅再走呀，一个个都说饱了，再吃就撑爆肚子了。她说，那就带点回去吃。大家说，你要我们把你的身家都搬走吗？怀梅笑道，那倒不至于。大家说说笑笑着散开了。

龙飞走了已经有一年了，一点消息都没有，怀梅有些担心，想问问良叔，但又觉得不方便问，龙飞交待过，这些事就当没有听说过，不要参与其中，不然可能会给自家带来麻烦。一天，她正在补衣服，大门给推开了，龙飞急匆匆地进来了，说，怀梅叔姆，外面有人捉我，我没有地方躲了，你把我藏起来。怀梅没有多问，搬来一把木梯，让龙飞爬到阁楼上去，无论如何不要下来。龙飞刚爬上阁楼，怀梅赶忙把梯子放回原处，这时，外面就有了嘈杂的人声，跑哪里去了？跑哪里去了？抓住他，别让这共党跑了！村里人不晓得发生了什么事，都围过来看。

围龙屋里，十几个警察端着枪，一个个凶神恶煞般，一个当官的问道，有个共党跑到你们这里来了，你们大家看见没有？大家说没有看见。他说，窝藏共党可是要杀头的，你们赶快交出来吧。见没有人回应，他指挥那些警察挨家挨户去搜查，围龙屋里搜查完了，又到外面的房子里继续搜。两个警察来到怀梅的小院子，大黄看见穿着黑衣服端着枪的陌生人来了，一阵狂吠。怀梅喝退了大黄，说，老总，我们这里哪里会有人来。她转身问三个孩子，你们看见有人进来吗？三个孩子拼命摇头，说，没有看见。警察也不管她，在各个角落搜起来，房间、厨房都搜完了，他们看见了上面的阁楼，问上面放的是什么，怀梅虽然心慌，但脸上还是笑盈盈的，说，放一些柴草和砖瓦。警察说，搬个梯子来，我们要上去看看。怀梅说，那上面什么也没有……警察喝道，别废话，快搬梯子！正在危急的时候，良叔气喘吁吁地跑来了，一边跑一边说，老总，我看见有一个人跑到竹林里去了！警察一听，赶快跑出去追。良叔见他们走远了，就搬来梯子把龙飞叫下来，说，赶快离开这里，等会儿他们肯定要回来搜的！良叔把龙飞带到自己的房间里藏起来。果然不一会儿，那两个警察就回来了。说，竹林里什么都没有，快把梯子搬来，我们上阁楼去看看。怀梅搬来梯子，他们上去了，怀梅喊道，老总，帮我看看，有什么地方漏雨？一会，警察下来了。怀梅说，我说没有什么吧，猫都不拉屎的地方，连我都几年没有上去了。警察也不听她唠叨，到别的地方去搜查了。

折腾了大半夜，警察没有搜到什么，骂骂咧咧地走了。早晨，龙飞回到家里，对怀梅说，昨晚好险，谢谢怀梅叔姆和弟弟妹妹们，我还有事不能在这里久留。怀梅说，那也要吃了饭再走呢。龙飞说，不行，我就要走了。怀梅赶忙把煮好的鸡蛋和两条番薯塞到他的裤兜里。三个孩子也起来了，昨晚他们亲眼看见警察抓龙飞哥哥的一幕，心里都明白了是怎么回事，都用敬佩的眼光看着他，他一个个摸他们的头，说，我走了，你们好好孝顺阿姆。龙飞大步流星地走了，一会就消失在薄薄的雾气中。

不久，就传来梅城闹学潮反内战的消息，说是好多老师学生都被打伤了，还有不少人被捕了，而龙飞也被警察抓住了。

在警察局，敌人对龙飞用尽了各种手段，甚至把他的手都打断了，他还是那句"不知道"。负责审讯的警察气急败坏地问他，共产党究竟给你灌了什么迷魂汤，让你这么执迷不悟的？他说，我还是给你讲讲古代大哲人庄子说的故事吧。刮大风的时候，有一种大鸟叫鹏，借风势腾飞而起，远飞南海，"水击三千里，抟扶摇而上者九万里"，气势如虹。然而当大鹏鸟飞往南海时蝉和小斑鸠却纷纷跑出来笑话它，你何必飞往九万里的高空呢？又何必飞往南海呢？我们有一片小树林就够了，只要找到今天的粮食就能生活。大鹏鸟说，嘿！你们小虫小鸟懂什么！我们共产党人的远大志向和高尚情操又岂是你们这些蛇鼠之辈所能理解的！审讯官冷笑道，好好，你就去地狱和阎王说你的远大志向和高尚情操吧！龙飞亦用冷笑回应他：俯仰无愧天地，褒贬自有春秋！

怀梅听到龙飞被抓的消息后，犹如晴天霹雳，她去问良叔，良叔告诉她，龙飞是在带领工人、学生游行的时候被抓走的。怀梅着急地问道，那样般办呢？良叔说，大家正在想方设法营救他，但是看来很难，反动派说要把他当众杀了，以儆效尤。

怀梅没有再说什么，她收拾东西就到警察局去了，找到当年给自家办案的胖壮警察。值班的警察听了她的描述，说你是找我们的许局长吗？怀梅说，是的，值班警察把她带到了许局长的办公室。

听完她的话，许局长说，不必再求我，这事没有商量余地。怀梅说，我晓得你是个好人，当年办案的时候水都没有喝我一碗，饭也没有吃我一口的，大家都说你是为民做事的好警察。我这个侄子也是个好人，你就饶他这一次吧。警察说，你再说破天来也没有用，共党的案子就是死案，没得翻！怀梅偷偷地把从银行里取出来的最后二十块大洋塞给他，他

用手挡开了，说，你这是行贿我，我可以把你抓起来的。看你一个农村妇
道人家什么也不懂的分上，我就不追究你了，你快走开！怀梅还想说什
么，被他推出了办公室。怀梅又去找县政府的肖大兴，他已经被提拔为副
县长了，见了怀梅，他一如既往地很亲切热情，但听了她的诉求后，他的
脸就沉下来了，说，怀梅，这个事情我是帮不上忙的，只要涉及共党，谁
求都没用，而且这个古龙飞还是共党要犯，我劝你还是死了救他的心吧，
什么都白费。话说到这分上了，怀梅只好告别了他。最后一条路是打电话
求同辉。好不容易拨通了同辉的电话，同辉说，怀梅，你别急，急也没有
用，我也救不了龙飞。怀梅在电话里就哭开了，说，同辉，龙飞是兰香嫂
子的赖子，我看着他长大的，是一个很好很好的人，你看在同乡的分上，
就救救他。同辉说，这不是好人不好人的事，这是涉及两党你死我活的大
事。我也想救龙飞，但是如果是别的事情还可以商量，就是抢劫或者误杀
了人，也还可以想办法救，但是他是共党呀，这就是个死结，打不开。怀
梅在电话里号啕大哭，等她情绪稳定些了，他说，这样吧，我只能打个电
话给肖县长，安排你和龙飞见最后一面，你看行吗？怀梅没有办法，说，
好，我一定要去见见他！

　　几天后，警察局让怀梅去见龙飞。三个孩子都说要去见见龙飞哥，
怀梅说，警察局只让我一个人去见，你们还是别去了吧，去了也见不着。
兰芳哭着说，我一定要去见龙飞哥最后一面，不去我就绝食！怀梅见她执
意要去，只好同意了。

　　到了警察局，许局长安排人带怀梅去见龙飞，兰芳也要去，许局
长说不行。兰芳说，他是我哥，我哥就要死了，我见一面还不行吗？
许局长说，那你就只能见下，不准和他说话。兰芳点头同意了。

　　龙飞被关在一个暗房子里，里面只有一张简单的铺板，上面有一些
稻秆。龙飞躺在铺板上，身上脸上都被打得伤痕累累，怀梅和兰芳来看自
己，他努力挤出一丝笑容，说，怀梅叔姆，兰芳妹妹，你们来了？怀梅和
兰芳都哭了。怀梅拿出帕子，给龙飞擦拭着脸上和手上的血迹。

龙飞，你就不能服软吗？

这不是服不服软的事情，我们和国民党反动派之间的斗争是生死博弈，是无法调和的。

他们要杀你呢，人死了就什么都没有了呀。

杀就杀吧，杀了我还有千千万万的人在斗争。人总会死的，看死得有没有意义，我觉得我死得很有意义。

你阿姆会伤心死的，我也会很伤心。

怀梅叔姆，你不要伤心，要坚强！

我坚强不了……

怀梅叔姆，你不是经常说，管他天上雷公砰天，命长才食得饭多吗？这里面包含着一个道理，就是人要坚强面对一切。你也许自己不觉得，在生活中，你很坚强，你一生虽然历经磨难，但你没有屈服于命运的不公，始终坚强面对，就像围龙屋后面的竹子，被大风大雨一刮，弯下了腰，当风停雨收，太阳一出来又挺直了腰杆，迎风挺立，很有韧性。怀梅叔姆，说心里话，我很敬佩你！

进来后，怀梅的眼泪一直在流，龙飞反过来给怀梅擦拭眼泪，还一边安慰她。来的时候，怀梅想好了许多安慰龙飞的话，但现在倒是龙飞在安慰自家。

龙飞拉着怀梅和兰芳的手，坚定地说，怀梅叔姆，兰芳妹妹，我告诉你们，国民党反动派的日子不长了，我们穷人就要翻身有好日子过了。

兰芳的眼睛始终含着泪水，一刻也没有离开过龙飞，这时，她拿出一个香袋递给龙飞，说，龙飞哥哥，这是我做的，里面有薄荷、香草、桂花等，你带在身边吧，可以提神醒脑，排除瘴气。龙飞接过来，说，谢谢兰芳妹妹。

龙飞突然想起件什么事来，告诉怀梅，阿姆在筠门岭见过永清师傅，阿姆听说过她和永清师傅的事情，要他把这件事告诉怀梅。怀梅现在也没有心情，只点点头说晓得了。兰芳插嘴问道，永清师傅救过我们的命呢。他也是你们的人吗？龙飞摇摇头，说，不是，他还在寺庙里做和尚，但是他人很正直善良，还帮过我们。兰芳又问，龙飞哥，你有什么事情要我们替你做的吗？龙飞想了想，小声说，你们告诉良叔，我们内部有叛徒，原来的秘密联络点都要撤消，人员也要疏散，要找机会除掉这个叛徒，要不太危险了。怀梅和兰芳点点头。这时，警察进来了，说，会面的时间已经到了。龙飞拿出一只长命锁递给怀梅，说，怀梅叔姆，这个长命锁你帮我收着，有机会见到我阿姆就交给她，说她的赖子没有做对不起她的事情。怀梅收好长命锁，还想说些安慰的话，警察把门锁上了。隔着铁栅栏，龙飞说，怀梅叔姆，你再给我唱那首"因为寻梅舍命来"的山歌给我听好吗？怀梅犹豫了片刻，随即唱了起来：

深山肚里一株梅，

经霜捱雪红花开，

明知深山有老虎，

因为寻梅舍命来。

　　警察喝道，不准唱！不准唱！一边把他们推搡出去，怀梅和兰芳哭泣着，三步一回头地离开了警察局。

　　回到下宫坝，怀梅东西没有放下就来到良叔家。良叔着急地问道，事情样般？怀梅摇摇头，伤心地哭起来。良叔叹着气，说，我们的同志也营救失败了，唉！怀梅把龙飞交待的话带给良叔，良叔说，多谢你了，我立即就去办。

　　几天后，梅城传来消息，政府和法院在东教场召开了公审大会，现场宣布判处共党古龙飞死刑，立即执行。龙飞昂首挺胸，面对死亡，没有半点畏惧。

　　三个孩子听到这个消息，嗷嗷大哭，怀梅的眼泪也许流干了，也许她又想起了龙飞嘱咐她要坚强的话，她没有哭，而是叫兰芳把龙飞上江西前留下的看图说话拿来，叫乐乐写上古龙飞三个字，和三个赖子妹子来到兰香嫂子的竹头墩下，挖了一个坑，用自己家里装碧玉簪的那个精致的匣子把看图说话放进去，埋进了坑里，并垒起一个半人高的衣冠冢，把预先做好的写有龙飞之墓的木牌子插在上面，点燃了三支香。怀梅领着几个子女三鞠躬。

直到这时，怀梅的泪水才夺眶而出，哀嚎一声——我的心肝龙飞呀！

第十三章

几经周折，
兰芳最终嫁给了城里人

　　自从龙飞被杀后，兰芳说话少了，做事情也呆呆的，有一次怀梅半夜过去给她和菊芳盖被子，发现她在偷偷地哭。干完活后，她就跑到龙飞的衣冠冢前坐，半天不动。怀梅问她是不是喜欢上龙飞了？她点点头，脸色绯红。怀梅爱抚地摸摸她的头发，说，天山的月亮圆了会缺，缺了会圆，一切都会过去的。怀梅晓得，兰芳已经长大，懂得男女之事了。自家在她那么大的时候已经和用文圆房了，日子过得真快，一晃孩子就长大了，自家也老了，额头上长出了皱纹，也有白头发了。她也考虑过兰芳和乐乐的圆房，但一是乐乐还小正在念书，二是现在的年轻人思想解放，大都不愿意父母包办婚姻。兰芳和乐乐都是读过书的人，自然比自家想得多看得远了。再说，就是他们愿意圆房，自家也得考虑周全，问明他们之间有没有感情，是不是互相喜欢。她可不愿意他们走自家的老路，一生都在无爱的婚姻里寡淡无味地活着。

　　兰芳最近夜里经常去良叔家里，那里聚集着一些附近的年轻人，也不知道他们在说什么，一待就是大半夜的。怀梅问兰芳怎么那么晚，兰芳说有事，也不多说。怀梅隐隐约约地感觉到兰芳正在走龙飞、良叔和欧阳老师他们那条路，她担心那条路太危险了，想阻止她又不忍心。在龙飞回来的一段时间里，她听到了许多革命道理，看到了龙飞他们在做着一件正义的事业，而他们所做的一切都不是为了自家，而是为了千千万万的穷人。她虽然没有说什么，但在心里是很敬佩他们的。她想，既然自家没有本事和能耐去做这些，就让兰芳去帮着做吧。她问兰芳，你们是在手臂上试刀子，很危险，你想好了吗？兰芳说，其实我没有参加他们的组织，只是有时去听听，了解些情况罢了。怀梅松了口气，说，没有参加就好，如果要参加一定要告诉阿姆，这可不是小孩子过家家呀。兰芳点点头。

最近局势又紧张起来，小道消息漫天飞，村里的气氛与日本鬼子侵略中国时不太一样，那时候是纯粹的恐惧和愤慨，如今却夹杂着复杂的情绪。有消息称，解放军已经打到江西、福建了，好些地方传出国民党要抓壮丁派去打仗。为安全起见，怀梅不让乐乐去读书，乐乐说，我都快要中学毕业了，你不让我去读书？怀梅说，中学毕业就那么重要吗？乐乐说，当然了，拿到中学毕业证，找工作也容易啊。怀梅说，那我就每天送你去学校。乐乐想反对，见阿姆那么坚决，就不好说什么了。学校不远，怀梅每天送乐乐到了以后，看他进了学校的大门才回来。送了一段时间，乐乐想了个主意，说，阿姆，你每天送我很辛苦，也干不了活，不如让大黄送我好了。怀梅一拍头，说，是呀，我样般就没有想到呢。菊芳说，乐乐，还是我送你去上学吧。我会保护你照顾你的。乐乐说，你保护我？别让我保护就好了。怀梅说，好了，别争了，就让大黄送吧。她拍着大黄的身子嘱咐它，早上要把乐乐送到学校，看他进了大门才回来，下午四点多就要去把乐乐接回来，听到了吗？大黄的舌头露出来，眼睛一动不动地看着她，看样子似乎听懂了。

那天，梅城下市角与怀梅亲娘同屋住的陈儒元突然来了。他是梅州中学的学生，今年刚高中毕业，戴一副近视眼镜，人长得斯斯文文，按照前几辈论下来，是怀梅的远房亲戚。他是一路问着来到下宫坝找到怀梅家的。怀梅以前去亲娘家的时候见过他，印象不深，见他来了，她很意外。陈儒元说，怀梅叔姆，你亲阿姆昨暗晡死了。怀梅一听懵了。这些年，她遇到太多的事情，很少过问亲娘的事，原先晓得她身体不好，但没有想到她还不到六十岁就死了。亲娘早年丧夫，赖子又不争气，到现在还没有下落，也没有很近的亲戚，她死了只有自家出面了。考虑到一个人没有人帮忙办不了，她叫上了兰芳。兰芳做事稳重，她近来是越来越少不了她了。

她到银行支取了家翁存在那里的最后一点钱，和兰芳到了亲娘家时，家里只有一个老妇人在帮看着尸体。看着躺在床上的亲娘，怀梅鼻子一阵阵发酸，刚出生就给卖到下宫坝，吃了多少苦受了多少罪，她心里是有些埋怨亲娘的，所以也很少来见她，更别说孝顺了。都说鼻公眼向下，确实是这样啊，这些年自家的心都在赖子妹子身上，对病中的亲娘很少过问，以致她死了还不晓得。她又想起哥哥，十几年了，也不晓得跑到哪里去了，连最后一面都没有见着。她一边给亲娘穿寿衣，一边叫兰芳收拾房间，又给了些钱让老妇人去叫理事的人来帮忙。忙了一天一夜，总算是让亲娘平安入土了。陈儒元一直跑前跑后地帮怀梅和兰芳办事，这时，他提出陈婆太名下小店的出租问题，是继续租呢，还是收回来，或者转租给别人。怀梅说，还是按原来的继续出租吧，你帮忙把每月的店租收了，存进银行，等我哥回来交给他。他答应下来了，又要送怀梅和兰芳回下宫坝。怀梅说，不用了，你自家都有很多事情忙着呢。他说，我刚中学毕业，暂时没有什么事做的。怀梅说，还是别送了，我们半路还要办点事呢。他说，那好吧，你们小心点。

从那以后，陈儒元就隔三差五地到下宫坝来，起初说是来给怀梅说说店子出租的事，后来干脆不说原因，就是来坐坐，乡村空气好，景色怡人。那天，他约兰芳到稻田里去走走。谷子已经黄了，沉甸甸地低着头，像在向他们打招呼。陈儒元说，看来今年又是丰收年呀。兰芳说，是的呀。走了一会，他好像发现了新大陆般叫了起来，呀，兰芳，你看景色多么美！

一大片稻田黄澄澄的，像铺上了金黄色的锦缎，华丽而高贵。被风一吹，这块巨大的锦缎翻起了一阵一阵的波浪，发出成熟谷子特有的淡淡香味。围龙屋被这片金黄包围着，白墙灰瓦，素雅中有妖娆，热烈中有静美。那棵古榕姿态婀娜，顽强地绽放着它自己的绿色，在一片金黄中显示着它的独立，更增添了田野的美丽高雅。兰芳以前已经看惯了这样的景色，没有觉得有什么特别，经陈儒元一说，她认真细品，还真是美不胜收，简直就是画上搬下来的。见陈儒元迷醉的模样，她调笑道，那么喜欢就搬到乡下来住呀。陈儒元说，你这建议很好，我会认真考虑考虑。

有些时候，他又会约兰芳到村里那块很大的荒地里去走走。荒地里长着许多野草野花，有一片小黄菊特别漂亮，清香可人。他摘着菊花，兰芳问他摘来有什么用，他说这种菊花可以晒干蒸熟后泡水喝，解毒明目，利尿解暑，药材店里很贵呢。兰芳说，你样般晓得的？他说药书上看到的。兰芳说有文化真好，什么都晓得。他说那以后我教你吧。兰芳说，好的，巴不得呢，但是我笨，你可别骂我。他说，你才不笨呢。

陈儒元有时辅导下乐乐的作业，有时还帮怀梅摘菜除草。乐乐偷偷问怀梅，儒元哥是不是喜欢上兰芳姐了。怀梅随口问他，兰芳是给你当等郎妹的，你不眼红他吗？乐乐吐了下舌头，我才不呢。怀梅问道，样般不行？兰芳不好吗？你们的感情不是很好吗？乐乐说，反正不好，阿姆，我要自由恋爱！怀梅不晓得什么叫自由恋爱，想想反正乐乐还不到圆房的年龄，也就没有追问下去。

好久不见的谢嫂突然来了，还带来一个小孩，虎头虎脑的很是可爱。谢嫂告诉怀梅，这是自家在生了九个妹子后生的，是冬至那天生的，所以叫冬生。生了这个赖子后，家娘脸上终于有了笑容，她也终于大大松了口气。两人亲热地说着话，大黄送乐乐去学校读书后就回来了，还抓回来一只足有一斤重的竹鼠，以前它抓过竹鼠之类的小动物，怀梅就给它一些奖励。冬生一见扑上去，又摸又亲，很快就成了大黄的好朋友。竹鼠已经死了，怀梅正好把它杀了焖水咸菜，又炒了几个鸡蛋，摘了些青菜。吃饭时，谢嫂问，乐乐没有回来吗？好久不见他了，该长成大人了吧？怀梅说，他在学校读书，已经十五岁了，比我高半个巴掌呢。兰芳晓得眼前的妇人是自家的亲娘，虽然也给她夹菜，说一些客气话，但总觉得不亲。吃完饭，谢嫂和怀梅叫兰芳坐下，说是要问她点事。怀梅先开口。

兰芳，你也不小了，现在当着你亲娘的面问你件事，你是我们古家的等郎妹，你想什么时候和乐乐圆房？

阿姆，我还小呢，不想说这事。

不行，你亲娘特地来就是办这事呢。

弟弟还小，他也要读书呢，样般圆房？

这些你都不用管，你只说自家的想法。

我，我不同意。

为什么不同意？

我和乐乐只有姐弟的感情，没有爱情。

我不懂什么爱情，只晓得要有规矩。

规矩也不能强迫人追求爱情。你们想硬揪我吃生咸鱼吗？那你们也太狠心了！

要是我和你亲娘硬要你们圆房呢？

那我就逃跑，现在都什么时候了，你们还搞封建那一套，真是莫名其妙！

怀梅和谢嫂面面相觑，怀梅是早已心中有数，也没有硬要兰芳和乐乐圆房的意思，只不过是谢嫂来过问这件事了，给她一个交代而已。她说不出什么大道理，但她也不想兰芳成为第二个自家，更不想乐乐成为第二个用文，她只希望他们一生平安快乐，尤其在结婚这样的大事上。其实谢嫂也没有强求兰芳和乐乐圆房，只是看看兰芳年纪不小了，礼节上问下，既然兰芳和乐乐不愿意，怀梅也态度含糊，她也就顺水推舟地说，兰芳和乐乐都是新人新思想，怀梅，我们做大人的就随他们好吗？怀梅连忙说，好，好，那就随他们吧。兰芳高兴得跳起来，在两个阿姆脸上各亲了一口，说，你们真开明！

吃完午饭，怀梅送谢嫂和冬生回去，大黄也跟了来，冬生抱着大黄不愿放手，直到谢嫂答应回去也买一条狗陪他玩，才依依不舍地跟谢嫂走了。

晚饭的时候，乐乐晓得了这事，一把抱住怀梅，笑着说，阿姆是中国最新最新的新女性！

乐乐长大了，不能让他老和自家睡同一张床，经人介绍，怀梅请来了张木匠到家里做一张床、一张书桌和几张凳子。

旧时的手艺人在客家地区很受人尊敬，尤其是在农村，由于他们手握活计的"生杀大权"，主家一般都对他们客客气气的，更不敢得罪他们，怕他们故意偷懒，弄坏你的东西，甚至更恶毒的是使出招术，画个符作个法什么的，就算不施什么招术，在这里放一块生铁，哪里弄缺一个槽，或者把你通水通风的涵洞偷偷塞死，就会让你一年四季都不顺。

张木匠是游乡手艺人，专门在乡间游走揽活干，一般都吃住在主家，短的十天半月，长的两月三月，直到主家要求做的物件全部做好为止，工钱可商议，有按天计算的，也有计件的。他是骑着当时很稀罕的单车来的，边骑车边打铃，嘴里还吹着口哨。他三十出头，俊眉朗目，皮肤白皙，很招女人喜欢的模样，尤其是一张油嘴滑舌，能把树上的雕子都拐下来。刚进小院子，他就把屋子好一阵猛夸，说它通风光线排水等都是一流，位置坐向和阴阳八卦相符。这样的屋藏，男人能做大官，女人长得如花似玉，婚姻美满幸福，而后马上夸开了怀梅，呀，妹子看不出来已经有三个大孩子的阿姆了，滑皮水嫩，脸蛋像是刚剥出来的鸡蛋似的，身材还像细妹一样，真是难得难得。怀梅微微一笑，说，张师傅说笑了。她把他带到家娘住过的房间，说，你和乐乐就住在这间房，有些简单，不要嫌弃就好。张木匠说，怎么会呢？都习惯了。

他干活倒是很利索，放下袋子就挑木料，然后就开始乒乒乓乓干起来。一会，马凳周围就堆起了一堆刨花。兰芳和乐乐在一旁看着，刨子在他手上就像魔术师的匣子，他身体往前倾一下，一抬手，一块长方形打着卷的薄薄的刨花就变戏法似的出来了，还带着浓郁的木香味。一会就刨出了一堆刨花，他叫乐乐给抱到大堆那里，集中起来后抱到厨房烧火，乐乐觉得把这么白净美丽的东西拿去烧火，真是浪费了，张木匠笑他，那你就把它当老婆抱到床上睡觉吧，哈哈。乐乐说，是你刨出来的，所以是你的老婆不是我的老婆。张木匠逗他，那你的老婆在哪里？乐乐噘起了嘴巴，说，我才不讨老婆呢！闹了一阵，兰芳问张木匠，张师傅，你干木匠活是不是很长时间了？他说，是呀，都快二十年了。兰芳不信，说，你才多大呀？他说，我都快一百岁了！兰芳和乐乐异口同声啐他，骗鬼！兰芳又问，你到处走，肯定晓得好多新闻和奇闻轶事吧，给我们说说好吗？他说，好呀，等空闲时再给你们说吧，我现在要干活，停工不干，你们的阿姆会把我骂死的。

中间休息时，怀梅煮好荷包蛋煮粉条叫张木匠吃，他没有客气，接过去就吃了起来。中午吃饭的时候，怀梅也特地买了点肉，炒了豆角，把这道菜端到他面前。客家地区几乎都有这规矩，请手艺师傅来家里干活，中间休息时有煮荷包蛋煮粉条，一日三餐要给师傅吃干饭，一天中要有一样肉。主家家庭条件好的就跟着吃干饭吃肉，条件不好的就只能给师傅吃，家人只吃粥和青菜干菜，或者放点盐当菜，大人还得哄着眼巴巴看着师傅吃干饭肉的孩子：盐捞粥，香鸡肉，盐捞粥，香鸡肉。其实，这种规矩对小孩子来说真的是有点残忍，他们只能看不能吃的煎熬是大人不能理解的。好在兰芳、乐乐、菊芳都长大懂事了，也就不会眼巴巴地看着张木匠吃饭了。

到了晚上，一切收拾停当，三个孩子就缠着张木匠弹牙讲古，讲新鲜事。他读过初中，又走南闯北，天文地理、文学医学、养鸟种花、气功八卦，好像什么都知道。他尤其喜欢说《水浒传》中的人物，什么武松、宋江、李逵、鲁智深，张口就来，听得三个孩子如醉如痴。兰芳问他，你那么崇拜英雄，那你认为龙飞哥是不是英雄？他一愣，龙飞哥是谁呀？兰芳说，你不晓得吗？去年在东教场被杀的共产党。他点点头，晓得一些。兰芳说，他是我们的哥哥。三个孩子争先恐后七嘴八舌地说起了他们的龙飞哥，说到动情处，兰芳眼里还噙着泪花。张木匠说，你们的龙飞哥真的是英雄，我敬佩他！他和孩子们说起了去年九月梅城闹起的反内战游行示威：他们举着旗子，喊着口号，浩浩荡荡，从梅江桥、东湖路、仲元路一直到县政府门口停下来，很多警察举着水管向他们猛射，还是不能阻止住学生和工人，警察就向学生们开了枪，可惜他们有许多都倒在了血泊中，其中一个年纪大点的长得英气勃勃的人被警察抓走了，想来就是你们的龙飞哥了。三个孩子异口同声说，应该是的，长得很英俊，也就是在那时被抓的。张木匠由衷地称赞道，他是干大事的人，也是一个大英雄。张木匠说话的时候，兰芳心想，这个张木匠倒是个正直善良的人呢。

陈儒元来了，他给乐乐买了一个新式的书包，给菊芳带了一个发夹，给兰芳带来了一本薄薄的油印本，是黄遵宪写的叙事长诗《新嫁娘》。兰芳虽然休学了，但是她很喜欢读书，陈儒元就向她推荐了《新嫁娘》。说这作者是自己的邻居，住在下市角，建了个园林式的房子，取名叫人境庐。兰芳说，那什么时候带我去看看。陈儒元说，那还不容易，离我家也就两百米远呢。他和张木匠打过招呼，边看他干活边和他聊家常。张木匠告诉他自己家在城北玉水村，是个很偏僻但很美丽的一个小山村。陈儒元说，听说过这地方，是盐马古道，上江西福建都要经过的地方。他又去帮怀梅淋菜拔草，还邀兰芳去田埂里摘来许多野花，插在瓶子里。他自己先陶醉了，哇，真香真漂亮！

在家里干了几天活，张木匠和家里人都熟了，尤其是兰芳。一天，他见兰芳正捧着《新嫁娘》在看，他抢过去丢在一旁。

兰芳，你看得懂吗？

看不太懂，好多字都不认识。但是看看也无妨，不认识的子和句子就画出来，等儒元哥来了好问他。

这样酸溜溜的诗有什么好看的，精彩的小说才好看呢。

黄遵宪是本地的大诗人呢。

那有什么，我给你介绍一位也是本地的大作家的小说给你看，不知好看几百倍呢！

真的吗？

当然了。他叫张资平，他的家就在周溪旁边，过了梅江桥很快就到。

他是个什么样的作家呀？

现在的文坛对他的评论杂七杂八的，有骂他是专门写淫秽小说的汉奸文人，有夸他的小说客家地方特色浓郁，是位有特点的小说家。我拜读过他的很多小说，虽然写的都是饮食男女的事情，但他在塑造人物、营造氛围、描写地方特色上都很有特点，在提倡男女冲破封建藩篱、追求个性解放方面更有独到的见解。所以，我认为他是我们梅县，甚至是当今中国独树一帜的小说大家，他的作品在一百年以后也会拥有许多读者的。

真有这么神奇吗？

是的。他小说中的女主人翁都是个性鲜明、敢爱敢恨的美丽的新女性，不过，我不喜欢他小说里的男主人翁，卑怯懦弱，男人要爱便爱，不爱便散，哪有那么多的缠缠绵绵、瞻前顾后的。

说得我都心痒痒地想看了。

张木匠笑笑，从袋子里拿出一本《张资平小说集》。兰芳接过去，爱不释手。

第二天晚上，张木匠问兰芳看了没有，有什么感觉。兰芳说，看了，是好看，不过他写得也太露骨了……张木匠见她一副少女娇羞的模样，煞是可爱。他神秘地说，我给你看一本更好看的小说，你要不要看？兰芳说，好呀，什么小说？张木匠拿出一本包装很讲究的书递给她，她接过去翻看起来，是《金瓶梅》，里面有一些不堪入目的插图，她脸一下子涨得通红，把书还给他，啐道，这么下流的书，我不看！张木匠说，好好，我们的兰芳清纯可爱，不看这些书的。他问兰芳想不想去张资平的老家去看看，兰芳说想的。张木匠说，那我们明天就去好吗？兰芳问，你不是要干活吗？张木匠说，我和你阿姆说墨斗坏了，要去梅城买墨斗。他当即就向怀梅说好明天上午要出趟梅城买东西，兰芳说，我也搭张师傅的单车去买点东西。怀梅说好，顺便买点盐味、腊肉回来，快去快回。

兰芳坐在张木匠的单车后面，张木匠骑着车，吹着口哨，把铃铛打得山响。兰芳从来也没有坐过单车，心情也很兴奋的。张木匠要她揽着自己的腰，要不摔了会把可爱的脸蛋弄花就不好看了，兰芳扶着后架，说，不揽，让人看见了，被人笑话。张木匠说，怕什么，又不是做贼。再说，河堤上不是也没有人吗？说完故意骑得更快，单车剧烈颠簸起来，兰芳怕了，只好揽住他的腰。到了梅江桥，张木匠放慢了速度，兰芳把手放下来，抓住了后架。

过了梅江桥，又骑了二十分钟，就到了张资平的老家。这是座典型的围龙屋，规模不大，但很干净整洁。他们问在门坪上闲聊的老人，大作家张资平住在哪里，老人们都摇头说不晓得。费了许多口舌，一个老妇人才恍然大悟，你说的是阿平古呀，他在外地做事，好久都没有回来了。她把他们带到一个墙体已经开始剥落的房间，门上了锁，由于长期没有用，锁生锈了。他们从窗子上往里看，里面黑黑的，只依稀看见有一张老式床、一张桌子和凳子，倒是桌子上那盏煤油灯显得很是别致。兰芳有些失望，说，想不到大作家的房间就这样，和我的也差不多，这和小说里写的根本就不是同一回事。张木匠说，就这样了，现实和小说哪能等同呢？小说里都是春花秋月诗满楼，现实中却是柴米油盐酱醋茶。兰芳说，也真是啊。

出到梅城，已经快中午了，张木匠说，我们找一家小店吃饭吧，我请你吃饺子。兰芳点头同意了。他们来到一家饺子馆，店子里很少顾客，他们点了鲜肉馅和白菜馅的饺子吃起来。吃完张木匠问她还要不要，兰芳从来没有吃过这么好吃的饺子，说，好，这盘我来出钱。张木匠说，说什么呢，男士和女士上馆子，都应该由男士出钱的。第三盘饺子上来了，张木匠说，我吃饱了，你在这里慢慢吃，我到对面的杂货店买墨斗，兰芳说好的。张木匠出去了一会儿，有两个流里流气的后生坐到兰芳的凳子上，调笑说，好漂亮的农村妹子，陪哥哥玩下吧。兰芳骂道，死烂斋，走开！后生非但没有走开，还对她动手动脚的。正在兰芳和他们撕扯的时候，张木匠回来了，他丢掉墨斗，对着他们就是一顿打，两个后生打不过他，灰溜溜地跑了。张木匠拉着兰芳的手，又全身上下摸她，我看看，哪里受伤没有。兰芳下意识地躲避着，说，没有，张师傅，我们走吧。

　　回到家里，兰芳不敢把这事告诉阿姆，怕她知道了以后不让自家出城里了。

　　吃过晚饭，怀梅在忙着收拾碗筷，乐乐则在房间里读书，菊芳坐在乐乐身旁发呆。张木匠邀兰芳到竹林里去散步，两人来到竹林里，里面走的人多了，自然形成了一条小路。晚上没有人来这里，四周静悄悄的。张木匠说，对不起，在饺子馆让你受惊吓了。兰芳说，没有什么，倒是要谢谢你救了我。张木匠说，女人有了危险，男人义不容辞地要保护好她，这是一个男人应该做的，谢什么呀。走了一段路，张木匠指了指天上的月亮，说，你看，多么清澈明亮的月光，那些云彩追着月亮跑来跑去的，就像是男人在追女人呢。兰芳说，你这是乱比喻。张木匠说，怎么是乱比喻了？男人和女人就是这样的，女人在前面跑，男人在后面追，就像是月亮在前面走，云彩在周围环绕一样。他突然问，兰芳，你想找什么样的男人呀？兰芳说，我也不晓得。张木匠那你找我好吗？兰芳一愣，说，你都多大了呀？他说，我不到三十，年龄是有点大了，但是年龄大的人会关心人、体贴人呀。兰芳说，我们之间也不了解呀。张木匠说，那我们现在就开始了解吧。他说着，一把揽过兰芳抱在怀里。兰芳挣扎着，说，张师傅，你不要这样好吗？张师傅越抱越紧，滚烫的嘴唇吻上了兰芳的嘴唇，手开始在她身上摸起来，后来竟然抓住了她的乳房。兰芳用力推开他，跑回了家。

　　从那以后，他看兰芳的眼神就色迷迷的，干活也经常分神。陈儒元来了后马上就看出了端倪，他对兰芳说，张木匠这人不怀好意，你别和他走得太近了。兰芳说，张师傅是个好人，又很有才华的，你别冤枉他。陈儒元说他那才华都是为你准备的。兰芳问，为我准备什么？他没有回答，找到怀梅，说，怀梅叔姆，你这些天要留意兰芳，最好离张师傅远点。怀梅问，有什么事吗？他说，总之，你最好看紧她。

张木匠已经在怀梅家里干了十天了，凳子、桌子、床都做好了，凳子和桌子用刨子刨光滑就可以了，而床则比较讲究，床栏、床刀、点心格上都要雕花油漆。一般来说，木匠师傅都会雕花油漆，雕的是花鸟虫鱼、树木小屋等。张木匠人聪明，什么都是一学就会，他雕的东西栩栩如生，柳树枝条随风扬起，就像能轻拂到你的脸，一只鸟儿在枝头梳理着羽毛，另外一只则引吭高歌。另一幅雕画是小屋前，一个古代仕女在弹琴，就像是可以听到琴声似的。那天，孩子们都出去了，他让怀梅帮自己扶着点心格，说是要试试尺寸。怀梅弯腰扶点心格的时候，他像无意地揽了一下她的腰，她没有在意，以为他是不小心碰着了。见怀梅没有什么反应，他的胆子大了起来，从后面一把抱住了怀梅，说，怀梅，我想你。怀梅吃了一惊，当陈儒元提醒自家要提防张木匠的时候，她以为是张木匠对兰芳有坏打算，所以也是看得她很紧，没有想到他对自家也动手动脚的。她厉声喝道，张师傅，请你自重点！张木匠依然没有放开她，说，我一来就喜欢上你了，都说成熟的女人更有味道，这话说的一点不错，这几天更是想坏我了，连做梦都老是梦见你呢，你就和我好了吧。怀梅见他不放手，用脚朝他的脚趾头上用力一跺，他痛得哎呦一声，放开了她。怀梅狠狠瞪了他一眼，走开了。

吃饭时，怀梅把有肉的菜端到张木匠的面前，他好像没事人一样，看着她说，怀梅，你炒的菜真香。怀梅没有理他，只盼望他快快把活干完离开自己的家。

家具全部油漆了一次，一般要油漆两次，漆水才能光亮有质感而且经久耐用。油漆的时候兰芳站在旁边看，张木匠说油漆用完了，等会我要去梅城买，你跟我去吗？兰芳还在犹豫，怀梅斩钉截铁地说，兰芳要帮我到田里干活，不去！

这时，陈儒元来了，他把怀梅和兰芳拉进房间，说，我去城北玉水村调查张木匠了。怀梅和兰芳惊诧地看着他，怀梅挑盐担时去过玉水村，晓得那里离梅城很远，问他，你是样般去的？陈儒元说，骑单车去的。兰芳问，你样般晓得张木匠的家在玉水？去那里调查他什么了？陈儒元说，我和他说话的时候他告诉我的。你们晓得我调查到什么了吗？怀梅和兰芳异口同声问道，调查到什么了？陈儒元一字一顿地说，他是有老婆孩子的。怀梅和兰芳又异口同声张大了嘴，啊？陈儒元说，我早就晓得他对兰芳不怀好意，提醒你们要防着他，我晓得光是说你们不会相信我，所以昨晡日借了辆单车去了玉水村，一问果然如此，村里人说张木匠趁做木匠活游走各乡的机会，靠油嘴滑舌诱骗良家妇女，已经有好几个人上门找他算账了。兰芳心里倒抽了一口气，说，那他在饺子馆救我呢？难道也是假的？陈儒元问，是哪家饺子馆？我马上去问下，一问就晓得了。兰芳告诉了他，他骑着车就匆匆走了，临走，他交待怀梅和兰芳，暂时不要把这些情况告诉张木匠，等他把活干完，把工钱结清后再说。

第二天一大早，陈儒元就来了，使了个眼色，怀梅叫上他和兰芳到菜园子里淋菜。他告诉她们，所谓饺子馆救兰芳的事件也是张木匠一手安排策划的。他在点菜的时候就和老板商量好了，叫了两个小流氓来，假意调戏兰芳，于是便演出了一场英雄救美的好戏。兰芳问他，你是样般晓得是张木匠事先安排好的？陈儒元说，我有个同学正好是管那片的警察，他把老板叫来，随便一吓唬，他就招了。兰芳说，他花那么多心思做这些是为了什么？陈儒元说，那还不清楚吗？就是为了勾引你，好让你由佩服到崇拜再好下手。怀梅说，他真不是什么好东西。陈儒元说，他就像是一只包子，表面上很好看，里面的肉却不是新鲜猪肉新鲜菜，而是死蛇烂拐！怀梅说，对，好在没上他的当。今天活也就干完了，结清钱就让他快快走人！儒元，你也累了，中午就不要走了，一起吃饭吧。陈儒元说，好的。

到中午的时候，第二遍油漆全部结束，张木匠说，要在外面晾几天，等油漆干了，油漆味淡了才可以用。吃饭的时候，怀梅特地多炒了两样菜，让大家一起吃，还煮了放了姜的客家娘酒给大家喝。吃完喝完，怀梅和张木匠结清了工钱，说，张师傅，谢谢你帮我做桌凳眠床。张木匠说，这是我应该做的，我爱财了。怀梅说，那你什么时候走呢？张木匠说，我再住一晚好吗，我给孩子们讲的《水浒传》还有点没有讲完呢。怀梅说，我看还是算了吧，你下午就走吧，我还有另外的安排。张木匠感觉今天的气氛有些不同，吃饭到现在，兰芳一眼也没有看他，倒是陈儒元一直虎视眈眈地瞪着他。他猜出可能发生了什么事情，讪讪地说，那好，我吃完饭就走。

终于送走了张木匠，怀梅松了口气，对陈儒元说，真得多谢你了，要不是你，兰芳可能就上当了。陈儒元说，应该的应该的。兰芳噘起了嘴，埋怨道，你们样般不揭穿他，让他像没事人似的就走了。怀梅说，他这么个行走江湖的人，还是要给他留个面子，揭穿了他，我们是爽了，但是谁晓得他什么时候来报复我们呢。陈儒元说，怀梅叔姆说得对，还是算了吧。

从那以后，陈儒元来得更勤了，有时来了也不干什么，坐在哪里呆呆地看兰芳。兰芳要到田里干活，他就跟着去，兰芳干什么他也跟着干，笨手笨脚的经常帮倒忙。那天，怀梅说要翻犁水田，她自家在后面把犁，让兰芳和菊芳在前面拉，三人干了半晌后，在田埂上休息，喝着用大嘴茶壶装的萝卜苗茶。陈儒元和大黄来了，大黄现在和他很熟悉了，看见他就摇头晃尾地讨好。他挽起裤脚说，我来拉犁吧。怀梅说，你一个城里的公子哥，穿那么好的衣服，就不要下田了。他说，那有什么，我要体验体验农村生活。三个人拉着犁往前走，拉犁要弯腰躬背，均匀用力，是苦力活，把犁的则要掌握好方向、深浅、速度，时时调整，是技术活加体力活，双方要配合得很好，翻犁出来的田才能深浅合适，泥垄均匀。以前这活一般都是阿二哥包了，现在他和凤招结了婚，就经常要到外面去干活了。加上妹子也大了，也要让她们学点农活，要不以后嫁了人，不会干这些，会被家娘和村里人笑话和看不起的。只拉了一会儿，陈儒元就气喘吁吁的了，他脚下一滑摔了一跤，跌坐在水田里，弄得满身泥水的。怀梅说，儒元，你还是上去吧，看把你都累坏了。陈儒元说，不怕的，又累不死人。说完拍拍身上的泥水，继续往前拉。

到中午收工了，他们在水塘里洗衣服和鞋子上的泥巴。陈儒元全身都沾满了泥巴，洗也洗不了多少。怀梅说，你就不要洗了，回去你脱下来，让兰芳帮你洗。

回到家，怀梅让他脱下外衣让兰芳洗，他不好意思地说，我里面只穿着背心和底裤，就不要洗了吧。怀梅把他领到乐乐住的房间，说，你就躺在床上，关上门，等衣服晒干了才出来，这样就不为难了吧。陈儒元只好照办。吃午饭的时候，怀梅叫他出来吃。他说，我不吃了。怀梅这才想起他躺在床上不好意思出来，就端了饭菜进去给他吃，心里有点好笑，但同时也觉得他这个人是个老实人。

其时，国民党政府为了挽救濒临崩溃的经济，开始发行金圆券取代法币，强制将黄金、白银和外币兑换成金圆券，由于滥发而导致恶性通货膨胀，物价飞涨。市场上一天一个价，到后来，一大堆金圆券只能买一包盐，弄得怨声载道、民不聊生。连做生意稍显宽裕的阿君古也叫苦连天。那天，他用麻袋扛着一袋金圆券回来了，一到围龙屋就嚷嚷开了，现在是什么世道啊，我上午去兑换了金圆券出来，还能买一袋米，心想去办件事再去买吧，下午就只能买两斤了，我干脆就不买了，放在屋子里存着，给我孙子看看，爷爷当年是样般把这袋金圆券背回来的！大家都围上来看，议论纷纷，都对现在的社会看不懂。良叔说，有什么看不懂的，物价飞涨，民不聊生，就是这个朝代濒临崩溃的征兆，是要改朝换代的象征呀。大家都纷纷表示同意，说，这样无能的政府还是快换了吧。

好在是在农村，柴米油盐酱醋茶中，柴米油自家有，酱醋茶可有可无，只是没有盐日子就没法过。客家俗语说，无油难脱锅，无水难行船。

怀梅家已经没有一点钱了，连盐也买不起了，想把鸡嫲（母鸡）拿出城里去换盐，可又舍不得，那是给读书的乐乐唯一的营养了，卖了就没有鸡卵给他吃了。她到凤招那里去借，凤招也只有小半包了，分了点给她，说，怀梅你别急，阿二哥在梅城给人拣瓦，我让他不拿工钱，只领盐巴回来。到时我给你送去。怀梅说，那就谢谢了。

凤招给的一点盐两天就吃完了，只好吃没有盐的菜，但是平时也不晓得盐的重要，一旦没有盐，那就是再好的菜也是寡淡无味的。正一筹莫展，陈儒元带着一包盐来了，他说，这是我阿爸阿姆以前买来配药用的盐，我偷偷拿了一包来，你们先救救急。陈儒元和自家的亲娘住在同一座屋子里，还有点亲戚关系，怀梅以前也见过他的父母，他们面目和善，十多年前带着三个孩子从印度尼西亚回来定居，吃斋念佛，还给大家施药，周围的大人小孩有病有灾的找来了，他们就免费给药，所以人缘很好。

盐关总算是暂时度过了。吃过午饭，兰芳要到良叔家去。今天有外村的年轻人来，良叔叫兰芳也来见见。她刚出大门，陈儒元来了。

兰芳你要到哪里去呀？

去良叔家有点事呢。

我跟你去吧。

不行，我们有事情要谈。

兰芳，我，我和你也有事情要谈。

什么事呀？

我们可不可以做朋友？

我们现在不就是朋友了吗？

我，我是说的那种朋友。

哪种朋友呀？

就是，就是，男女朋友。

兰芳其实早就猜出了陈儒元的心思，但她对他没有什么感觉，所以就当作不知道，如今他直接提出来了，自家也就不得不回答了。

我现在不想谈朋友。

那就等你想谈的时候再谈好吗？

我以后也不想谈。

为什么呀？

不为什么，就是不想谈。

哦……

陈儒元愣住了，他想了许多兰芳的回答，但没有想到她拒绝得那么坚决，连回旋的余地都没有。他回到小院子，怀梅见他呆呆地不说话，有点奇怪，问他，他也不回答，一会儿就回家去了。

良叔家来了一个中年人和十多个年轻人，中年人是老师，年轻人都是进步的学生。良叔说，现在国民党政府就快完蛋了，全国就快解放了，我们自己要做好准备工作迎接解放。中年人说，良叔，你说我们该怎么办吧？良叔说，阿力老师，你和这些学生代表回到学校后要印发传单，发动老师学生认清形势，投身到革命洪流中去。还要在认真考察的基础上发展党员和团员，壮大我们的队伍。据可靠消息，国民党溃败逃跑的时候更加凶残，抓捕共产党员和进步人士，破坏城市建筑和电力、水利等设施，我们从现在开始就要行动起来，组织护卫队，当然，我们已经发动了工人和部分农民，但是我们作为老师学生也要组织起来，保卫梅城，保卫人民生命财产安全，迎接新中国的到来。大家激情澎湃，都纷纷表态，立即行动。良叔拉过兰芳，话锋一转，说，你们知道这位是谁吗？大家都摇头。良叔说，她叫兰芳，是古龙飞同志的妹妹，就是她和他阿姆，冒险把古龙飞同志的话带了出来，避免了我党很大的损失。人群一阵骚动，都看着兰芳，有的还竖起了大拇指。良叔继续说，去年古龙飞同志在东较场英勇就义，大家都看见了吧，他那么坚定那么慷慨赴死，为的是什么呀？为的是我们的正义事业，为的是新中国的早日到来！兰芳也激动起来，我龙飞哥哥曾对我们说，他早就做好了牺牲的准备，所以敌人严刑拷打他，把他的骨头都打断了，他都没有屈服，在我眼里，他就是大英雄，比古代岳飞那些英雄还了不起！我……我……我很想他……兰芳哭起来，大家都沉浸在对古龙飞同志牺牲的沉痛中，从而更加坚定了信念。良叔说，好了，今天的会就开到这里，请大家回去后迅速行动起来，完成古龙飞同志未竟的事业！

从良叔那里回来后，兰芳心情久久不能平静，她虽然没有加入到他们的组织里去，但她的心也是热的，只要良叔他们一声令下，她就会投身其中。而此时，和陈儒元的一席对话，早就被她忘得一干二净了。

陈儒元有一阵子没有来了，怀梅问兰芳是不是和他说什么了。兰芳说，他来不来都一样啦。她其实是不想说什么，再说，好像也没有什么说的。

怀梅刚念叨陈儒元怎么不来了呢，他就来了。他看上去萎靡不振的，眼睛有点浮肿，头发也乱糟糟的。他进来后就一直不说话，只瞪着兰芳看。兰芳被他看得有些烦了，就躲到房间里不出来。到中午吃饭的时候他也不走，又不吃饭，坐在那里看着兰芳发呆。一连几天都是这样，弄得怀梅也没有办法。她偷偷去问风叔，这是怎么啦。风叔说，这叫花痴，属于钟情妄想症，一般这病都发生在女性身上，但是也有男人患上这病的，想来他是恋上了兰芳给闹的。他问怀梅，兰芳是不是说了什么刺激他的话。怀梅说不晓得呀，问她她也不说。风叔说心病还得心药医，你还得找兰芳好好问问，问明了原因才能对症下药。

怀梅找兰芳问她和陈儒元之间到底样般了，兰芳只好承认，他说过要和自家交朋友。怀梅说，交朋友有什么，那就和他交吧，反正他又不是坏人。兰芳说，阿姆，哪有那么简单，他那是要我和他谈恋爱。怀梅问，你不喜欢他吗？兰芳说，不是喜不喜欢的问题，是我对他没有感觉。怀梅问，你是不是还想着龙飞？兰芳脸一红，说，是，我夜里还经常梦见他呢。怀梅说，老古言语，昨天的日头晒不干今天的谷子。龙飞已经不在了，你不能老想着他。我看陈儒元也不错，有文化，城市户口，人也老实善良，你可以好好考虑下。兰芳说，我不想考虑呢。怀梅问，难道你讨厌他吗？兰芳说，倒是不讨厌，但也不喜欢呀，只是有点好感而已。怀梅劝她，你都十八九岁了，同村和下村李屋像你这么大的妹子都嫁了，难得陈儒元对你那么好，为了你不上当受骗，还跑那么远去调查张木匠，还有，他一个没有干过农活的人，为了你却能下田拉犁，真是难为他了。现在，他每天都跑一个钟头来看你，他一个高中生，又是城里人，真是不容易呀。见兰芳没有说话，估计她是听进去了一点，怀梅又继续说，你晓得的，农村细妹能嫁给城里人，那是很不容易的。他是肯定能找到好工作的，你要是嫁给他，也成了城里人了，不用在农村捏泥卵了。工作也不愁找不到，阿姆还想跟你到城里去享享清福呢。而且我晓得他的阿爸阿姆都是慈善厚道人，你嫁到他家里不会受气的。兰芳说，就为了当城里人，为了他阿爸阿姆慈善厚道就嫁给他吗？那不是太势利了吗？怀梅说，不能这样讲的，这都是要考虑进去的。兰芳还想说什么，怀梅说，好了好了，你和他先处处，可能就喜欢上了呢。

陈儒元回到家也是这样呆呆地出神，最近更是茶饭不思，人越来越瘦，后来就躺在床上起不来了，医生开的药也不管用，服了几贴都不见好转。他阿爸阿姆很心疼，问他，他也不说。他们以前听他说过经常到下宫坝古屋，那里有个叫兰芳的女孩子很可爱，他们想，赖子是不是患了相思病了。那天，他们决定到下宫坝一趟，一路问到了怀梅的小院子。怀梅见过他们，看见他们来了很是意外，这些天又不见陈儒元来了，他们一定是为他来的。她泡了壶茶给陈儒元的父母喝，问道，你们来是有什么事吧？陈父说，是，元儿病了。怀梅问，是什么病呀？陈父说，可能与你的妹子兰芳有关系。这时，兰芳回来了，怀梅叫她坐下，向他们做了介绍。陈母说，你就是兰芳呀，怪不得我赖子那么喜欢你呢，长得这么好看这么有福气呀。她说起了儒元的病，说他已经卧床不起了，说着说着就哭了，兰芳，求求你去看看他吧，要不他真的不行了呢。怀梅替兰芳答应道，好的好的，我们明天就去看看他。

第二天，怀梅和兰芳去看陈儒元，看见兰芳，他的眼睛放光，拉着她的手不放。陈母说，儒元，让怀梅叔姆和兰芳喝茶，你先去厨房吃点饭吧。陈儒元说，好的，阿姆。就乖乖地跟陈母去了厨房。兰芳见他对自家这么痴情，也动了恻隐之心，想，这个男人不坏，又那么爱自家，那么体贴关心我，反正是要嫁人的，要不就嫁给他算了。但是她还是想再考验他一下。告别的时候，她对他说，你明天来下宫坝一下好吗？陈儒元喜出望外，连连说，好的好的，我一定去！

他早早就来到下宫坝，兰芳把他带到围龙屋里一个用来放哨的阁楼上，这是一个祖先建来防土匪用的瞭望塔兼炮楼，平时很少人上去，只有在围龙屋受到土匪或者外来入侵的时候才能派上用场。瞭望塔两层楼高，有一个门，兰芳把陈儒元带到门口，开始考验他。

你是不是真的爱我？

是。我爱你直到海枯石烂不变心。

以后做什么事情你能不能都听我的。

能。我保证听你的。

这是你说的，不要后悔啊。

绝不后悔。

那好，你就从这里跳下去吧！

陈儒元先是愣了下，接着明白了兰芳的意思，看了看脚下，足有四五米高，地板上都是鹅卵石，跳下去肯定要残了，他腿有些打颤，但还是闭上眼睛就要往下跳。兰芳一把拉住他，说，好了，考验通过了，我同意嫁给你了。

陈儒元没有想到兰芳那么快就答应嫁给自家了。他高兴得跳了起来，头碰到门柱子，痛得他龇牙咧嘴的。

怀梅听说兰芳同意嫁给陈儒元了，也很高兴，对他说，你可要一生都对兰芳好啊，要是不好，我可不答应。陈儒元自然是唯唯诺诺的，乐得合不拢嘴了。

很快就到了谈婚论嫁的时候了，兰芳此时有些后悔了，说，阿姆，我就这样嫁给他了吗？我是不是有点委屈自家了呀？怀梅说，生米已经煮成熟饭了，你不能再打退堂鼓了。兰芳说，可是我好像并没有感到幸福呀。怀梅说，世间的男男女女都是这样的，哪有那么多如意幸福呀。老古言语说，嫁给自家喜欢的人，不如嫁给喜欢自家的人。兰芳问她，难道你和阿爸也不如意不幸福吗？怀梅没有回答她，与用文和永清师傅之间的感情只有自家心里最清楚，虽然和永清师傅没有婚姻之实，但如果再重来一百次一千次，她还是只会选择永清师傅而绝不会选择用文的。如今换上了兰芳，自家也只好违心地用老古言语来教导她安慰她，想来自家也是够残忍的，但是整件事情都是被什么东西推着走，她也没有其他办法。再说兰芳和陈儒元毕竟互相有好感，成家后可以慢慢培养感情。这样一想，她的心情略有好转。

兰芳出嫁当晚，菊芳来到怀梅的房间，说，阿姆，我要和你说件事。

怀梅从来没有见过她这么严肃地和自家说过话，不晓得她要说什么。

菊芳说，以前兰芳姐在家的时候我不敢说，现在兰芳姐也嫁了，我就把我的心里话说出来吧，我要嫁给乐乐。怀梅以为听错了，问道，菊芳，你说要嫁给谁？菊芳说，你没有听错，我要嫁给乐乐！怀梅吃了一惊，说，你样般有这样的想法呀？菊芳说，我早就有这样的想法了，只是兰芳姐是等郎妹我不敢跟她争。现在好了，没有顾虑了，我早就喜欢乐乐了，你就让我嫁给他吧。怀梅说，乐乐比你还小呢。菊芳说，小怕什么，姐大弟小不是到处都有的吗？怀梅说，别的不说，乐乐会同意吗？就是他同意了我也不会同意！乐乐要读书要出去工作，以后也会娶个有文化有工作的细妹，你就别胡思乱想了！菊芳说，你偏心，根本就不把我当妹子看！怀梅气坏了，说，我养你这么大，辛辛苦苦，没有功劳也有苦劳吧。你还说我没把你当妹子看，也不想想，你是吃哪家的饭、穿哪家的衫裤长大的！真是瞎眼狗！顿了顿，她发狠地说，你说我偏心，那我就偏心了。想嫁给乐乐？简直是蟾蜍啰想上天！反正这事你想都别想！菊芳哭着说，我恨你！

怀梅担心菊芳和乐乐之间有过什么默契，她偷偷问乐乐，是不是愿意和菊芳结婚。乐乐大为诧异，说，决不可能！怀梅这才放下心来。为防万一，她还是特意交代乐乐，不要与菊芳多接触，凡事多躲着她。乐乐有些不解，问道，为什么呀？她不好明说，支支吾吾了一阵，坚决地说，反正你听阿姆的没错。

第十四章

寻寻觅觅，
怀梅再次踏上挑盐担的路

　　那天夜里，怀梅又梦见了永清师傅，他笑吟吟地对她说，怀梅，我们好久都没有见了，你想我吗？怀梅说，想，我真想你啊！怀梅张开双臂想要把他抱住，他却飘然而去，消失在白云生处。醒来后她想起龙飞告诉她的话，说兰香嫂子在筠门岭看见过他，她决定再去挑一次盐担，顺便去找找他，同时也把龙飞交待给自家的事情办好。她先去百花洲找盐铺的张伯，十多年不见，张伯已经六十多岁了，他还认得怀梅。听说她要去挑盐担，他说，我已经不带队了，老了也走不动了。你晓得吗？现在很少人去挑盐担了，这个行业可能会很快消失，不过，我听说多两天还有一趟，你去不去？上次出了事，你不怕吗？怀梅说，不怕的。我也是顺便有点事要去江西。张伯带她去报了名，她本来想邀谢嫂一块去，但想想她年纪大了，挑盐担太辛苦，就没有去邀她。

　　两天后，她就跟挑盐担的队伍上路了。这次她有了经验，挑六十斤，担子不重，走起路来轻松了许多，一路跟大队跟得很紧。

　　挑盐担的妇女大都二十出头，怀梅算是年纪最大的了。天气炎热，大家都头戴阴丹士林蓝的头帕，把它结在头上挡日头和擦汗，到了中午，头帕和竹笠已经不管用了，酷热就像要把怀梅身上的油烤出来一样，两三天下来，身上就长了许多痱子。几天后，身上还一层层地脱皮。上次挑盐担是在天气比较凉爽的时候，这些情况都没有碰到，现在正值酷暑，真是难熬呀。不过，她心里总有一种甜蜜和期待，想到到了筠门岭就能见到永清师傅和兰香了，她觉得再苦再累也能忍受。

盐监胡叔让大家在一棵大树下放下担子休息，大家又热又累，不管地上脏不脏，都躺在地板上休息。胡叔说，大家休息下就要赶紧吃饭喝水，要赶时间啊，前面是一段小路，十几里地没有人屋，也可能会有土匪和当兵的拦路抢劫。大家一定要跟紧点，担竿不离身，有什么事情就团结起来，才不会被人欺负。说起担竿，他还念唱起了当时流行在挑盐担人群里的一首"打竹板"：担竿是件宝，挑担少不了；担竿是武器，随时拿在手，烂鬼见了跑。

好不容易到了筠门岭，一行人被带到了盐库，有人过来一个一个地检查盐袋上的封条，然后进行过秤，又让他们一袋一袋地往地下倒。在旁边的人则拿着白色的东西往盐上倒，然后和盐一起拌均匀。怀梅不知道他们究竟在倒什么，就走前去认真看了看，原来他们是往里面掺和盐的颜色很相近的沙子。那些人不许她看，驱赶她们走开。怀梅想，这样的盐还能吃吗？真是天下乌鸦一般黑啊。

大家要在筠门岭住一晚，也趁机休整一下，然后挑米回梅城。正好有点空闲时间，怀梅向胡叔请了假，按龙飞描述的特征，沿街一个店一个店地寻找兰香嫂子。找了二十多个店铺，还是没有找到，前面已经没有几间店了，怀梅想，他们是不是不开店了？找到倒数第二个店的时候，怀梅问门口玩耍的一个十多岁的男孩，你认识古兰香吗？那人见她是外地人的打扮，没有回答，就跑进店里去了，一会，出来一个年轻的伙计，问她找谁？怀梅说明了情况，他向店里喊道，兰香姨，你家乡有人找你。兰香嫂子跑了出来，一见怀梅，抱着她就又哭又笑，弄得怀梅也眼睛湿湿的。

兰香把她带进店里，两人说着话。兰香说，那个在门口玩耍的男孩就是自家和树根生的，树根已经进山采购去了，店里就自家和那个伙计。怀梅把龙飞牺牲前交给她的长命锁递给兰香，说，龙飞让我交给你的，他……兰香接过长命锁，眼泪一下子就夺眶而出，她轻轻抚摸着长命锁，说，我去年就晓得了，他死得很勇敢很光荣，我为他骄傲。她流着泪把长命锁用一个精致的匣子装好，里面有两张龙飞的照片，她给了怀梅一张，说，留个念想吧。怀梅看着龙飞的照片，忍不住又哭了起来。兰香反过来安慰她，我们还是不哭了吧，人死如灯灭，草死一把灰，再哭也哭不回来了，唉。两个女人就这样默默地待了一段时间，兰香才突然想起问怀梅为什么到这里来了。怀梅告诉她，自家是挑盐担来的，一是找她，把龙飞交待的长命锁送来，二是来找永清师傅。她问兰香，永清师傅在哪里？兰香说，他在离镇上几里地的空谷寺，有时候会到镇里买点东西。怀梅着急地问道，他问起过我吗？兰香摇摇头，说，没有，倒是我问起过他，他说，过去的事情就让它过去吧。怀梅说，你带我去找他好吗？兰香定定地看着她，你确实要去？怀梅说，一定要去！

兰香安排好伙计看店，又把男孩叫进来，山古，这是阿姆最好的姐妹怀梅叔姆，男孩叫了声怀梅叔姆，又自家玩去了。

空谷寺在镇的东面，有一条小路直通寺庙。兰香带着怀梅走了半个多钟头，终于到了。香客一般都在早上和上午烧香拜佛，下午寺庙里显得比较安静。一个上了年纪的和尚正在扫院子，兰香问他，永清师傅在吗？老和尚看了他们一眼，说，你们找他有什么事吗？他正在殿里念经。她们笑笑，向宝殿里走去。远远，怀梅就看见了那个熟悉的、浑圆、饱满、顺溜的后脑勺，怀梅注意过，有这样浑圆的后脑勺的男人都是身材壮实、脸如满月，相貌堂堂的人，这种男人往往善良正直，值得信赖。而后脑勺凹凸不平，这个人必定是相貌丑陋、獐头鼠脑、心术不正；假如后脑勺有许多疙瘩烂疮，那么这个人脸上也会疙疙瘩瘩、不干不净，而命运也不会顺当。她甚至可以从一个人后脑勺的长短方圆及脖子的粗细形状推断出此人是方脸还是扁脸，是俊俏还是丑陋，进而得出此人是好人还是坏人。当然这都是她自家的观察，没有经过验证，所以也说不出什么子丑寅卯来，但她是从喜欢永清师傅的后脑勺开始而喜欢上他的，这是实实在在的。

永清师傅正在念经，她们就在一旁静静地等待。怀梅望着永清师傅的后背，心里翻涌着巨大的波澜，她想起他们在树林里相遇的甜蜜，想起他冒着雨水和泥泞送来救命的中药，想起厨房炉灶前那第一次交合，想起山洞里的水乳交融，想起他离开前和自家的一席对话。如今亲爱的人就在眼前，却好像隔着重重高山。十年不见，他怎么样了，还认识她这个农村妇人吗？正想得入神，木鱼声和诵经声停了，永清师傅缓缓地走出来，兰香连忙退到远点的地方。怀梅心中忐忑地迎了上去，轻轻地叫了声，永清师傅。

看到怀梅的一刹那，永清师傅有点诧异，眼睛里放出一丝光亮，随即又回归平静。岁月不饶人，他那剃得光光的头，还是能看见头发已经花白。怀梅鼻子发酸，问道，你好吗？永清师傅点点头。两人就那样站着，开始了对话。

永清师傅，我很想你，经常在梦里梦到你。

施主，人犯了一次错误，就要用十次功德来改正。我现在正在修持功德，用来改正以前犯过的错误。

我们还可以重新来过吗？我的赖子妹子都大了，我可以跟着你，到哪里都可以的。

翻过去的书还可以再翻过来，但打碎的镜子却再也无法修复了。

你是说不能重来了吗？你晓得我有多想你多苦吗？没有了你，什么都没有意思。

一个人的内心有多黑暗，他的世界就有多黑暗；一个人的内心有多光明，他的内心就有多光明。只要你精神强大，砂砾也能建成塔，麻绳也可以做成上天的梯。

可是，可是，我眼前已经没有路可以走了呀！

没有比人更高的山，没有比脚更长的路。

永清师傅，我听不懂你的话，我只想问你最后一句话，我们就不能再好上了吗？

施主，过去的就不要再缠绵，未来才是我们要找的方向。阿弥陀佛。

怀梅真想再次握紧他那双温暖而柔软的手，在他手心里挠痒痒，互相传递那股神秘的电流。她还想给他唱客家山歌，那绕绕韧韧的传递着情爱的情歌是他最喜欢的，说不定他听了就会想起以前的一切。她更想不顾一切地抱住永清师傅痛哭一场，但是望着永清师傅那张淡定的没有表情的脸，怀梅感到前所未有的绝望，她晓得那个梵音庙的永清师傅已经永远不见了，像梦里看见的那样，消失在白云深处，变得那样的不可摸不可感。她想做最后的努力，近乎机械地问道，永清师傅，你还记得我给你唱的山歌吗？要不，我给你再唱？永清师傅好像没有听到一样，转身就走。怀梅痴痴呆呆地望着他的背影，像突然抓到了一根救命稻草似的，走上去拦住了他，问道，那你，你能不能给我一个什么东西做留念呢？永清师傅愣了下，似乎在犹豫，怀梅的眼泪吧嗒吧嗒掉下来，说，求你了，永清师傅，求你了。他想了想，把脖子上的佛珠拿下来递给怀梅，然后双手合十，转身很快地离开了。

怀梅呆在那里，看着他的身影消失在朱红色的院墙后面，只觉得犹如万箭穿心般的痛，她的世界瞬间变得黑暗无比，她觉得头晕目眩，天旋地转，赶忙扶着柱子不让自家倒下去。兰香跑过来扶着她，边劝边把她搀扶着出了空谷寺的大门。

回到店里，天色已经晦暗下来了，兰香给她熬了碗粥让她吃下，对她说，你干脆在我这里休息一段时间不要急着回家。怀梅摇摇头，说，乐乐还在家里呢。兰香说，那你就不要挑东西了，那么辛苦。怀梅说，我少挑点吧。兰香又说了许多安慰的话，说，怀梅，你别怨别人，也别怨永清师傅，他原本就是那样的人，现在只是还了他的本来样子。一句话，谁让你喜欢上了一个和尚呢，是吗？怀梅点点头，说，我也晓得这个理，脚上的泡是自家走出来的，怨不得别人。但我没有想到，他的心真硬，硬得就像一块铁板，刀砍不动，水泼不进。唉！这能怪谁，谁让你和一个和尚好上了呢？放心，我死不了。这次来，我见了永清师傅，晓得了他的想法，也就死心了。

怀梅回到了大家住的地方，一晚上，她都抱着佛珠，闻着残留在佛珠上的永清师傅的味道，安然入睡。第二天，她只选择挑了五十斤米上路，一路上她把佛珠和龙飞的照片捂得紧紧的，休息时就拿出来看看，心情也随之敞亮了许多，也就没有觉得路途有多远、担子有多重了。

过了年后，兰芳生了个女儿，取名冬月。孩子满月后，兰芳和陈儒元带着冬月回娘家。陈儒元已经找到了一份教师的工作，在离梅城十多里地的山沟里教书。怀梅抱着小冬月，许久以来第一次有了笑容。自从江西回来后，她就很少说话了，白天自然很忙，到了晚上，她就抱着佛珠闻着永清师傅的留在佛珠上的体味冥想，期望在梦中再看到他，然而，梦并不遂人愿，从上江西以后，永清师傅就再也没有到她的梦中来。有时候，她有会拿张小竹椅坐在口井里望星空，浩瀚神秘的夜空让她心难平静，闪烁的星星有时让她心旌荡漾。有时又让她伤心沮丧。但是，她还是觉得这次上江西挑盐担很值得，让自家见到了他，求到了他的随身佛珠。兰芳却不晓得佛珠对阿姆有多重要，把佛珠拿给冬月玩，怀梅赶忙抢了过来，在箱子里放好。她拿出龙飞的照片，兰芳一看见龙飞的照片眼睛就湿润了。怀梅帮她擦拭干眼泪，说，别让儒元看见了。

最近菊芳好像和下村李屋的竹篾师傅李石头好上了，经常有事没事就往下村李屋跑。她没有把这事和怀梅说，怀梅也没有问她。自从那天晚上母女对话后，菊芳在家里也就很少说话，见了她叫一声阿姆就没有第二句话了。她那晚一句"我恨你"让怀梅至今还不自在，觉得和她生分了，也就懒得和她说话。男大当婚，女大当嫁，她要是找到了合意的人就随她去吧，自家管不了也不太想管。菊芳带回来一个竹篮子，见了兰芳很高兴，还尝试着把冬月放进竹篮子里面称多少斤，弄得冬月哭起来。兰芳抱过冬月，说，菊芳你样般还像小孩子似的，万一摔了样般办。菊芳说，兰芳姐，你不晓得石头师傅织的东西有多结实耐用呢。兰芳羞了她一下，说，还没有过门呢，就夸上了。菊芳咯咯笑。

　　1949年7月初，解放大军追歼残敌至江西福建，国民党十二兵团（俗称胡琏兵团）分数路逃窜到梅县。所到之处，胡琏兵团烧杀抢掠，欺压百姓，抓壮丁，弄得到处鸡飞狗跳。梅县城乡各家各户都关门闭户，不敢出门。有些胡琏兵不但吃光了老百姓家里的米菜、鸡鸭，临走前还要在咸菜瓮里拉一堆屎，并且照原样封上盖子，其恶劣行径令人发指。现在有些人说，当年胡琏是抗日英雄，他的兵来到梅州并没有抢劫骚扰老百姓，只是到处抓壮丁补充兵源，对这点，我绝对不认同。我就曾经听外婆亲口告诉我，那时候胡琏兵是很凶残的，而且缺兵少粮，所以来到梅县后到处抢东西和抓人。当时大人孩子怕、恨胡琏兵怕、恨到什么程度，只举一例便可证明。只要孩子哭闹，大人一句胡琏兵来了，孩子马上吓得不敢哭了。连狗见到胡琏兵都不敢吠叫，躲着他们绕开他们。所以到现在为止，"你们这些胡琏兵"还会拿来骂那些蛮不讲理、横行霸道、坏事干尽的人。

　　乐乐已经在梅州中学读高中了，这些天放假在家里做作业，怀梅和菊芳在田里劳作。中午时分，村里突然想响了嘈杂的声音，几条狗汪汪叫了起来，只听呼的一声，一条狗呜咽了几声就没有声音了，其他的狗也吓得安静下来。几个带枪的士兵进了小院子，大黄叫了起来，乐乐出来看发生了什么情况。那些兵看见乐乐，眼睛放光，一拥而上，将他五花大绑了。大黄见状，汪汪叫着拼命撕咬，乐乐喊道，大黄，去告诉阿姆。大黄听懂了他的话，往田里迅速跑去，怀梅也听到了村里发出的枪声，正和菊芳往家里赶，大黄扯住怀梅的裤脚往家里跪。

　　到了家，那些胡琏兵正抓着乐乐往外拖，怀梅和菊芳扑上去，怀梅哀求道，老总，放了我赖子吧，我就一个赖子，不能抓呀！胡琏兵把她们拖开，见她们又往上扑，一边用枪托打她们一边破口大骂。至于骂的什么，怀梅也听不懂，只是一心护着乐乐不让他们拖走。大黄咬住一个胡琏兵的腿拼命拖，那士兵怪叫一声，拿出枪朝大黄开了一枪，子弹打在它的腿上，顿时鲜血汩汩流了出来，被激怒的大黄没有退宿，反而更加勇猛，它一跃而起，张开大口咬住了那个胡琏兵的脖子，胡琏兵惨叫起来，别的士兵见状，对着大黄连开数枪，大黄倒在地上，全身被血浸透，嘴里呵呵出气。乐乐大叫了一声，大黄！就和胡琏兵撕打开了，胡琏兵恼羞成怒，拔出了枪，对准乐乐吼道，再动就开枪了！菊芳一个箭步扑上去挡在乐乐面前，哀求道，老总，请你放过我们吧。胡琏兵拖开菊芳，不管怀梅和菊芳的哭骂，硬是把乐乐带走了。

胡琏兵一共抓走了四个人，除了乐乐，还有立豪、汉风、新银。大家聚在良叔家里，都没有了主意，良叔说，国民党这是穷途末路，最后的疯狂了。大家不要怕，我们要到胡琏兵住的营地去要人。听说抓来的人都被关在梅城义化路，当即就有七八个被抓走的人的家属跟着良叔去了义化路，阿二哥听说乐乐被抓走了，也跟着一起来了。

街上店门大都关了，到处都是胡琏兵，没有多少行人。他们来到一个挂着营本部牌子的地方，良叔说，这个大概就是他们的指挥部了。大家要进去，被站岗的胡琏兵拦住了。他们说明了理由，要见他们的长官。胡琏兵说，你们想找打是吗？当心我拿枪崩了你们。滚！阿二哥粗声粗气地说，你打打试？正在理论争吵，一个当官的路过，停下来问道，发生了什么事呀？胡琏兵敬了个礼，报告，陈营长，是一群刁民来告状的。当官的说，有什么好告状的？怀梅忙说，你的兵抓了我们的赖子。说到这时，她突然愣住了，看见面前这个当官的似乎很熟悉，定睛一看，竟是自家的亲哥哥陈强华。她想不到哥哥失踪了十多年，竟然是去当兵了，还做了官。他穿一身军官服，原来的分头也理成了平头，看上去精神多了，也许是部队能改变人吧，看来这些年他的变化不小。陈强华也认出了她，问她样般来这里了。怀梅愣了下，以前哥哥使尽诡计想骗她的小院子，后来又绑架了乐乐，自家两次报官抓他，按理是结下了仇，老古言语说，上山擒虎易，开喙（口）求人难，现在有事相求，感觉很是别扭，但是为了乐乐，她已经不管什么面子不面子了。她说，乐乐和同屋的立豪、汉风、新银被抓来了，想求哥哥放了他们。陈强华沉默了一会，说，怀梅，你自家一个人进来吧。怀梅跟他进了营本部，心急如焚地说，哥，我就一个赖子，你千万要帮我保住他呀。她哭着说，以前都是我做得不好，害你有家回不得，但是看在兄妹的分上，求你放过乐乐好吗？陈强华冷眼看着她哭，你以前叫警察来抓我的时候怎么没有看在兄妹的分上啊。也好在你，我走投无路才当了兵当了官。怀梅说，都是我不好，都是我不好，你就饶了乐乐吧。说着哭着，就跪在了地上。陈强华见怀梅哭得差不多了，说，你起来吧，好歹你也是我老妹。我昨天回了趟家，问了陈儒元，他说阿姆死的时候是你给她穿的寿衣，是你忙了几天把她下葬的，陈儒元还把店租都给了我，说是你让留着给我的。算你还有心，替我尽了孝。好吧，我就下令把乐乐放了吧，你自家来认下哪个是乐乐，把他领走吧。他带怀梅到抓来的人哪里，怀梅一眼就认出了乐乐，抱着他又哭。怀梅让乐乐认了舅舅，说，哥哥，还有三个人呢，也一块放了吧。陈强华瞪大了眼睛，说，他们已经运走了，你管那么多闲事干吗？怀梅说，都是同一个村子的……陈强华吼道，你再说，连乐乐也一块抓走！怀梅吓坏了，不敢再说什么。

回到岗哨边，良叔他们见怀梅只带回了一个乐乐，着急着问，立豪他们呢？怀梅说，我求过我哥放了他们，他说他们已经被运到别的地方去了。家属们一听没有希望了，都哭起来。站岗的胡琏兵用枪托驱赶他们，快滚！要不老子崩了你们！大家央求怀梅再去求下她哥哥，怀梅说，没用，他说了如果再求他，他就把乐乐也抓走。大家还是不肯走，尤其是那几个被抓的家属，说什么都要去见下陈强华。这时，一个当官的带着几个士兵端着枪赶来了，冲他们大声吼道，你们想造反吗？再不走，把你们统统抓起来！士兵们驱赶着怀梅他们，一个士兵把怀梅推倒在地，阿二哥一把抓住他的衣服，举起拳头就要打他。当官的朝天上放了一枪，把枪口对准了他们。吼道，你们想造反吗？给我统统抓起来！良叔见势不妙，拉开阿二哥，带着大家离开了。

回到家里，大黄已经被菊芳拖回小院子，满身血污地躺在地上，乐乐抱着大黄大哭，怀梅也伤心地陪着他流泪。大黄来到怀梅家里后，看家护院，温驯听话，有东西吃就吃，没有东西吃就自家到外面捉老鼠、麻雀等小动物吃，病了就跑到田里和荒地上找草药啃咬，还尽心尽责地保护着家里人。特别是乐乐读初中的时候，它每天都送乐乐去学校，到了时间又去把乐乐接回来。这是一条很有灵性的狗，十年来，大家都把它当成了家里人，尤其是乐乐，和它感情很深，放学时他还没有回到家，它就好像闻到了他的气味，跑到竹林里把他迎接回来；早晨他要去城里上学，它又把乐乐送到梅江桥才回来。乐乐要洗脚，它会把鞋子衔到他面前，从来没有衔错过，乐乐读书，它就在旁边听，从来也不吵不闹，等乐乐读完书作完作业，它就会跟他玩跟他乐。乐乐哭得昏天黑地的，怀梅让他哭够了，扶起他说，大黄都死了，也哭不回来了，我们还是把它埋了吧。两个人抬着大黄，菊芳拿着一把锄头，来到竹头墩下面，把大黄埋在了珍娘的旁边，乐乐点燃了三支香，又哭一会才回家。回到家，他突然想起了什么，找了块方方正正的木块，拿来毛笔和墨汁，在木块上端端正正地写上"忠犬大黄之墓"几个字，又回到竹林墩里，把木块插到埋大黄的土堆上。

到了九月，胡琏兵团基本被消灭和赶走了，战事基本平息，乐乐也顺利考上了广州的财政学校。

下宫坝的年轻人考上省城读书的，除了十多年前的同辉外，就是乐乐了。大家都来祝贺，阿二哥和凤招给乐乐买了被子、水壶、书包等。良叔问怀梅，要不要在围龙屋摆酒席庆祝，怀梅说，还是不要吧，力豪他们被抓走了，他们的阿爸阿姆心情都不好，这个时候摆酒席，会惹他们伤心的。良叔说，那也好，不摆就不摆吧。

为了给乐乐凑足读书的钱，怀梅卖掉了离家较远的四亩水田和做家具还剩下的木料。当然，所有这些她都是瞒着家里人干的，她主要是担心乐乐晓得以后心里会有压力，上课分心。而兰芳刚刚生了孩子，家里也没什么钱，也不能给他们额外的负担。

送乐乐上了汽车后，怀梅的心像给剜了一块肉一样。她不敢看汽车走远，怕见到乐乐那只挥动的手臂。兰芳轻轻抚摸着她的肩膀，安慰说，阿姆，他很快就读完书，像同辉叔一样接你到广州去享福了。怀梅苦笑道，哪有那么好。

1949年10月1日，中华人民共和国成立。10月4日，梅城军民在东较场集会庆祝中华人民共和国成立和梅县畬江消灭胡琏战斗祝捷大会。至此，梅县解放。

怀梅和凤招也去东较场看热闹，广场上到处红旗飘扬，锣鼓喧天，一张张被苦难压抑了许久而今得到解放的脸上露出欢喜的笑容。怀梅也感受着这份喜悦，看着台上穿着军装的人在讲话，她想起了当年龙飞也就是站在台上被宣判死刑的情景，虽然自家没有亲眼看到，但是却能深切地感受到。她想，龙飞和欧阳老师他们拼生拼死，终于换来了今天。他们要是下界有知，不晓得有多高兴呢。凤招晓得怀梅又在想龙飞了，也不晓得怎么劝她好，她到一个卖小吃的小贩那里买了一串甜酸杨桃给怀梅，没话找话地说，你看台上讲话的人穿着军装多好看。

回到家，怀梅拿出龙飞的照片痴痴地看，喃喃和他说着话，龙飞，解放了，你在下界就安心吧。

陈儒元在离家十多里地一个叫三姓的小学教书，兰芳跟他一起去。那是个山旮旯，刚去的那天晚上，村里组织妇女识字班，在旧社会，农村里特别是在山里，女孩几乎没有上学的机会，解放后，当地政府为了提高妇女的文化水平，利用晚上的时间和小学的几位老师，在三姓小学里教她们识字。陈儒元在黑板上写了人、山、水，问道，有人认识这几个字吗，有一两个人说出了人字，山和水没有人认识。兰芳抱着冬月在旁边看，边看边着急，说，左边那个叫山，右边那个叫水！她身旁的一个中年男子问她，你读了几年书？她说，五年，怎么啦？中年男子说，我们这个小学刚开办，少人手，你愿意当临时老师吗？兰芳一听很高兴，说，我愿意。中年男子说，很好，但是我告诉你，只是临时的，也没有工资，每月就两斗米。当时农民都没有钱，许多送子女上学的人就和学校、老师商量，送些米菜作为学费。兰芳也知道这情况，爽快地说，好的，没有关系。回到房间，兰芳兴奋地告诉儒元，刚才那个中年男子要她当临时老师的事。陈儒元说，他是我们的郑校长，他说了就算数的，你就先教下书也好。

第二天，她就背着孩子开始给一二年级的学生上课了。虽然只读了五年书，但她聪明好学，教这些学生绰绰有余。做临时教师半年有余，那天正逢周末，她回到了下市角家里。闲着无事，她来到县政府门口，看见有不少人围着一张布告在看，她近前一看，布告上写着招聘二十名年轻女教师，要求高小以上文化水平，条件符合者可到县人民政府办公室应聘。她想，我也是高小毕业，也是年轻的女教师，我何不去应聘呢。她整理了一下身上的旗袍，走进了县政府办公室。里面有三个人，两个男的一个女的，女的可能是主考官。进行登记以后，只有两个程序，一是朗读一段毛主席的《为人民服务》，二是现场写一篇文章，题目叫《新中国为什么要办教育》。她落落大方的念了一段《为人民服务》，虽然国语不是很准确，客家普通话倒也算是表达流利。拿到"新中国为什么要办教育"这个题目，她脑子里立即就出现了两个景象：一个是现实中，中国农村连灯泡都没有，还在点煤油灯，而另一方面，美国已经有了原子弹。差距太大，落后就会挨打；第二个是阿姆因为不识字，差点被骗走了小院子。所以说，不办教育就不能提高人民大众的文化生活水平，连最起码的条款签名都不会，怎么为新社会出力？她就按这样的思路写下去，虽然不懂论据、论证，不懂逻辑、语法，但她觉得还是把想表达的东西表达清楚了。时间到了，她的文章也写完了。交卷的时候，几个考官说，你回去等消息吧，后天在县政府大门口公布录取名单。

到了发榜那天，她跑到县政府大门口看录取名单，当看到古兰芳的名字赫然在列的时候，她高兴得跳了起来，自家通过努力成了光荣的人民教师，真是天大的喜讯啊！

新中国真是新人新气象，效率奇高，在集中培训半个月后，兰芳被分配到了城郊一个小学教书了。她把好消息告诉了陈儒元和家倌、家娘，他们自然为她高兴，让她赶快告诉怀梅，好让她也高兴高兴。她把这消息在电话里告诉了乐乐，乐乐说，姐，你靠自家的努力，成为了光荣的新中国第一代人民教师，真替你高兴自豪！兰芳说，这下好了，我领了薪水，每月就给你寄钱去。

多几天就要到学校去报道了，冬月还在哺乳期，家倌、家娘身体不好带不了，要带着去学校。兰芳对怀梅说，阿姆，要不你跟我到学校去帮我带冬月好吗？怀梅说，你还是找个人帮你带吧，家里还有一大堆事要做呢。

1951年春天，兰芳背着冬月，和保姆张姨到学校报到去了。

时代变奏，
菊芳恩将仇报和用文黯然回归

　　怀梅最近经常到田里干农活，差不多就要插秧的时候了，要把水田好好整修下。她经过水塘的时候，发现水塘边的一个水洼里，好几百只拇指大的青蛙聚集在一起，大白天呱呱地叫。她没有见过这种奇事，但是突然想起了阿姆说过的，拐子（青蛙）聚一堆，大水就要来。她想，难道要落大雨发大水了吗？

　　第二天她正在田里，满天乌云像一块巨大的黑布覆盖在上空，天黑得像要塌下来似的，接着一声炸雷，几道闪电，把天空撕裂开来，雷声闪电过后，漆黑的天空又合拢在一起，把大地遮挡得严严实实，接着又是一声更大的炸雷，更亮的闪电，把整块黑布扯开了一个大口，暴雨从这个裂开的大口上倾泻下来，小孩手指般大小的雨滴啪啪砸在泥土上，砸出一个个坑，砸在怀梅的脸上，像给鞭子抽了似的发疼。一会，水田里就水汪汪一片了。暴雨来得那么快那么猛，以致她都来不及躲避，只好系紧尖顶笠麻和蓑衣，卷缩在稻秆上。出生以来，她从来没有遇到过这么大的雨，看来这活是干不成了。等雨小了点后，她扛着锄头回去，围龙屋前面的水塘里已经满了，到处都是水，根本看不到路，她靠记忆摸索着前进，走起路来深一脚浅一脚的。好不容易回到家中，她赶紧脱了衣服鞋子，烧了热水洗澡。

　　她刚洗好，头发还湿湿的，正在用篦子梳理，良叔带着一个干部模样的人进来了。新中国成立后，良叔成了下宫坝的村支书兼村长，工作干得热火朝天的。雨停了，天也开朗了许多，良叔和干部模样的人都在抖着笠麻上的水，弯腰清除裤腿上和鞋子上的泥巴。良叔说，刚才真是太大的雨了，从来都没有见过。他指着穿着一身旧军装干部模样看上去四十多岁的人介绍说，怀梅，这是县里派下来到下宫坝、李屋和附近几个村的土改工作队队长刘同志。刘同志对她点点头。良叔又说，还有两个同志已经安排到别人那里住下了，刘同志就在你家住吧，你家兰芳嫁了，乐乐读书去了，能住下，你看可以吗？怀梅一早就听说要进行土地改革，划分阶级成分，没有想到这么快就到了。她说，我家就那样了，刘同志能住得习惯吗？刘同志说，我是受苦人出身，前些年又到处打仗，什么地方都习惯的。怀梅说，那好，你就住乐乐住的那间房间吧，正好被子蚊帐都没有动过，等天气好了，我再洗一下。刘同志说不用，我自己带了被子。良叔交待说，工作队的人来这里开展工作是要"三同"的，即同吃同住同劳动，刘同志就在你家吃饭吧。刘同志说，是，是，我会按月交钱的。

刘同志就这样住下来了。

好在暴雨只是下了半个多钟头就停了，下宫坝虽然到处积水，但很快就退了下去。这样的暴雨如果下一个钟头，梅江河就会水位暴涨，那离发大水也就不远了。纵然不发大水，也会发生内涝，把田地、水井毁坏，那农民就更辛苦了。

兰芳和乐乐离开家后，怀梅和菊芳的关系很是紧张，也很少说话，刘同志来了后，正好有了缓冲，菊芳的话也多了起来。她最近参加了识字班，虽然进度很慢，但也对识字有了兴趣，识字班里没有记住的字，她回来后就缠着刘同志教自家，刘同志也乐意教她，一来二去就熟悉了。

刘同志每天工作都很忙，经常召集其他两位同志到怀梅的小院子开会。那两位同志都是年轻人，在他面前恭恭敬敬的，拿着笔记本认真记录，不时点点头。他说，现在是发动和摸底排查阶段，附近几个村的群众阶级觉悟都很高，发动倒是一点问题都没有，但摸底排查是很重要、很复杂的工作。毛主席说，没有调查就没有发言权。我们要做好充分细致的工作，准确贯彻掌握好党中央的政策，因为土地改革和划分阶级成分是关系每家每户一生政治生命的大事，要尽量做到准确无误，一句话，不能错划了。我们小组负责四个村，小郭负责三角村，小王负责大沥村，我负责下宫坝村和李屋村。要和群众打成一片，不能闹特殊，更不能把小资产阶级情调用到工作中去，懂吗？小郭和小王频频点头。

中午吃饭的时候，怀梅炒了两个鸡蛋和两样青菜，又破例煮了一碗咸菜汤。刘同志吃得津津有味。吃完后，他把一沓钱拿给怀梅，说，这是这个月的伙食费，你先拿着，不够再向我要。

怀梅摇摇手，说，不用不用。

刘同志硬塞给她，不行，一定要收的，不然我就违反纪律了。

怀梅拿了一半，说，用不了那么多。

刘同志说，你那放着，有时候可以买点肉呀鱼呀，我是老革命了，工资不算少，又是单身，用不了那么多。

菊芳问道，刘同志，你家里人呢？

刘同志叹了一口气，老婆孩子都给国民党反动派杀害了，唉！

怀梅和菊芳也跟着叹气，菊芳恨恨地说，我的龙飞哥也给国民党反动派杀死了，他们真该千刀万剐！

天放晴了，怀梅要去水田里，把那天被大雨打塌了的田埂重新做回去，刚出门，刘同志也跟来了，说，怀梅我帮你吧。怀梅说，你工作那么忙，哪里敢让你帮忙呀。刘同志说，没有什么，我们"三同"中，不就有个同劳动吗？怀梅拗不过他，只好同意了。

两人来到水田里，那天的雨水下得够猛够大，把许多处的田埂都冲坏了。刘同志挽起裤腿就干开了，把比较硬实的土搬到缺口的地方，筑成和原来的田埂大小相等即可，客家人叫作"做田唇"。刘同志干起农活来熟门熟路，动作娴熟，怀梅给他打下手，问他，你以前也是耕田的吧？我看你干活那么好的。他说，是呀，我在家的时候可是种田好手。忙了一个上午，几个缺口都做好了，只有一个大的缺口水汪汪的，泥巴也很软做不上去，刘同志说，下午再来做吧，我搬几块石头来。吃完午饭，他到围龙屋附近找了几块石头，用畚箕挑到大缺口处，先把石头码好，然后又到地势比较高的田里取来干硬结实的土垒上去，再用锄头砸，像砌墙一样砌实在了。一会就把田埂做好了。怀梅连说谢谢，他说，客气什么，都是阶级兄弟姐妹嘛。

晚上快十点多了，怀梅一觉醒来，看见刘同志的灯还在亮着，她起来到厨房煮了一碗荷包蛋煮米粉端进去，刘同志在埋头看一些表格，不时在表格上写写画画。怀梅把米粉放到他面前，说，刘同志那么辛苦，这么暗了还忙着啊。刘同志忙给她让座，接过米粉连声道谢，要到厨房拿碗匀一半给她，她说，我吃过了，你吃吧。他没有再推让，边吃边赞，客家人的荷包蛋煮米粉真是不可多得的好东西呀！怀梅看一眼表格，问道，刘同志，像我这样的家庭会划什么成分呢？刘同志不假思索地说，肯定是贫农了。怀梅说，那是，你不晓得我带着三个赖子妹子生活有多么辛苦。刘同志说，我晓得的，你放心。

一转眼刘同志已经在怀梅家里住了两个月了，怀梅除了日常的家务农活外，还丰富了菜园子，买来许多菜秧，种上了大蒜、花菜、红萝卜、荷兰豆等平时不种的比较好的菜，不时变换着花样给刘同志做菜。刘同志笑道，在你家吃惯了你做的菜，到别的地方都不习惯了。他提出要她也到识字班学文化，参加下农民协会的活动，她总是摇头说，我一个农村妇人家，学那些有什么用。那天，他对怀梅说，要不我来教你识字好吗？怀梅说，我老了，学不会了。刘同志忙说，不老，你一点也不老。他凝望着她的眼睛，说，怀梅，我们相处也已经两个多月了，也算是互相了解了，你是个好女人。你单身一个人，我也是单身一个人，要不我们结婚好吗？怀梅没有想到他会说出这话来，吓了一跳，她找了个借口，赶快离开了。

说实话，刘同志是个好人正派人，又是吃公家饭的，能看得上自家是自家的福气。但是，不晓得怎么啦，永清师傅在她心里已经住了下来，任何人都走不进去了。何况刘同志长一张马脸，眉毛稀疏，嘴巴很大，嘴唇很厚，根本就不是她喜欢的样子。但是人情唔怕阔，冤家唔好结，尤其是这个刘同志还是上面派来的人，更是万万不敢得罪的。所以当刘同志再一次问她意见时，她已经想好了话，说，刘同志，多谢你看得起我，但是我的老公用文还活着呢，他不晓得什么时候就回来了呢。刘同志已经在良叔那里了解过用文，说他失踪快二十年了，也不知道是死是活，回来的几率近乎为零。怀梅拿这话来搪塞他，分明就是不愿意嫁给他。他没有说什么，晚上把菊芳叫到房间里来，问她，你知道你妈为什么不愿意和我结婚吗？菊芳犹豫了一下，说，我阿姆说，你太丑了，她不喜欢。刘同志的脸色大变，鼻孔里哼了一声，不识抬举！

第二天，刘同志就搬到别家去住了。怀梅晓得自己得罪了他，但也没有办法，她不想委屈了自家。

菊芳最近跑刘同志住的地方很勤快，一去就待到半夜才回来。怀梅说，菊芳，不要那么暗才回家。她说，我有事，你自家先睡吧。

中秋节过后，一切准备就绪，下宫坝农民协会在围龙屋门坪上召开了划分阶级成分大会，由良叔主持。刘同志在会上讲话，说经过半年的组织发动群众和调查摸底工作，下宫坝的阶级成分划分已经有了很好的基础。依我看，下宫坝村没有恶霸地主，最多也就有两三个富农，其他都是贫下中农。下面，我们就把有争议的几户人家拿出来大家评评，大家要本着公平合理的原则做好评判工作，不要掺杂个人的好恶。大家知道了吗？大家都说晓得了，你就快点把那几户人家公布出来吧。刘同志说，那好，我这就公布了，第一是古和顺家，第二是古木林家，第三是古怀梅家。他们是不是都够得上富农的标准呢，大家发表下意见。怀梅一听有自家，脑袋里嗡的一声炸了，我就是个穷人，样般也上了名单了？这时有不少人也议论说，和顺叔公和木林家是下宫坝的两户富裕户，如果一定要评为富农也只有他们了，但是怀梅家就不能评为富农，她并不富裕呀。良叔代表大家提出了这个问题，说，刘同志，古怀梅家生活比较穷，我看是不是就不评为富农了吧。刘同志说，古怀梅家我住过，她家有一座小院子，有田地，也有比较齐全的农具，我看有这方面的条件，这我一个人说了不算，看大家的意见吧。这样，我们还是请黄菊芳同志说下吧，她最有发言权了。

菊芳站了起来，她理了下短发，说，我来说说吧。我七八岁来到古怀梅家后，就开始给她干活，打井水、淋菜、割草、犁田、耙田、割谷子，什么都要干，干得不好她就打我。有一次，我打井水的时候笃目睡（打盹），她晓得后就拿着手臂大的棍子来打我，至今我屁股上还有伤疤。她竟然哭起来，想要脱下裤子给大家看伤疤，突然又好像记得不能让大家看屁股，就只好作罢。她继续控诉着怀梅的罪恶，她从来就不把我当妹子看待，只是把我当作晓得干活的使婢子，我到她家后，她不准我姓古，只准我姓黄。她送自家的赖子乐乐和妹子兰芳去读书，我求了多少次让她也送我去读书，但她铁石心肠就是不愿意，还对我说，你是我买来的使婢子，没有资格去读书，我也不会花那冤枉钱。我经常挨饿，有一次，我饿得实在受不了了，就偷吃了一个鸡卵，古怀梅晓得后，就拿竹鞭子打我。大家晓得，她家养了一条狗叫大黄，我都不如大黄，她情愿给大黄吃米饭也不让我吃，我饿呀，就想去偷吃大黄的米饭，古怀梅就一脚把饭碗踢了。呜呜。菊芳哭起来了，很凄惨的样子。

这时良叔站了起来，说，菊芳说的有些不是事实，大家都晓得，她小时候是自家跟上门的，并不是古怀梅花钱买来的，为了此事，怀梅还很伤脑筋呢。怀梅对她几乎和另外两个孩子相同，有一口吃的就少不了她的，菊芳说她挨饿了，那个时候谁不挨饿呀，为了儿女不挨饿有书读，怀梅还上江西挑盐担。至于读书，我也是晓得的，是先生不收菊芳，不是怀梅不送她去。凤招也站了起来，说，刘同志你说谁家不用干活呀？不干活吃什么？那次怀梅打菊芳，是因为她偷懒笃目睡，兰芳掉到井里她都不晓得，你说这样不该打吗？再说怀梅只是用竹鞭子打了她几下，并不是用手臂大的棍子，她屁股上就留下伤疤了？大家信吗？反正我是不信。菊芳站起来说，就是留下伤疤了，不信拉倒。凤招说，你说你屁股上留下了伤疤，你给大家看看呀。会场一片嘘声，几个后生起哄，是，菊芳脱下裤子来看看！大家哄的一声笑了。刘同志连忙站起来控制会场，等大家静下来，他说，不管怎么说，黄菊芳就是古怀梅的婢女，还有古兰芳也算是她家的等郎妹，我看了文件，婢女和等郎妹都算是长工。她还不定期地请过短工，比如请古阿二干农活等。所有这些，都符合评富农的条件。阿二哥站起来瓮声瓮气地说，我，我，我不是短工，邻邻舍舍的，我是帮帮她，她，她没有给我钱……阿二哥现在是农民协会的副会长，自从和凤招结婚后，他说话流利多了，但不知为什么，一碰到怀梅的事，他就又有些结巴了。刘同志止住他，好了，现在是第一场会，还会有第二场、第三场，到时大家再踊跃发言吧。今天的会就开到这里，散会。

　　整场开会，怀梅脑袋都嗡嗡作响，她没有想到菊芳这么忘恩负义，说了那么多无中生有的事情。菊芳和大黄都是自家收养的，大黄懂得感恩，还救过三个孩子的命，而菊芳却恩将仇报，真是连狗都不如啊，早晓得她这样，当年也就不能心软留下她。她也没有想到刘同志会把自家划到富农的一边，刚来时，他不是说自家是贫农吗？怎么几个月一过，我就成了富农了呢？在此之前，有人在围龙屋传，说某地的地主富农被贫下中农抓去揪斗游街，有些还被打得满身是血。她听了一笑，反正我这么穷，轮不到自家。想不到现在这大祸真的要降临到自家头上了。唉，我样般就成了富农了呢？老天爷，你为什么这么不公平呀！

　　离开会场，她懵懵懂懂地走着，不觉来到了龙飞的衣冠冢前，看见龙飞的坟头，她突然觉得很委屈很刺痛，扑在坟头上痛哭起来。龙飞呀，你晓得吗，我被评为富农了，为什么呀？我盼着你说的好日子赶快到来，难道这就是你和我说的穷人翻身的好日子吗？一阵风刮过来，吹得大墩的竹子晃动起来，发出各种奇怪的声音。心情好时，竹声犹如唱歌般美好动听；心情不好时，竹声如在哭泣，悲悲切切。此时，竹子像在倾听怀梅的哭诉，又像在安慰怀梅想开点，这还不是最后的结果。一条竹枝被风吹得垂下来，把她的头发刮扫乱了，好像是龙飞在给她篦着头发，安慰着她一样。平时很注意头发保养修饰的她没有用手去理，只是任由眼泪奔流而下，打湿了脚下那些有点腐烂的竹叶。不放心跟着来的凤招和阿二哥也陪着流眼泪，他们对怀梅的苦楚和委屈完全了解和理解，所以没有劝她，让她尽情地哭一场也好。

　　已经半夜了，她在龙飞的衣冠冢前待了两个多钟头。夜湿露重，不宜久留，凤招扶着她回到家里，劝了一会，一点效果也没有，她老是重复着那句话，"我样般就成了富农了呢"。整个晚上，她都浑浑噩噩，做着各种离奇古怪的梦，醒来时脑袋胀胀的，不想起来也不想吃饭。门口有人叫她，怀梅姐在家吗？她有气无力地问道，是谁呀？那人答应道，是我，春红。说话间，人已经到了。春红穿一身干部装，剪着一头短发出现在怀梅的面前。怀梅坐起来，春红走上来扶着她。怀梅问道，你什么时候回来的？火生呢？春红说，我是今早才回来的，我和火生被分配回家乡工作呢，前两天到梅县，我在县里土改领导小组任副组长，火生在松香厂当厂长。怀梅听说他们回来了，都替他们高兴，但她马上联想到春红的家庭也被刘同志划为富农了，不晓得她有什么想法呢？还没有等她问，春红就说了起来，怀梅姐，我晓得你在为昨天的会着急生气，你别急，我仔细研究过中央的文件和你家的情况，你肯定不会被划为富农的。怀梅一听，一股气流从头上往下窜，顿时觉得头也不胀呼吸也顺畅了。春红说，明天晚上开第二次会，我会去参加。你这样，一定要把兰芳叫回来，让她亲自出面证明自家是你的女儿，而不是等郎妹。怀梅说，好的。春红说，那你就去找兰芳吧，我也要回家去了，我的赖子在家里我阿爸我阿姆带着呢，怕他闹人呢。

　　怀梅立即出了门，到了下市角陈儒元的家，兰芳不在，她赶快到电话局打电话到兰芳的学校。一听到兰芳的声音，她就哽咽了，兰芳以为出了什么大事，问她样般了？她说，我家被评为富农了，你快回来帮我。兰芳电话那头也急了，样般搞的呀，我们家那么穷样般会评为富农呀？怀梅见兰芳那么着急，自家反而冷静下来，告诉她春红的意思，叫她明天晚上一定要回来参加大会。兰芳说，好的，我一定会回去的。

第二场大会还是在围龙屋门坪上召开，不同的是主席台上多了一个春红。她是作为领导来到现场指导的。各种程序都完成以后，春红拿过话筒讲话了，她首先肯定了工作队在下宫坝等村子的努力和卓有成效，但话锋一转，说，我看下宫坝的成分划分基本上是实事求是的，但有一些可能是对标准的掌握存在差异。比如说，古怀梅和古木林家，被划到富农一列，我看是不太准确的。先说古怀梅家，工作队的主要依据是她家长期雇佣一个婢女一个等郎妹，并说，这就算是雇佣了两个长工了。今天晚上，我看见被称作等郎妹的古兰芳也来到了会场，下面就请她说说。

兰芳站起来，说，大家都晓得，我是古怀梅的妹子，我阿姆从我吃乳的时候就把我养大，长大后我也嫁给了梅城的陈儒元老师，所以说，我根本就不是等郎妹。我还能证明，黄菊芳也是古怀梅的妹子，她当时穿着破衫裤，都快要饿死了，赶都赶不走，是我阿姆收留了她，并辛辛苦苦把她养大，这点恐怕全下宫坝的人都可以作证。阿姆对我们三个赖子妹子都一视同仁，不管是吃、住、劳动都是一样的，至于读书，是她自家脑子笨，先生不收她，并不是不让她读书，我这里有当年私塾先生开的证明。她拿出了证明，放到主席台的刘同志手里。当了一年教师，她的胆量和说话能力都锻炼出来了，说得大大方方，有理有据。

这通话把菊芳噎得满脸通红，她连说带骂，古兰芳，你这烂泼妇，你是脱了裤子人家都不要的人，还在这里装什么装。古怀梅原本是要让你和乐乐圆房的，也就是乐乐不要你了，你才嫁给陈儒元的！

兰芳没有想到菊芳那么翻脸不认人，而且什么脏话都敢说，她也不客气了，她已经了解过相关政策，也听说了许多地方评成分的坊间传闻，晓得这次评阶级成分事关重大，如果自己家被评定为富农，那自家以后的教书生涯和乐乐的前途都会受影响，更难过的是阿姆，她的日子会很难很难。原本她还顾着姐妹情谊说话还顾忌点，现在既然菊芳这么撒泼逞烂，她可就你有初一我有十五，不用讲情面了。她反击说，黄菊芳，如果让我给你的做人打分，你只能是零分！古人云：脸皮三尺厚，我看你是三尺还不止！你现在一口一个古怀梅，当年是谁亲热地阿姆阿姆叫的。还有，根本就不是乐乐不要我，是我们从来就没有说过这事，他就是我的亲弟弟，我就是他的亲姐姐，倒是你，想嫁给乐乐，阿姆和乐乐不同意，你就怀恨在心，诬陷阿姆，真是人心难测水难量，知人知面不知心。黄菊芳，你恩将仇报，猪狗不如！

菊芳被气坏了，跳过去，和兰芳扭打起来，阿二哥和凤招连忙把她们分开了。

春红在台上拿起喇叭直喊，大家不要乱，不要吵！等大家安静下来了，她继续说，大家发言不要互相攻击，更不能一言不合就打起来。关于古怀梅的辩论就到此结束，我们会参考证人所说的实际和证据，再分析各家实际情况进行划分，上报上级机关核发批准后公布结果。下面我们来讨论一下古木林的情况……

半个月后，在围龙屋的大厅里，公布了下宫坝阶级划分的情况，古怀梅被划分为中农，古木林家和古阿君家被划分为富裕中农，古和顺家被划分为富农。

怀梅虽然不认识公布栏里的字，但她此时的感觉就像站在悬崖边的人，前面就是万丈深渊，她闭着眼睛迈出了脚，却发现前面是鲜花盛开的原野，蜂蝶飞舞，香风微吹。她顿觉神清气爽。她心中不由念叨着，老天爷呀老天爷，请你饶恕我吧！前阵子我骂你来着，是我不对，你都是公平的，我不该骂你。

当天，火生和春红带着十岁的儿子回家，怀梅拿上两把干咸菜到他们家去。一见面，怀梅连声道谢，春红说，不用谢，事情原本就该是这样的，我只不过是把错误的东西纠正过来罢了。古木林在和火生下棋，古叔姆在逗孙子玩，火生和怀梅打了招呼又继续下棋，他穿一身中山装，显得相貌堂堂，丝毫看不出来当年当长工时候的样子。怀梅故意问道，木林叔，你现在不嫌弃火生了吧？古木林嘿嘿笑，古叔姆接过话，不嫌不嫌，还是我妹子有眼光，参加了革命，嫁了个好婿郎，要不我们现在可就惨了。她拉住怀梅的手，问她，那年你和我妹子去挑盐担找火生，你回来后样般一句话都不说，害得我们差点吊颈（上吊）了。怀梅说，是春红交待我不要说的，你问你妹子去。春红咯咯笑，并不言语。

春红拉着怀梅的手到房间里说话，春红告诉怀梅，当年，红军被迫撤离井冈山进行二万五千里长征后，她和火生被组织上安排留下来上山打游击，抗战期间，他们带着剩下的游击队员到了延安，从此跟随大部队到处打仗。这次被分配回梅县工作，他们到了筠门岭，见了火生的阿姆、阿哥和兰香嫂子，兰香嫂子很记挂你。两人回忆起当年挑盐担的事，都眼睛湿润润的。春红问怀梅，用文还没有消息吗？怀梅说，没有呢，不管他了，老古言语说，目眉毛，衬好看，我看他连目眉毛都算不上呢，有他没他都一个样的。春红说，不一样的，家里没男人确实是难呢。怀梅心不在焉地说，是的，等着吧。

第二场大会之后，土改工作队离开了下宫坝，刘同志他们离开的时候，大家都去欢送，怀梅也去了，刘同志看见她，对她点了点头，就大步流星地走了。怀梅望着他的背影，心想，他并不坏，又是老革命，也没有坚持一定要把自家评为富农，要是自家心里没有住着永清师傅，说不定……

菊芳一直没有回家，怀梅听说她很快就和李屋的李石头领了结婚证住一起了。公布成分划分结果的那天，菊芳回来拿自家的东西，临出门的时候，她特地到怀梅房间里，低着头不敢看怀梅，说，阿姆，我要嫁人了，是李屋村的李石头。我对不起你！怀梅没有说话，只是点了点头。她想，菊芳也可能是想要求进步或者受了什么人的鼓动，才做出这么忘恩负义的事吧，但毕竟养了她十几年也有了感情，她不想在她走的时候太伤了她的心。看着菊芳的背影消失在竹林的小路上，她心里也有些难过。

　　乐乐放假回来过年了，兰芳和陈儒元也来了，大家到围龙屋祖公牌位前敬过祖公后，又到自家竹头墩拔草除杂物，祭拜了亲人。一行人来到龙飞的衣冠冢前，冢前已经被人清理过，还插有三炷香，烧了一些纸，看样子是有人来祭拜过了。会是谁呢？大家你说一句我说一句，有说是良叔，有说是春红和火生，也有说是凤招和阿二哥，但是怀梅心里清楚，来祭拜的应该是菊芳，别看她这人并不怎么样，但是对龙飞她还是很尊敬很崇拜的。祭拜完毕，大家都回去准备过年了，怀梅留下来，又和龙飞说了一阵子话，告诉他自家的成分改过了，被评为中农了，乐乐考上了广州的学校，兰芳参加了工作，有了小冬月了。如今自家过得很好很舒心，不用担心。她抬头看看天，天空格外蔚蓝，一两片薄薄的云在天上悠闲地飘荡着，就连平时见惯不怪的竹林，在蓝天白云的衬托下也显得那么婀娜可爱了。

　　陈儒元提议，在小院子后面种上竹子。他说，《楚辞》中说，白玉兮为镇。玉可碎而不改其白，竹可黄而不改其节。由此可见竹子之高贵。竹子挺拔秀丽，清新脱俗，顶天立地，用处多多，房前屋后种些竹子，茂林修竹，雅居洁舍，多好啊。兰芳说，我们下宫坝出门就见竹子，还有必要在家里种吗？乐乐则拍手道，古人云，宁可食无肉，不可居无竹。我举双手赞成！现在正是万象更新的时候，也正是种竹子的时候，我们说干就干！他和陈儒元拿着锄头跑到自己家的竹墩，挖了几棵竹子，在小院子后面和院子中央都种上了竹子。小冬月拿了把小勺子舀了一点水，嚷嚷着要给竹子淋水，步履蹒跚地到了后院，小勺子里的水已经被晃荡得几乎没有了。乐乐接过去，装模作样地给竹子淋水，说，竹子妹妹，这是冬月姐姐给你喝的水，你可要快快长大啊！突然，他想起了什么，招手叫大家过来，兴奋地说，我们的小院子一直都没有个名字，现在也应该给它起个名字了。我们这里的河堤上、围龙屋后面、村前村后到处是竹子，而今我们又在小院子里种上了竹子，我们就把小院子叫作"有竹人家"好不好？大家都拍手叫好。兰芳边拍手边不自觉地赞道，真不愧是到过大城市、见过大蛇屙屎的人。不错，给你打五分！

忙完，乐乐拿出红纸和毛笔、墨水，开始写春联，写好晾干后和陈儒元拿到大门两侧贴起来，上联是"无恙之处处处春回大地"，下联是"有竹人家家家福满人间"，横批是"喜迎新社会"。乐乐的书法娟秀清新，看上去很像围龙屋后面那些挺拔的竹子，懂行的人都知道，他明显是认真练过柳体，才能写出这手好字，连高中毕业当了老师的陈儒元也赞不绝口。贴完春联，挂上灯笼，乐乐又拿出一捆鞭炮点着了，噼噼啪啪的鞭炮声响亮热烈，仿佛预示着苦难已经过去，幸福已经降临。

今年的菜比往年的丰盛许多，不但有新鲜肉鱼、鸡鸭，怀梅今年心情好，粮食也足，就做了客家过年特有的各种粄——甜粄、萝卜粄、发粄，还特地在小院子里起了油锅，炸起了芋子、煎圆和酿豆腐。乐乐从广州带回了腊肠，陈儒元还托北方的同学买回十几个苹果。大家都没有见过这种水果，怀梅拿到鼻子上闻，说，好香！奇怪，水果不都是甜的吗？样般苹果是香的呢？兰芳削了一个大家一人尝一口，都啧啧称赞苹果又香又甜，好吃。要吃饭了，乐乐问道，样般菊芳姐没有回来？兰芳使了个眼色，岔开了话题。

冬月跑到厨房拿起一只鸡腿就要吃，乐乐赶忙把鸡腿夺过来，说，冬月，吃饭前一定要洗手，手上有细菌，吃了会生病的。冬月噘起了小嘴巴，眼看就要哭了，怀梅抱起她，把鸡腿拿给她。乐乐说，阿姆，你样般这样呀？我在教冬月讲究卫生呢。怀梅说，不干不净，吃了没病。你到大城市读书没有两年，就看不惯我们了。乐乐着急了，说，这卫生习惯是好的东西，不是看不惯看得惯的事情。大城市里好的习惯我们也要学，兰芳姐你说是吗？兰芳说，是是是，我们乐乐是有文化有素质的人，不听他的可不行。她一边说，一边把鸡腿放回碗里，抱过冬月到脸盆里洗手。

吃饭的时候，乐乐向大家公布了一个重大新闻，我，古乐乐，谈恋爱啦！大家一阵欢呼，兰芳兴奋地问道，是哪里的人？长什么样子？一定很漂亮吧？乐乐笑她，姐，你样般比我还兴高采烈的呢？兰芳说，那当然啦，快说说，快说说。乐乐说，她叫慧珍，广州人，是我的同学。兰芳举起了装着客家娘酒的碗，说，来，大家举起酒来，我们喝一口，祝乐乐找到了好对象！冬月已经会说整句话了，她也举起碗，奶声奶气地说，阿舅，找好对象。乐乐亲了一口她的脸蛋，谢谢小冬月！

乐乐接着又公布了第二个新闻：你们晓得现在当广东省政府主席兼广州市市长的是谁吗？他就是我们梅县人叶剑英！现在我们省的土地改革也是他亲自领导的，他所制定的一系列具体的方针政策很成功很实用，连毛主席都表扬了他呢！他兴奋而神秘地说，我告诉你们，我见过叶省长，他到我们学校视察做过报告……兰芳问道，他长得样般？和蔼可亲吗？乐乐说，叶省长长得高大英俊，说一口客家普通话，接见学生代表的时候，校办主任介绍我是梅县学生，他还对我微笑，问我家住在哪里呢。兰芳羡慕地说，我什么时候也能见到他呢？我晓得他，他的家在雁洋镇，他还在梅县东山中学读过书，二十岁就参加革命了，我们都以他为骄傲为榜样呢。怀梅说，我听同辉说过，他现在在省政府当秘书，见过叶剑英省长，说叶省长对人很好，没有官架子。你们什么时候有空陪我去看看他的老家好吗？大家异口同声说，好！

正热闹，门口进来了一个瘦小的中年男人，他手里拿着一个布袋，衣衫不整，进来后畏畏缩缩地不敢近前。兰芳、儒元、乐乐都不认识他，以为他是走错门了，或者是来要饭的，乐乐走上前去，问道，你找谁呢？那个男人不说话，乐乐又问，你是来讨食的吗？那个男人还是没有说话。乐乐盛了一碗饭，夹了点菜端给他，指着大门角头说，你到那里吃吧。那个男人没有接碗，直瞪着怀梅看。乐乐有点生气了，说，你这个人样般这样古怪？你不找人，又不是讨食的，就请你走开，不要影响我们吃饭！那个男人叫了声"怀梅"，然后怯怯地说，我回来了。怀梅手里的筷子掉到地上，她没有说什么，自顾自回房间里去了。乐乐和兰芳赶忙跟进去，问道，阿姆，外面的人是谁？怀梅说，我不认识他！乐乐说，不对，他都叫出了你的名字，你样般会不认识他？沉默了许久，怀梅终于说，他，他是你们的阿爸！乐乐和兰芳惊讶得张大了嘴巴。用文失踪的时候，兰芳才不到两岁，乐乐更是没有出生，这二十年里，从来也没有接到过阿爸的只言片语，而阿姆也从来不在他们面前提他，在他们的脑子里，几乎没有阿爸的概念。如今阿爸突然出现在面前，让他们感到很困惑。乐乐首先缓过神来，走出房间，接过阿爸的袋子，说，你先吃饭吧。用文迟疑地问道，你是？乐乐说，我是你的赖子乐乐。用文激动地想要拉乐乐的手，乐乐走开了，拿来一副碗筷，说，你还是先吃饭吧，有什么事情吃完再说。

听说用文回来了，良叔和阿二哥、凤招等好多人都来了。良叔说，用文，你回来了就好了，你走了二十年了，都不晓得怀梅样般辛苦带大赖子妹子啊。用文使劲点头，是，是，我晓得的，真是辛苦怀梅了。他低下头，嗫嚅道，我……我对不住怀梅和赖子妹子……凤招问，用文哥，你这些年都去哪里了？用文尴尬地笑笑，说，我在外面做事呢。凤招又问，那样般一点信都没有哇？大家都等着他怎么说，但用文沉默不语。见到这种状况，良叔连忙说，连年战乱，都不容易呀。好了，大家还是散了吧，以后有的是时间坐嬲。

晚上，兰芳和乐乐要把阿爸、阿姆安排在一个房间睡，怀梅死活不肯，他们只好算了，让她自家一个人住一间，乐乐和阿爸住一间，兰芳一家三口住一间。第二天，兰芳他们要回梅城的家了，怀梅把兰芳和儒元叫到面前，说，兰芳，过完年后，我要跟你去学校，帮你带冬月。兰芳说，阿姆，阿爸已经回来了，你就在家和他一起过日子不好吗？怀梅说，反正我就要跟你去学校，你同意吗？兰芳说，不是不可以，只是……她还想说什么，儒元见怀梅的脸色铁青，赶忙接过话来，可以，可以，冬月有阿姆带最好了，省得我们到处找保姆。

过完年，乐乐去学校读书了，走的当天，怀梅也收拾了东西，去兰芳学校了。从用文回家到她离开家，她一句话都没有和他说过，而且从那以后到她去世，都是如此，假如有什么紧要的事情非说不可了，就由赖子妹子和孙子孙女转达。

后来，我父亲和母亲双双调到蕉岭县工作，外公和外婆两个在下宫坝和蕉岭分开住，轮流带我们，只要外公在蕉岭，外婆就一定在梅县。反过来，只要外公在梅县，外婆就一定在蕉岭。稍为懂事的时候，我曾经问过母亲，外公和外婆为什么不说话？也不和我们一块住？母亲说，大人的事你们小孩不要问。直到外公和外婆相继去世以后，母亲才和我们说起了他们那令人唏嘘的故事。至于外公为什么离开家？离开后去了哪里？二十多年间都干了些什么？为什么突然就回来了？母亲也不甚了了，说来说去只是重复那句话：外公和外婆缘分浅。既然这不算是正式答案，读者诸君，对不起，我也就不好在此杜撰了。